あなたが消えた夜に

nakamura fuminori

中村文則

毎日新聞出版

あなたが消えた夜に

第一部

コートの男

「なんで驚いてるの?」

「……え?」

まだ小さかった僕の前で、家が燃えている。

強く吹く風で火花が散り、柱が崩れ、巨大な炎が揺れながら上がる。集まっている人々の顔を、火が赤く照らしていく。

「……だから、なんで驚いてるの?」

一緒にこの場に来た少年が、僕にもう一度聞く。大勢の野次馬から隠れるように、僕達は車の陰に座り込んでいた。髪がいつも乱れていた少年。彼は何て名前だったろう? いや、覚えている。自分は忘れた振りをしている。僕はようやく口を開く。振り絞るように。

「だって、あれは僕の家じゃないか」

消防車の放水の先から黒い煙が上がっていく。燃えた壁の欠片《かけら》がこちらへ飛び、人々の輪が後退する。他人の不幸を見る高揚が、野次馬達を騒がしくしていく。悪意のある祭のように。高い音がリズムを刻むみたいに、なぜか頭の中に響き始める。

「そうだね、きみの家だよ」

「どうして？　なんできみはここに……え？」

彼の手を見る。ライターが握られている。

「まさか、……きみが？」

「何を言ってるの？」

彼が呆れたように僕を見る。鼓動が速くなる。高い音が頭の中で鳴り響く。家が燃え続ける――。

「きみが望んだことじゃないか」


耳元で高く硬い音が鳴る。携帯電話の着信音と気づくまで、少し時間がかかった。

またあの火事の夢だ、と僕は思う。汗で首筋が濡れている。

ベッドから身体《からだ》を起こし、時計を見る。午前4時。久しぶりに署から部屋に戻り、やっと眠れたというのに。携帯電話を見、係長からの着信と気づく。強行犯捜査係、係長。身体が急に緊張していく。息を飲み、電話に出る。

――寝てたか。

「いえ」

僕はベッドから出、ワイシャツを探す。

――死体が出た。……二人目だ。

係長の声が微《かす》かにこもる。

――手口が同じ。現場も近い。……つまり同一犯ということになる。また……。

彼はそこで、小さく息を吸った。

――〝コートの男〟だ。

この小さな町で突然発生した、連続通り魔事件。その犯人と思われる人物の呼び名だった。

グレーのコートを着、同じくグレーのニット帽を被った若い男。目が異常に細いという目撃証言もある。顔に傷があるとも。共通している目撃証言の一つに、彼の表情があった。様々な目撃者が同じことを言う。《その男は、恐ろしいほど無表情だった》

――……今日からもう帰れないな。

「そうですね。……死者が二人になれば」

僕は携帯電話で話しながらシャツを着る。

――お前、署には後でいい。現場に行ってくれ。

「……え？　でも我々は」

――一課の連中なんて気にするな。本当は我々の事件なんだよ。

市高《いちたか》署に、警視庁から捜査一課が押しかけ、特別捜査本部が設置されている。

この地域は我々市高署の管轄。それぞれ地域を管轄する警察署を所轄と呼ぶ。でも殺人のような大きな事件が起こると警視庁から捜査一課が介入し、現場の所轄との合同捜査となる。実際は自分達のような所轄の刑事は、捜査一課に言われるまま動くことになる。我々の管轄なのに。二人目の死者となれば、近隣の所轄からも捜査員が招集されるだろう。

ドラマのように、所轄の刑事だけでこのような大きな事件をやることはない。介入され、もっと大掛かりになる。刑事の仕事は、本当は地味だ。

「……わかりました。現場に向かいます」

係長から現場の場所を聞き、部屋を出て車に乗る。エンジンキーを回した時、不意に煙の匂いがした。まただ、と思う。あの火事の夢を見た後は、いつも煙の匂いが付きまとう。なぜこんな時に、僕はまたあの夢を見たのだろう。家が燃えた夢。僕の過去が燃えた夢。匂いを振り払うように、車のアクセルを踏む。小さな町で起こった事件。現場も近所になる。

人だかりが見え、車を降りる。鑑識が地を這うように動き、写真係のフラッシュが何度も焚かれている。その無数の光に、僕は軽い立ちくらみを感じる。青白い朝の霧の中、何人かの刑事が不審そうに僕を見る。みな胸に赤いバッジをつけている。捜査一課のバッジ。

歩きながら手袋をはめる。道路脇、ガードレール近くに死体がある。短い髪の、ランニングシャツ姿の男。なぜだろう。いつも思う。なぜ死体というのは、こんなにも存在感があるのだろう。男は、自分の重みを主張するように倒れている。周囲の空気から浮き出してくるかのように。カメラのフラッシュが点滅する。人の身体は死体になると、明らかに異物となる。なぜだろう。

「お前地取《じど》りだろ。なぜこんなところにいる。区割りができるまで署で待機してろ」

地取り、というのは聞き込み捜査をする班になる。発生現場を中心にエリアに分かれ、目撃情報などを足で聞きまわる。

捜査一課の中では若手が、そして自分のような所轄の刑事があてがわれる。特別捜査本部が設置されれば、交通課や生活安全課までが、この地取り捜査に駆り出されたりする。

写真係のカメラのフラッシュで、目の裏に残像が残る。残像は赤から緑になり、視界の隅に流れていく。

「はい。新たな区割りができるまで、現場を見ておきたいと思いました」

相手が睨む。遠くから、また写真係のフラッシュ。

「署に戻れ」

「まあ見せてあげようよ。いいじゃん」

吉原《よしわら》さんが間に入ってくる。彼は捜査一課の刑事だが、特有の威圧感がなく好感を持っていた。階級は巡査部長で偉くはないのだけど、ベテランであるから班長と呼ばれている。吉原さんが笑みを浮かべたまま口を開く。

「まず大きく切りつけ、相手がひるんだ時胸部を刺してる。前と同じ」

死体はハシゴを上るような姿勢でうつぶせになっている。倒れているのは歩道だけど、大量の血痕は道路の中央にある。

「つまり、あそこで」

僕が言いかけると、僕に署に戻れと言った刑事が腕で制す。

「そうだ、あそこで刺され、気力を振り絞ってここまで来たんだろう。わかったな。署で報告を待て」

「でも妙ですね。指先が綺麗です」

僕が言う。その刑事が睨む。

「砂も砂利もついてない。それに腕や膝にもこすれた痕がない。……人間は這う時、手や腕の側面、膝などを使わなければ進むことは不可能です。そうじゃないですか？」

「鑑識の仕事だ。いずれ報告が上がる」

「……つまり、犯人が死体を運ぼうとした？」

吉原さんがまた間に入ってくれる。善意というより、恐らく吉原さんはこの刑事が嫌いなんだろう。

「……でも、なぜ犯人は死体を」

「死体を隠そうとして引きずり、誰かに見つかりそうになって逃げたのかな」

吉原さんが言う。僕はまた口を開く。

「考えられますね。ただ……」

「うん。通り魔が死体を隠すことはほとんどない。なんだろうな、これ」

「……車の邪魔になる、と思ったのでしょうか」

僕が言うと、黙っていた刑事が不意に笑う。

「お前馬鹿だろ。相手は路上で罪のない市民をいきなり刺すような奴だぞ？　そんな奴が通ってくる車のことまで考えるはずないだろ。こういう奴らはな、化物なんだよ。変態なんだ。人間じゃない」

犯人も人間です、と言おうとしてやめる。

犯人の立場で、犯人になりきって物事を見ないと、真相を見失う。同じ人間。問題なのは、その同じ人間が、なぜこんなことをするようになったかということだ。

「それに、……変です」僕は続ける。

「この顔の角度。まるで犯人に、無理やり動かされたというか……。殺した後、うつぶせに死んだ人間の、顔を確認したみたいに」

「顔を確認した？　は？　……殺した後に？」

吉原さんが言う。どういうことだろう。鼓動が微かに速くなる。この現場は少し奇妙だ。

僕は死体の脇にかがむ。脱げた靴、そのむき出しになった靴下の底に、青い繊維。

「……絨毯の毛でしょうか」

無数の青い糸は身体をよじらせ、お互いに絡まり、苦しんでいるように見える。あるいは、喜んでいるようにも。

「お前……、もういいだろ？」

さっきの刑事に肩をつかまれる。僕は立ち上がり、小さく謝る。謝る必要はないはずなのに。朝の霧はさらに濃くなり、目の前の一課の刑事の顔を、さらにぼやかしていく。

まだ続くフラッシュの中、奇妙な感覚を覚えていた。まるで自分が、フラッシュの光に曝《さら》されてるかのように。ほら、見ろ、あの時の子供が、大人になって今はこんな仕事をしてるぞというように。犯人の立場になって考えてみる？　それはお前の得意分野だろうよ、だって、お前は『あの時の子供』だから！

頭痛がする。朝の霧が漂う。僕にまとう煙。過去の焼失の後、僕の存在そのものの周囲を漂う、消えない煙。

奇妙な死体

事件の報告が続く。毎日開かれる会議。いつもより二時間早い。

〝コートの男〟連続通り魔事件。マスコミがつけた名前だった。正式名称は市高町連続通り魔事件。死者が二人になり、この小さな町に、マスコミが群れとなって押しかけている。

まず初めの被害者は竹林結城（40）、無職の男性だった。

事件発生日は12月21日。遺体発見現場は駐輪場近くの狭い路地。ビールの入ったコンビニの袋が落ちていたこと、また店の防犯カメラに被害者が映っていたことから、コンビニからの帰り道、刺されたと見られている。

被害者の服装は上下黒のトレーナー。死亡推定時刻は午前2時30分〜午前3時。当日は雨。

通り魔事件の場合、最初に被害が出る前に不審者の目撃情報などがあったりするが、いずれもそのような通報はなかった。事件は突然起きたことになる。

事件発生直後、現場付近で、ある男を通行人が目撃している。男は隠す様子もなく手に持った包丁をぼんやり眺めながら、傘もなく歩いていた。その通行人が思わず見ると、なぜか男は逆にその通行人を不思議そうに見てきたという。刃物を持って歩くのがなぜ珍しいのか、全くわからないとでもいうように。男はマスクをし、グレーのコートを着ていた。

一週間後、今度は主婦、横川佐和子（36）が何者かに突然切りつけられる。彼女が大きく悲鳴を上げたことで、犯人は犯行を途中でやめた。でもその時犯人は、なぜ彼女が悲鳴を上げたのかわからないとでもいうように、刃物を持ったまましばらく不思議そうに彼女を見ていた。犯人は慌てる様子もなく、ゆっくりその場を後にした。やや細身の170〜180センチほどの男で、マスクをし、グレーのコートを着ていた。

〝コートの男〟の呼び名は、一連の目撃情報を元にしている。

犯人は大きく包丁を振りかぶり、刃の先は袖をかすめ、女性は腕に切り傷を負っていた。連続通り魔事件、と認識され、捜査本部が設置されてすぐ、今回の事件が起きた。

被害者は真田浩二（41）、未婚。スポーツクラブを三店舗所有する株式会社トータルエントレスの社長。深夜、ランニングをしていた最中に刺されたと見られる。

会議には、百名近くの捜査員がいた。昨日より明らかに増えている。近隣の所轄から駆り出された者達もいる。みな緊張している。

会議室の正面に、珍しく警視庁〈捜査一課長〉がいる。この事件の責任者のトップ。階級順に、その脇に〈理事官〉、そのさらに脇に〈管理官〉。

なぜだろう。彼らの顔がぼやけて見える。身体の輪郭までもが曖昧であるかのように。

「……中島さん、現場に行ったんでしょ？」

小橋《こばし》さんが小声で僕に聞いてくる。彼女は捜査一課の刑事で、この事件で僕と共に行動することになっている。

それぞれの班の中、中央から来る捜査一課の刑事と、現地の所轄の刑事がコンビとなって動く。捜査のプロである捜査一課の刑事と、現地に詳しい刑事がコンビを組むという理由。

彼女はまだ20代で若い。だから捜査一課だけど、僕と同じ聞き込みの班に入れられている。

「行ったよ。嫌われた」

「……どうでした？」

「……は？」

「死体ですよ、……死体」

長く黒い髪、大きな目。口をぼんやり開ける癖がある。彼女は美しい。

「私、まだ現場で死体見たことがないんです。私も行けばよかった」

「……死体が見たいの？」

僕は困惑する。

「死体、見てみたいですよ。もう動かない人間を見てみたい。人生を終えたかたまり」

彼女が遠くを見るように言う。しゃべり出すと、たまにこちらの調子が狂う。

「……いいもんじゃないよ。初めに見た刑事は大抵吐く」

「……ほう」

「ほう？」

「あ、いえ……。勉強になります」

彼女はまた正面に向き直る。会議を仕切る捜査一課の警部が、さっきからこちらを見ていた。注意される寸前だった。

「つまりあれだな、お前らは全く意味のない時間を過ごしたわけだ」

その警部が、報告をしている証拠品担当の刑事に怒鳴る。会議ではいつもそうだ。なぜだかわからないが、この警部は部下に怒鳴ることで、〈管理官〉以上の上司達に媚《こ》びているように見える。

検視官からの報告が始まり、死因が胸部を深く刺された失血死であり、今回も同じ刃渡り15センチから20センチの刃物が使われていたことが明らかになる。死亡推定時刻は午前3時から3時半。被害者の口内に火による火傷の痕、という報告で、会議が少しどよめく。犯人が、被害者の口の中を焼こうとしていたことが明らかになる。

「被害者の死後、この火傷の痕はつけられたと推測できます。被害者は出血後、数分は生きていたと思われますので……、犯人は、その間ずっとその場にいたことになります」

会議がざわつき始める。

「油類は？」警部が聞く。検視官が続ける。

「検出されていません。つまり犯人は、油類もなく、直接ライター等で死体の口の中に火を当てています」

ざわめきが続く。不可解だった。

火、と聞き、鼓動が少し速くなる。

あの時の少年が〝コートの男〟だったら。なぜかそう浮かび、打ち消す。そんなはずはない。なぜなら、あの少年はもう死んだのだから。実は生きていて僕の前に現れる、という映画みたいな馬鹿なこともない。なぜなら、彼の死体を発見したのは、僕だったのだから。彼が現れるのは、もう夢の中だけだ。

頭に痛みが走る。微かな吐き気も。

いつの間にか会議が終わっている。それぞれの持ち場に刑事達が戻り始める。

会議はもっと短縮できる、といつも思う。小橋さんにうながされ、椅子から立つ。

「シャーロック・ホームズとかポアロだったら一人で解決するのにね。こんな大人数で」

僕が言うと、小橋さんが微かに笑う。

「彼らには助手がいますよ。ワトソン医師とかヘイスティングズとか」

「うん。でもこんな大人数はいらない」

「確かに」

会議室を出、冷えた長い廊下を歩く。

「ドルリー・レーンもいいんだよ。彼が捜査一課長ならすぐ解決だし」

「でも彼は変装するし、現実ならバレますね」

「……ミステリー読むの？」

「人並みに。中島さんが言ったの全部有名だし。……一番好きな探偵は？」

「ポルフィーリイ」僕は即答する。

「ポレ?」

「ポルフィーリイ。探偵じゃないけどね。ドストエフスキーの『罪と罰』に出てくるよ。犯人を追い詰めるやり方がすごい」

総務課のドアから、テレビの音が聞こえてくる。〝コートの男〟連続通り魔事件の報道。ワイドショウで繰り返し扱っている。足を止め画面を見る。スタジオには、〝コートの男〟の等身大パネルまで用意されている。痩せたレポーターが真剣な表情で市高町を歩いていく。

署から出、車に乗る。小橋さんとまた聞き込みに回ることになる。捜査員は増えたが、エリアの広さは変わらない。

「噂なんですけど」

しばらく車で走った後、彼女が前を向いたまま不意に言う。

「二人目の死者が出た時、一課長と理事官、嬉しそうにしてたみたいです」

「……嬉しそうに?」

「はい。……事件が有名になるから」

僕は薄く笑う。

「つまり、経歴になるわけだ。あの〝コートの男〟連続通り魔事件を指揮し、解決に導いた一課長として」

「……はい。ここのところ、大きな事件なかったから」

そろそろエリア内に入る。ここからは徒歩だ。

「この事件を解決したら、一課長は刑事部参事官に昇格する噂もあるみたいで」

「となると、理事官が一課長に?」

「さあ」

彼女の顔を見る。これ以上ないほど眉をひそめている。それにしても、眉はあんなに曲がるものだろうか。彼女なりに、不満があるらしい。

「でも、三人目の死者が出ればそうも言ってられない。……二人目の死者なら大きな事件。でも三人目から失態と見なされていく。そうだよね?」

「ええ。本当は二人目でも失態なのに」

「……一人目でもだけどね」

「え?」

「警察は起こった事件の犯人を捕まえるのが仕事だけど、本当に人が望んでるのは、事件を未然に防ぐことだよ。……難しいけど」

僕は寂れた駐車場に車を入れる。料金表の看板が錆び、赤黒く変色している。

「それに、ここは俺達の管轄だから。俺達の住んでる町を、出世の計算にされちゃ困る。人が死んでるわけだしね」

「……すみません」

「え? 小橋さんが謝ることじゃないよ」

車を降りると、風で冷たく空気が動いている。地図に引かれた分厚い赤いラインを確認し、目の前のマンションから始める。その脇の公園には誰の姿もない。通り魔が出現し、町から人が消えていた。

〝コートの男〟の目撃情報、実際の犯行現場から判断すると、このエリアは遠く離れている。事件から疎外されている、ということになるが、実際はそうでもない。

マンションのエントランス。オートロック用のドアの前のインターフォンで、部屋番号を押す。順番に押していくと、もしそこに犯人がいた場合、徐々に近づくチャイム音で何かの心構えをされる恐れがあるから、なるべく部屋の間隔を空けていく。インターフォン越しに住人が出る。女の声だ。後ろから他人の生活の音が聞こえてくる。大きなテレビの音も。この事件のニュースをまだやっている。

「お忙しいところすみません、市高警察署の者ですが」

優しい声をつくる。普段とは全く別の声。

「あ、驚かせてしまって申し訳ございません。この辺りで発生しております通り魔事件について、聞き込みを行なっておりまして、何か知ってることなどございましたら……」

「はあ、……でも、私は何も……」

「ええ、ポストにチラシを投函させていただきますので、後でご覧になってください」

事件の概要と、本部の電話番号の書かれた簡素な捜査チラシをポストに投函する。紙は膨大にある。また次の部屋番号を押す。

そもそも、深夜に発生した事件を昼に聞き込みしても、情報を得られる可能性は低い。深夜に活動してるような人間に聞かなければ意味がない。そういう人間はこの時間は寝ているから、チャイムを押しても出ない。もっと言えば、そういう人間はこんなファミリータイプのマンションに住まない。人間にも種類というものがある。

だが別の種類の人間達の中に、犯人が紛れ込んでいる可能性はあった。

一通り作業を終えると、小橋さんが息を吐く。

「……疲れました」

本当に疲れたのだろう。鼻の先が皮脂でてかっている。彼女が続ける。

「ここは事件現場から離れてるから、絶対情報を期待されてない。なのにやるなんて、体裁を保ってるだけだと思います」

彼女の長い髪が微かに揺れる。口をぼんやり開けている。

「……でも私、この地域は意外と重要だと思ってるんです」

気づいていたか、と僕は思う。

「うん。地取りの区割り作業では明らかに俺達は主力から外されてたけど、この地域は実は重要だよ」

小橋さんが笑顔になる。

「ほう」

「……え？」

「あ、いや、そうなんですよね。……最初の事件は四丁目で起きていて、次の犯行現場も四丁目。

でも三度目の犯行現場は少し離れて二丁目でした」

マンションを出る。今度は僕が口を開く。

「犯人に成り代わって考えてみると、警察がもう随分大掛かりに動いていたから、もう四丁目付近ではやらない。……次にやる時は、少し離れた遠くでやりたいと思うはず。そしてそれは、犯人の自宅から遠いところを選ぶのが心情だよ。今回の現場は四丁目から東に離れた二丁目だった。……つまり犯人は、新しい犯行現場の場所で、自宅の位置を無意識に示したことになる。少なくとも犯人は、その二丁目付近には住んでない」

白い猫が僕達の側を通り過ぎていく。

「今のこの場所は、四丁目から二丁目の方向とは反対の、西側の一丁目。この位置からすると三度目の犯行現場の二丁目は、最初の四丁目と比べると『より遠い位置』になる。この一丁目には、犯人そのものがいる可能性があるよ。もちろん、あるというだけだけどね。犯人は四丁目から北か南にいるかもしれないから。でも少なくとも、二丁目の方角ではない」

彼女に視線を向けた時、こちらを見ている自転車の男が視界に入った。ダメージの入ったジーンズに、白のパーカーを着た若い男。

「どうしました?」

彼女が僕に視線を向けたまま言う。僕も視線を動かさない。相手の男にこちらが気づいたと思われないために、笑顔をつくる。

「妙な男がこっち見てる。若い」

「おお」

「……は？」

「いや、いきなり事件解決なら、すごい、なんというか、お手柄ですよ」

彼女が不敵な笑みを浮かべる。やはり妙な女性だと思ったが、今はそれどころじゃない。勘のような何かが騒いでいた。

まさかあれが〝コートの男〟だとは思っていない。だが、あの男のもつ気配が気になっていた。普段でも、通行人にそのような違和感を感じることがある。周囲から浮き出しているような。その人間だけ、他の人間達と同じ時間を生きていないかのような。

もしかしたら、自分も誰かにそう見られているかもしれないのだが。

「でも困ったな。この位置だと声をかけても逃げられる」

「どうしましょう」

彼女はなぜか楽しげに見える。調子が狂う。なぜそもそも彼女は刑事で、しかも捜査一課なのだろう。

「今から二人で歩いて、きみがあの男を見つけた感じで、親しげに近づいてみようか。……何となく声をかけましたって感じで」

「……どんな風に？　どんな顔で？」

「どんな顔？　……何だろう、『あ、こんなところに通行人』という顔だよ」

「あ、こんなところに通行人……」

「……いや、まあ、……自然にね。男を見ていないきみの方がいいから」

もし男が逃亡した場合、すぐ追いかけなければならない。でも彼女は向きを変えた瞬間目を大きく開き、「すみませーん」と声に出した。ちょっとあり得ないと思った時、彼女が小走りで駆けて行く。

「道聞いていいですか？　すごい困ってるんです。道ですよ道」

仕方ないので僕も彼女の後を追う。打ち合わせと違うし、かなりわざとらしい。でも結果的に、僕は彼のすぐ側まで来ることができている。

息を飲む。この感覚。この感覚はいつ以来だろう。

ごく稀に、人に対して戦慄を感じることがある。大抵が何かの事件の犯人に対してだが、その人間がまとう空気に、感染する気分になる。

男は彼女に続いて近づく僕を見、自転車のペダルに足をかける。僕はさりげなく彼の前に入る。これなら彼は自転車をこぎ出すことができない。

どうすればいいだろうか。流れに乗るしかない。僕も声をかける。

「いや、すみません……。慣れない土地なんで、完全に迷ったっていうか。ああ、僕達警察なんですけどね、聞き込み中なんです。ほら、連続通り魔事件がありましたでしょう？　知ってます？」

優しい声をつくりながら、視線を動かしていく。白いパーカーは高いものではない。掻く癖があるのか頬に赤い痕。ジーンズは着古されている。鼓動が速くなっていく。彼の青いスニーカー。白い靴紐の部分に血がついている。

小橋さんを見ると彼の左側についている。偶然だろうか？　右利きの人間が急にハンドルを切る場合、左に切るケースが多い。走っている人間もそうだ。分かれ道があった時、急ぐ右利きの人間は無意識に左へ行く。

「……駅、向こうです。あの、急ぐんで」

「向こう？　あの広い道路？」

「……はい」

「ありがとう。いや、時間は取らせないんで。何か知ってること、ありませんか？」

「知らないんで」

「ならどうして俺達を見てた？」

僕は男の目を見る。

「スニーカーに血がついてるね。なぜ？」

男がペダルに右足をかける。僕は彼のハンドルを握り、動きを止める。強い力だ。でも何とか止める。

「騒がない方がいい。騒ぐと逮捕権が発生する。………嫌だろう？　冷静でいた方がいい」

「知らない」

「その血の説明したら帰すよ」

「……怪我したから」

「見せるんだ」

「知らない」

「……無理やり見ようか？」

男がジーンズをまくる。靴下に血。

「犬に」

確かにそのような傷に見える。仮にそうだとしてもおかしい。

「この辺に野良犬はいない。俺は地元の刑事だからそれくらいわかる。でもその傷は新しい」

僕は言う。

「つまり噛まれるような何かをしたわけだ。どこかの飼い犬に。……それとも飼い主に？」

彼のリュックに目を向ける。紫のリュック。

「中を見ても？」

不意に男が自転車を倒し、走り出そうとした。彼のリュックを右手でつかみ、同時に足をかけ引き倒す。男がうめく。彼をうつぶせの状態で押さえつける。

「逃げても無駄、実はもう応援も呼んである」

僕は嘘をつく。リュックを奪い、小橋さんに投げる。

「確認して」

彼女がリュックのチャックを開ける。犯人がもう一度うめく。

「……包丁が入ってます。……血がついてる」

「逮捕するよ。いいね？　午前11時、えっと……、5分」

小橋さんが署に電話をかけている最中、うめき続ける男の横顔を見ていた。気分が高揚している自分に気づく。男を逮捕した喜びではなく、相手を追い詰めたことに対して。相手を追い詰め、取り押さえたことに対して。……この感覚を味わいたくて、刑事をしてるんじゃないか？　まるで自分を逮捕するみたいに。そう言葉が浮かび、振り払う。今はそんなことを考えてる時じゃない。

男の声が弱々しくなり、泣き始める。僕は力を緩めなかったが、男に対して別の違和感を感じ始める。彼じゃない、と思っていた。目撃証言の多くは、犯人は無表情だったと告げていた。人間を無表情で刺すような人間が、ビクビク包丁を隠し持ち、こんな風にあがくだろうか？　この男じゃない。この男は〝コートの男〟じゃない。

でもそれはそれで厄介だった。不愉快な前触れだった。連日の派手なテレビショウが脳裏に浮かぶ。

こいつは模倣犯かもしれない。もしそうであるなら、こういう存在が、これから様々に現れてくるのかもしれない。

模倣犯

逮捕した男は捜査一課の鑑捜査班の刑事達に連れられ、市高署の四階へ上っていった。そこに取調室がある。

男は恐らく〝コートの男〟ではないこと、逮捕理由はあくまで銃刀法違反であると何度もデスクの刑事達に言ったが、彼らは聞き取れない言葉を言い階段を上がっていった。デスクとは、いわば捜査方針を決める首脳部にあたる。〈管理官〉がいるはずだが、本当にそこにいるのかよくわからない。

自分の所轄の建物なのに、なぜか疎外されるように、見ず知らずの建物となって冷えていく。僕が逮捕した男が僕から離れ、遠く不可解な場所へ連れられていくように。

身元がわかったら親族や知人にあたらせて欲しいと所轄の係長に伝言を頼んだが返事がなく、代理、課長に伝えたが返答がなかった。うちの所轄まで靄《もや》がかかったように、奇妙に歪んでいく。署長へ進言してくれと頼んだが、どこまで自分の意志が伝わっているか、どこで行き止まりになっているかわからない。やがて全てを一課の刑事達が取り仕切るという通知が係長から伝えられた。誰の決定だと聞いても返事がない。係長は、ほとんど形だけだがデスクに入っている。所轄側の係長も、一応捜査本部のデスクに入るのが通例だからだ。

「我々の事件と言ったの係長じゃないですか」

僕が言うと、係長はなぜか微笑《ほほえ》んだ。

「まあそうだけどね、もうやばいよ。過ぎ去るの待つしかない」

「は？」

「警視庁の、副総監まで興味示してるらしいよ。注目されてるからね」

警視庁の〈副総監〉といえば、その上の階級にはもう〈警視総監〉しかいない。

「雲の上だよ。うちの署長の首なんてすぐ飛んじまう。……大人しくしとこう」

マスコミへはまだ絶対言うなと厳命があったが、一時間後に漏れていた。記者達からの要望で、捜査本部から正式に逮捕の発表がされる。事件と関連があるか不明であること、逮捕容疑は路上で血痕のついた包丁を所持していた銃砲刀剣類所持等取締法違反であるとされた。その後の内々の記者からの取材で、その区域は〈捜査一課長〉が最重点区域に指定した場所であると伝えられたようだった。虚偽だけど、よくあることだ。

それより、あの地域が重点区域と発表されたのが不快だった。四丁目から西のあの方向に、犯人がいる可能性が高いのだから。

「彼は犯人でないと思います。勾留が長引いて自白強要になったら、冤罪の可能性も」

「奴らはそんな馬鹿じゃないよ」

係長は言う。彼はたまに爪を嚙む癖があったが、新しく赴任した代理が潔癖症で、注意され直っている。

「まあそんな馬鹿どももいるから、冤罪があるんだが……、でもこの時点で断定はしないだろうよ。それよりな、今回の逮捕がもし大手柄だった場合、一課の小橋さんの手柄になる流れのようだよ。今度の一課は特に所轄が嫌いらしい」

「どうでもいいです」

「いいのか？　〝コートの男〟連続通り魔事件、その犯人を捕まえた刑事になれるんだぞ」

「大人しくしておくんじゃないんですか。それに彼じゃないですし」

窓の外を見ると、黒塗りの車が駐車場を出ていく。乗車してるのは〈理事官〉だろうか、〈管理官〉だろうか。警視庁の〈管理官〉以上の役職には、専用の運転手がつく。運転手は次に捜査一課の刑事になる人間から主に選ばれ、出世の足がかりになると聞いたことがある。秘書官の役割も果たすと。

黒塗りの車が遠ざかっていく。中に誰がいるか見えない。運転手の顔さえも。車の窓に貼られた黒いフィルムに、降り始めた雨が付着しさらにぼやけていく。排気ガスの煙が辺りに漂い、気だるく揺れながら徐々に消えた。

「今回の管理官、あれキャリアらしいよ」

キャリアというのは、国家公務員一種を合格したいわばエリートの人材ということになる。殺人犯捜査の〈管理官〉、それがキャリアというのは初めて聞いた。

「ドラマならよくあるが、ちょっと珍しいよね。大体、警視庁の刑事部に異動で来るキャリアなんて、管理職とはいえ出世から外れてるんじゃないかな」

「聞き込みに戻ります」

「何かあったんだろうね、上の方で。こんな現場にキャリアがいるなんてね、この間キャバ嬢の子に捜査一課と仕事してるって言ったらさ、キャリアの捜査員で格好いい人いるかと聞かれたよ。何か詳しい子でな、小説とかドラマの見過ぎ。管理職ならまあいるけどさ、キャリアの捜査員なんて滅多にいないよ」

捜査本部へ行くため廊下を歩くと、小橋さんが待っていた。また眉をひそめている。表情が豊かだ。

「もし彼が〝コートの男〟だったら、私の手柄にするそうです。意味がわかりません。嫌ですそんなの。中島さんが彼を最初に」

「どうでもいいよ。小橋さんも嫌だろうけど、でも彼は恐らく犯人じゃないし大丈夫。……あのさ、何であんな近づき方したの？」

僕が聞くと、彼女は笑みを浮かべる。綺麗なというより、唇の左端を一瞬上げるような、不敵な笑み。

「自然でしたでしょう？」

「あのね、ああいう場合は」

「小学校時代、学芸会で賞もらいました」

「は？　いや、そういうことじゃなくてさ、わざとらしいでしょ？　あんなの」

彼女が僕を真正面から見つめる。何というか、ものすごく悲しそうな表情をしている。

「だって、結果的に、捕まえられたじゃないですか！」

「ああ、ごめ……」

「褒められると思ったのに！　何て見込み違いな男だ！」

「は？　ええ？」

廊下を歩いていく捜査員達が、驚きながら僕達を見ている。

小橋さんは泣いてるのかと思ったが、全く泣いていていない。ただ、ものすごく悲しそうな表情で固まってる。

「……あの人を見た瞬間」

彼女がその表情のまま言う。

「弾かれたみたいに、ペダルに右足をかけてました。何か声かけても、かけなくても、急いでいなくなると思いました。だから刺激しないように、でもすぐ近くに行かなきゃって思ったんです。……聞き込みされるより、道を聞かれる方が、相手はやり過ごしやすいと感じるかなって」

「……自転車の左に回ったのも？」

「はい。だって、自転車の方向を急に変える時、右利きの人はほとんどハンドルを左に……、あれ、うん、そうですよね、左に切るし」

そう言いながら、ハンドルを握る仕草をし、試すようにハンドルを左に切っている。

自転車の件はいいのだけど、声のかけ方は少し危ない気がする。何だかわけがわからなくなり、僕は根本的なことを聞いてみたくなる。

「あのさ、何できみは捜査一課に？」

「は？」

「いや、何というか、イメージがさ」

僕が言うと、彼女がなぜか笑みを浮かべる。

「……あの新宿現金強殺事件の犯人捕まえたの、私なんですよ」

「え？　まじで？」

「はい。聞き込み中に、犯人を見つけたんです。……でも、まぐれって言われて」

「すごいなそれ。でもまぐれは酷い」

「いや、本当にまぐれだったんです」

彼女が笑う。

「歩いてたら、向こうから帽子被った男が来て、『あれが犯人だったりして』って一緒に聞き込みしてた相方に言って、賭けをしようってなって、声かけたらマジ犯人だったの」

「は？　嘘だろ？」

「いや本当。びっくりしました。まあ犯人といっても主犯じゃなくて、たくさんいた連絡係みたいな下っ端だったんですけど、彼からアジトが割れて……」

僕は考えを巡らす。そんなことがあるだろうか？

「でもまあ、ないとはいえないか……捜査が偶然から解決するケース、よくあるといえばあるし……」

「あの」

彼女が突然、思いつめたみたいに言う。なんというか、彼女は感情のスイッチが早い。

「中島さんなら、偏見なく接してくれると思うので……、私」

携帯電話が鳴り、捜査本部へ戻ることになる。臨時の会議が開かれ、逮捕した男の名前がようやく知らされた。高柳大助、28歳、無職。でも黙秘を続け、雑談にも応じない。一連の〝コートの男〟連続通り魔事件の目撃者達に顔を確認させたが、いずれの目撃現場も時間帯は深夜で、男はニット帽にマスクやサングラスをしており、似ているようでもあり、違うようでもあると、はっきりした結果はわからなかった。

高柳は黙秘を続けているが、所持していたレンタルビデオの会員証からその店に問い合わせ、住所を割り出していた。捜査一課の者達がその住所へ向かっている。そこに電話が入った。市高署に、病院から連絡がきたという内容。今朝犬の散歩中に通り魔に襲われた女性が、病院にいるということだった。

会議がどよめく。小さな歓声も上がる。

捜査員が至急派遣されることになり、慌ただしく出て行く。

他の者はまた引き続き捜査を続け、高柳の逮捕現場付近には、僕達以外の捜査員も加わることになる。刑事達が会議室から出て行く中、苛立ちを覚える。

「あのさ」

小橋さんに話しかける。

「恐らく病院にいる被害者は、高柳がやったんだろ?」

「でしょうね」

「うん。でも俺は〝コートの男〟は高柳じゃないと思ってる。捕まえた瞬間の勘というか」

「ほう」

その妙な反応に、僕はあえて気づかない振りをする。

「……もし過去の三件の事件でのアリバイがなかったら、さらに勾留が長引けば……、高柳は〝コートの男〟にされてしまうかもしれない。勾留が長引いても無罪を主張し続けるのは難しいから。

密室での検察と警察の圧力は凄まじい。俺達が言うのもなんだけど、しつこく、しつこく繰り返される。人格も否定されていくし、犯人と認めれば優しくされるというか、人格も回復できると感じる心理が働いてしまう。……ましてや今回はやってしまってるわけだし。どう思う？」

僕が聞くと、彼女はぼんやり口を開けたまま考える表情をする。

「わかりません。正直に言うと。でもなんというか、あっさりし過ぎてる気がします。病院にいる被害女性、彼女が事件に遭ったのが朝ですよね？　それで高柳君はそのまま外にいた。しかも包丁を持って」

「高柳君？」

「あ、いや、……なんて呼べばいいですか」

「呼び捨てでいいんじゃないか。刑事みたいに〝ホシ〟とか」

「あー、私、そういう用語好きじゃないんです。なんか恥ずかしくないですか」

「犯人をホシと呼ぶかどうかなんてどうでもいいよ、それで？」

「どうでもいい？　どうでもよくないですよ」

彼女が言う。面倒くさい。

「わかった、どうでもよくない。どうでもよくなんかない。その問題は後でじっくり話し合うことにする。……それで？」

「……えーっと」

彼女が呟く。

「どの話でしょう?」

僕は驚く。

「面倒くさいな、だから」

「え? 面倒くさい?」

「あ、違う、えーっとね、ん? 何だろう。まず何をどうすればいいんだろう」

彼女と目が合う。僕は何をやってるのだろう。

「よし、コーヒーを飲もう。……奢るから」

署の自動販売機まで行き、コーヒーを買う。彼女の分のお金を入れたが、彼女は自動販売機の前でずっと迷っていた。何を買うかを。

僕は急かそうとしたが、やめることにする。じっと彼女を待つ。その方が多分早い。だが、彼女は僕が入れたお金を返却レバーで出し、隣の自動販売機で紅茶を買った。ちょっと苛々したが、我慢することにする。

「……で、続きだよ。えっと、高柳は朝に女性を刺して、そのままあの場所にいた」

「そう、私が気になってるのはそこです」

彼女は紅茶を一口飲み、眉をひそめる。不味《まず》いらしい。また苛々したが我慢する。

「つまり、高柳……は、女性を刺そうとして、逃げて、一旦家に帰ったりした後、また包丁を持ったまま出かけたんですよね。しかも血がついたままの包丁」

彼女は言いながら紅茶を一口飲み、また眉をひそめる。

「……どこかに凶器を捨てようと思ったのか、何なのかわかりませんけど、動揺し過ぎで、チマチマしてる気がします。犬に噛まれたり、不審に見られるって決まってるのに、私達の様子をじっと見てたり。つまりそんな犯人なら」

「だよね。とっくに捕まってる」

僕はコーヒーを飲み終わる。彼女は眉をひそめ紅茶を飲み続けたが、あえて無視することにした。


部屋に戻る。深夜の4時。

あれから丸三日エリア内の聞き込みを続けたが、目立った成果はなかった。テーブルで捜査状況報告書を書く。

七畳のワンルーム。ほとんど寝て起きるだけの部屋。四日振りにシャワーを浴びる。ベッドに入る。身体はだるいのに頭だけ冴え、寝つくことができなかった。録画していたニュースを流し観る。ウイスキーを少し飲み、またベッドに戻る。テレビだけの明るさの中、僕は派手なニュースショウを眺め続ける。せめて二時間くらい眠らなければ、明日がきついのに。

今回の連続通り魔事件の報道は、奇妙だった。でもそれは、この事件の奇妙さによる。

通常この手のニュースは、犯行の残酷さ、そして被害者遺族の悲しみを中心に語られる。加害者に怒りを覚えるのは当然だが、マスコミはやはりそれを煽る。犯人への「怒り」を大きくしていくと、視聴率が取れる。「怒り」とは「関心」であり、怒りを覚えた視聴者はチャンネルを変えない。数字になる。これは国際関係のニュースでも利用される。

しかし、最初の被害者であった竹林結城は独身で、身寄りがなく、無職だから同僚もなかった。長く勤めた前職もなく、主に日雇い労働とアルバイトで生計を立てていた。40歳で死んだ彼の事件を、テレビでコメントしたのが中学時代の教師であったから、いかに彼が孤独な生活をしていたかわかる。近隣の住人のコメントもない。理由は簡単だった。彼は非常に近所から評判が悪く、トラブルが絶えなかった。被害者の悪評などマスコミは流さないし、流すべきでもない。

二人目の被害者の主婦は軽傷で、つまり遺族はなく、被害に遭った本人も家族もマスコミを避けてる。当然だろう。自分の目撃証言から〝コートの男〟のネーミングまでついたのだから。彼女は犯人の報復まで恐れている。

そして三人目の被害者の真田浩二が、また奇妙だった。彼の評判も非常に悪かった。独身で遺族はいない。スポーツクラブを三店舗所有する会社の社長だが、人望がない。テレビでコメントする社員達からも、残念だとか、びっくりしているとか、決まり文句しか出てこないし、数日後には、広報を介しての取材対応のみになった。常務の人間が社長となり、会社は続いているようだった。

だからマスコミは、被害者側の怒りの代弁が難しい。奇妙な話だ。同じ命なのに。

そこに現れたのが逮捕された高柳だった。その報道のされ方に、また不安になる。捜査関係者しか知らない情報が多過ぎる。

彼が17歳の時、女性に対し強制わいせつ未遂事件を起こしていること。その時取調室で暴れ、刑事に怪我を負わせていること。少年院を出てからも一度、強制わいせつ未遂で逮捕され、拘置所に入っていること。今回の被害者の怪我は腕の切り傷であるが、傷害事件にしては加害者の情報が多く出過ぎている。つまり、情報は捜査本部や検察側が流している。

彼に対する怒りを世論に煽り、彼が一連の事件の犯人である印象を植え付けようとしている。そうすれば、起訴となった時やりやすい。不当に勾留しているなどの批判も起こらない。彼の弁護士も世間から憎まれることになる。いわば今検察は、彼を他三件の〝コートの男〟事件でも起訴するか迷い、もし起訴した時のための地均《じなら》しをしている。この流れの中では高柳が〝コートの男〟にされる可能性がある。

高柳には、三つの事件のいずれのアリバイもない。発生時刻が深夜で当然だが、仕事もないため、家で寝ていたという。自宅からコートは発見されてないが、膨大なアダルトＤＶＤが押収されている。アダルトＤＶＤなど誰でも持っているが、こういう事件に絡めると「やはり」の印象が強くなる。

映像では、夜の街を歩く女性達にレポーターがインタビューしている。「怖いです」「早く捕まえて欲しい」彼女達は言う。別の番組ではデフォルメされた映像で事件現場が再現され、被害者が倒れていた位置、そして〝コートの男〟がどちらの方角に逃げたかが検証されていた。コメンテーターの漫画家の男が、なぜか犯人像について語っている。料理研究家までもが犯人像を語っている。彼らに何がわかるというのだろう。

目が覚めると、ビデオは切れていたがテレビがついたままだった。いつの間にか眠っていた。何かの夢を見た気がしたが思い出せなかった。つけたままのテレビ画面が慌ただしい。午前6時。朝のニュース。レポーターが叫ぶように何か言っている。道路に鮮血。僕は反射的に起き上がる。VTR。まだ薄暗い外。二時間前に撮られた映像だという。ジャージ姿の男に、スーツを着たレポーターが何か聞いている。頭髪がやや薄いが、それが似合って見える精悍な男だ。「不安ですけど」とその男性は言う。「でもまあ、ランニングは日課ですから」

「毎日走ってるのですか?」

レポーターが聞く。

「ええ、この辺りは景色も」

そのジャージの男性が突然倒れる。スタッフだろうか、カメラの後方から悲鳴。男性とすれ違った背の高い男がいる。カメラはぶれ、反射的にというように、倒れたジャージの男性を映す。アスファルトの歩道に鮮血。「おい」レポーターが叫ぶ。「おい止まれ」ぶれたカメラが走っていく背の高い男を捉える。レポーターは一瞬どうしていいかわからない表情をし、何か決意したように慌てて駆けていく。他にも駆けていくスタッフがいる。男が逃げていく。カメラも迷うように追おうとするがやがてやめる。男は足が速い。かなりの速度で植え込みのある角を曲がっていく。姿を見失う。「救急車」息を切らせたスタッフが叫ぶ。「早く」画像が乱れる。「早く呼べ」レポーターも何か言おうとするが、声が出ない。

僕には連絡がない。他の県、他の管轄で、しかもテレビの取材中に起きた事件。もう一度画面が男性のインタビュー時に切り替わる。画面がスローモーションになる。

「——毎日——走って——るのですか——?」

「――ええ、この――辺りは――景色も――」

背の高い男がすれ違っていく瞬間をカメラが捉えている。スロー再生の映像。背の高い男がアップになり、画面が静止する。うつむいた顔の角度。若い。何かに酔ったように目がすわっている。30代前半くらいの男。グレーのコートを着ている。

画面がスタジオに切り替わる。今朝4時の映像と改めて説明される。刺された男性は重体ということだった。

キャスターは冷静に言葉を出そうとしているが、声が上ずっている。薄暗い映像だが、逃亡した男の姿がまたアップになる。整った顔。頬がこけ、酷く細い目でこちらをつまらなそうに見ている。

「なぜ取材中を狙ったのでしょうか」

キャスターが聞く。顔も虚ろなコメンテーター達が声を大きくする。

「自分の存在のアピールでしょう」

「いや、でもね、こんな堂々と」

「私達の物差しで話しても。こういう人間は」

模倣犯だろうか。それとも彼が〝コートの男〟だろうか。画面がCMに切り替わろうとした瞬間、臨時ニュースが入る。

《JR聖沢《せいざわ》駅構内で、乗客二人が刺される。犯人はコートを着用。現在逃亡中》

白い字が画面の上に現れる。僕は昨日脱いだスーツにもう一度腕を通す。聖沢駅。ここから約百キロ離れ、さっきの取材現場からも約三百キロは離れている。番組はCMに行かずスタジオ内のざわつきを映す。さっきの臨時ニュースが改めてキャスターから読み上げられる。

「これは……、どういう」

「えーっと、これはさっきのニュースとは別の？」

「はい、これは今さっき入った……」

僕は署に向かう。さっきの今朝の事件は、二つとも〝コートの男〟の犯行だろうか。それとも片方だけか、もしくは二つとも違うのか。模倣犯、の言葉が浮かぶ。〝コートの男〟でなければ、模倣犯が早くも全国に広がってることを意味する。

社会に溜まり続ける不満は、何かの暴発を求める。テレビで繰り返し流れる〝コートの男〟の存在が、そのきっかけになってしまっている。模倣犯は日本だけの特別な現象でない。英語ではcopycat criminalという。社会や人生に不満を持つ人間など、社会に溢れている。何かのきっかけで、それは突発的に沸き立つ。

ラジオでもニュースが流れている。普段音楽を流す番組の時間帯だった。聖沢駅の二人の被害者の容体は不明。犯人は依然逃走中となっている。

署に着くと、刑事達が錯綜する情報の中で動いていた。次々と出勤してくる。臨時の会議が開かれる。

いつも進行役をする捜査一課の警部が声を荒らげる。〈管理官〉はいるが、〈理事官〉も〈捜査一課長〉もいない。何をしているのだろう。

ネット上の掲示板に、〝コートの男〟を名乗る書き込みが八十四件。脅迫罪の立件も視野に、別の部隊が捜査に向かっている。テレビ局にも、自分が〝コートの男〟と自称する電話が百件を超えてあるという。今朝流れた、テレビの取材中のＶＴＲ映像が拍車をかけている。警視庁からマスコミ各社に「〝コートの男〟連続通り魔事件」の名を、正式名称「市高町連続通り魔事件」に変えること、また、模倣犯対策として、感情を交える過熱報道の自粛要請がされた。各社が飲むかわからない。

高柳に刺されたと見られる女性が、マジックミラー越しに高柳を確認、彼が犯人であると証言した。高柳は銃刀法違反容疑に加え、傷害容疑で再逮捕された。勾留が延長される。

恐らく今日からの報道には、捜査への不満が滲み出るだろう。ますます高柳が〝コートの男〟にされる可能性が高くなる。元の元が逮捕されれば、事件は収束するはずだから。

「あの……」小橋さんが僕を見ている。顔が疲れている。「これだと、誰が〝コートの男〟で、誰がコートを着た通り魔なのかわからないですよね。確実なのは、今朝の二つの事件が高柳じゃないことだけで」

「うん。俺は最初の三つも高柳じゃないと思ってるけどね。彼は一件だけで」

僕が言うと小橋さんがうなずく。もう鼻の先がてかっている。

「でも捜査本部の中には、始まりの三つの事件も高柳であってくれって空気があります」

聞き込みのエリアに向かう。車内で彼女が寝てしまう。無理もない。彼女もほとんど寝ていないはずだ。僕は起こさないようにハンドルを慎重に握る。彼女は口を開けたまま寝てる。こんな真剣な表情で、口を開けて寝る人間を初めて見たと思う。夢を見てるのだろう、瞼の中で目が激しく動き、気持ち悪い。小さな虫が彼女の周りを飛び、決意したように口に入っていく。彼女が呟き込み目を覚ます。僕は彼女に何かを言おうとしてやめ、また何かを言おうとしてやめることにした。

高柳について、そして一件目から三件目の事件について、聞き込みをしなければならない。でも僕は、一件目から三件目の目撃情報に絞る。ここが核だった。

「何か、メールが」

小橋さんがぼんやりした目で言う。まだ時々呟き込んでいる。もうすぐ聞き込みエリアに入る。

「テレビ見ろって、……何でしょう」

僕は自分のスマートフォンでワンセグを起動させる。

「何チャンネル？」

「……えっと」

画面が出る。オフィスのようなデスクに、猫背の男が座って受話器を握っている。スタジオでなく、テレビの報道局の中らしい。耳障りな声がする。

——モウ切ル。

「待ってください。あと少しだけ」

ボイスチェンジャーではない。何か音声機械を使った声。画面右上のテロップを見、僕は驚く。

『〝コートの男〟から報道局に電話』とある。

何かの報道番組。ＶＴＲだ。

「は？」

小橋さんが小さく言う。

「何ですかこれ。え？　〝コートの男〟から？」

画面では、スタッフと見られる猫背の男が、受話器に向かい慎重に話している。

「……あの、あなたが〝コートの男〟である証拠をもう少しください」

――ダルイ。身体ガダルイ。

「あの、あなたが」

――ダルイ。身体ガ。

「あなたは――」

――三人目ノ男。靴下ニ青イ繊維。

三人目の被害者の靴下には、確かに青い繊維がついていた。この情報はマスコミに流れていない。犯人しか知り得ない。

――モウ切ル。

この犯人は、スタッフの男と会話していない。いくつか録っていたと思われる言葉を、適当に流しているだけだ。青い繊維。犯人しか知らない。

「あなたは、そこにいるのですよね？　そのような音声でなく、あなた自身の言葉で話してくださいませんか」

スタッフの男は緊張し、声を微かに震わせている。

――ドウ思ウ？　アノ目ヲ。

「……は？」

――アノ目ヲドウ思ウ？

電話が切れた。画面がスタジオに切り替わる。黙り込むコメンテーター達が映り、やがてキャスターが神妙な顔で話し始める。

「えー、以上が、午前1時頃、この『ニュース・ラン』のデスクに〝コートの男〟と思われる人物からあった電話の一部始終です」

キャスターがさらに続ける。

「まず初めにEメールでの接触があり、犯人と思われる男から、指定された時刻に電話がありました。警察関係者に問い合わせたところ、彼は犯人しか知り得ない情報を持っていました。……番組としては躊躇しましたが、さきのVTRを広く公開することで、何らかの犯人の手がかりになると思い、放送に踏み切った次第です」

スタジオはまだざわめいている。いたずらのように感じる。でも青い繊維の話は、犯人しか知りようがない。

「こんなことテレビで……。馬鹿じゃないですか」

小橋さんが言う。驚いている。

「この事件はどのニュースも飽和気味だから。思いがけないチャンスに飛びついたんだ」

「でも」

「うん、こんなことやったら、また模倣犯が増える。でも、ずっとマスコミが続けてきたことだろう？　いじめで自殺した生徒を、涙ぐましく報道する。まるでヒーローみたいに。するとどうなる？　連鎖して自殺が増える。いじめで自殺した生徒は気の毒だよ。それは当然だよ。でも、報道の仕方は考えなければならない。この手の報道の世界的なルールだってちゃんと存在してるのに」

番組が終わり、僕はゆっくりアクセルを踏む。上手く気持ちの整理ができない。

「今の電話の人間が〝コートの男〟だったとして……。でも、何かキャラが違う気がします。犯行の仕方と犯人のキャラが」

「うん。そもそもこんな犯行声明を出す奴とは思えない。意味がわからない」

赤い点

聞き込みを続ける。小橋さんに車で休んでと言ったが、彼女は聞かずについてきた。マンションのエントランスで各部屋のチャイムを押すが、出ないことが多い。

署に問い合わせると、捜査本部はさっきの番組の電話とメール記録を調べているという。でもそんな簡単にばれることを、犯人がするとも思えない。自分達にできることは、聞き込みを続けることだけだった。それがこの巨大な捜査本部で、自分達に割り当てられた仕事だった。

頭痛がする。僕は夢中にならなければならないのに。何かに、夢中にならなければ。

住宅街を歩く。聞き込みのエリアが拡大されている。日が傾き、辺りが薄暗くなる。チェックしていた、以前留守だった部屋もあたっていく。何の収穫もない。

無数のチャイム。この町に、膨大に存在する他人達のチャイム。テレビによって拡大していく犯罪。

通行人の数が、さらに少なくなっていた。街の全てが、沈黙に覆われているように感じる。沈黙した緊張の中に。ここ最近は、通り魔以外の犯罪も全国的に増えていた。窃盗、強制猥褻、殺人。社会に潜む逸脱が、ざわざわと騒ぎ立つように。

「……ちょっと待ってください」

何軒目かもうわからないチャイムを押した時、小橋さんが静かに言う。彼女の鼻の先のてかりが、頬にまで広がりつつある。僕達の聞き込みエリアが増えていくように。

「この部屋が留守なのはおかしいです」

日は大分落ち、夜といってよかった。

「さっき窓見た時、人いましたから。カーテンが閉まって電気もついてないのに、人が」

マンションを出、その窓を見る。何かがカーテンの陰にいる。僕は手に持っていた缶コーヒーを一口飲む。

「もしかして張り込みじゃないか」

「え？」

「あの様子は多分……、誰か見張ってる」

「でもそんな情報私達知りませんよ」

確かに、聞かされてない。遠くでサイレンの音が微かに聞こえ、やがて消えた。

「前科リストから割り出したんだ。……この町に、交通違反を除く前科を持つ人間は三十五人いる。特命捜査の奴らだよ。極秘でやってるんだ」

「私達にも内緒で？」

「マスコミにもバレたくないってことだろうけど、まあ信用されてないんだ。でもちょっとむかつくな」

小橋さんが突然笑みを浮かべる。大きな目で僕を見る。

「……なら知らない振りして、聞き込んでやりましょうよ」

「は？」

「あの位置から見張るなら、あのアパートですよ。あのアパートの誰かを見張ってることになります。だったら、そのアパートに聞き込みに行ってやりましょう。私達は知らないんだから、何のお咎《とが》めもありません」

本気だろうか？　本気だろう。さらにまずいのは、僕もその気になっていることだ。

何気ない素振りで一度その場を離れ、しばらく歩き、またこの場に戻ってくる。目的のアパートの敷地に入る。

101のチャイムを押し、出てきた背の高い女性に聞き込みをする。10代に見え、聞けば美大生だという。彼女ではない。今度は106のチャイムを押す。誰も出ない。103のチャイムを押すと、誰も出ないがドアの奥で物音がした。少し怪しい。ここだろうか。

もう一度チャイムを押す。ドアをノックする。ドアの覗き穴に小橋さんだけ立たせる。もう一度ノックする。ドアのすぐ側で何かをどかす音がし、ドアが開いた。その瞬間、彼女とドアの間に割り込む。息を飲む。野川だった。

六年前、僕が取り調べをした男。郵便局に強盗に入り、何も取ることができず駆けつけた交番の巡査に逮捕された。妻子がいたが、スナックの女に夢中になり、借金をして貢いでいた。自身の小さな工場の経営も傾き、彼の逮捕後、すぐ倒産した。罪状は強盗未遂。

野川は僕の顔を見ると驚いたように目を開き、やがて妙に赤い唇を歪ませ薄く笑った。この笑みに覚えがある、と思っていた。六年前の取調室、きちんとした刑事のように彼の前に座った僕を見、彼は口元に薄く笑みを浮かべたのだった。今と同じように。

「……お久しぶりですね。……いや、お忘れでしょうか？　ゴミのような人間なんて、もう腐るほど見てるでしょうから。私は……」

「野川だろ」

僕が言うと、また野川は薄く笑った。僕は仕草で小橋さんに離れるように合図したが、彼女はその場を動かない。

「……調子はどうだ？」

僕はそう聞く。なぜか鼓動が速くなっていた。

「調子？」

彼が少し声を大きくした。

「調子！　いいわけがない！　いいわけが！」

酒の臭いはない。彼は酔ってるわけではない。

「……私ね、今見張られてるのですよ。向こうにマンションがあるでしょう？　あそこからずっと私を監視してる奴がいるのです。その件で来たのかと思いましたが、どうやら偶然のようですね」

「見張られてる？」

僕はわざと言う。

「ああ、知らないのですか？　ほら、〝コートの男〟事件ですよ。あれで見張られてるのです。前科者が疑われるのはまあ仕方ないですがね。私の前科とあの通り魔事件は性質としてかけ離れてる。見張ってる奴は無能の極みですな。……でも、意思の疎通がないのですか捜査本部というのは。間抜けですね。見張られてる男のアパートに聞き込みなんて」

「……お知り合い？」

小橋さんが言う。

「ああ、こいつは……」

「いや、プライバシーの侵害ですなあ！　こんな綺麗な女の子に知られたくないですね！」

「黙れ」

「はは、黙れか。黙れだって！」

郵便局で逮捕された時、野川は奇妙な反応を見せたということだった。巡査達に取り押さえられた時、追い詰められた表情で「離せ」「やめろ」とドラマのように叫び、そのまましばらく動かなかったかと思うと、突然薄く笑みを浮かべ、また「離せ」「離せ」と叫んだ。巡査達がどこか奇妙に感じていると、不意にまた叫ぶのをやめ、今度は笑みだけを残しどこかをぼんやり見たまま動かなくなった。「気味が悪かったです」。野川に手錠をかけることになった巡査が、後で僕に言ったことがあった。

「まるであいつ、離せとか言うことで、気持ちよくなってるみたいで」

六年前の、取調室でのやり取りを思い出す。

彼はずっと黙秘を続けていたが、取り調べの刑事が僕にかわった時、あの笑みを浮かべ、急に話し出したのだった。

「……とりわけ美人ではなかったんです」

野川は、じっと僕を見ていた。他の刑事に視線を移さず、僕だけを。

「……何がだ」

「女ですよ。私が貢いだ」

取調室のライトに照らされ、野川はあの時、なおも薄く笑っていた。突然話し出した目の前の男に、僕は驚きを感じたがそれを隠した。

「子供が小さかった頃は、よかったんですよ。無条件で自分を好いてくれる存在。……親馬鹿にも、この子は将来きっと立派な人間になると何度も思った。あまりにも可愛くてね、この子が俺の全てだとずっと思っていた。……よちよち、よちよち、ついてくるんです。父親の私にね。何だか自分が一枚の絵に、いや、テレビコマーシャルの中に収まっていくようでね、心地よかったこともあった」

野川はそう言うとなぜか自分でうなずいた。

「でもね、子供って、段々離れていくでしょう？　小学校を卒業する頃には、もう親なんて邪魔な存在です。自分の子供時代を思い返してもそうだった。親なんてうっとうしくて仕方なかった。……見てるとね、段々、こいつは大した人間にならないだろうと思えてくるんですよ。私と同じですらなく、私以下の人間になるだろうと。不満でいっぱいですよ。ゲームばかりやっている。よくもまあ、あんなくだらないことを長々とやってられるもんだ。成績もぱっとしない。風采もぱっとしない。そして何より、何を考えてるのかわからない。自分の平凡さを、子供を通して見せつけられてるような気分になる。……女房への愛情などとっくに失せてますしね。女房の愛情が私から子供へ移った頃からか、いや、その前からかもしれないが……。家庭の核は子供であるって、私はずっと思い違いをしていたんです。家庭の核は夫婦仲ですよ。これが最も肝心なんです。それさえできていれば、親を見ている子供は勝手に健やかに育つ。でもそれが一番難しいんです。……四十五を越えた時にね、逆算してしまったんです。あとどれくらい自分の人生があるかと。いいですか、ここがポイントです。『自分の』人生。家族を支える私ではなく、『自分の』人生が。

私の妻はね、私の悪口を毎日のように思春期の息子に言っていましたよ。しつこく、しつこくね、私の悪口を息子に語っていました。長く住めばそこに物が溜まっていくでしょう？　家というものが、気だるい物達に囲まれた息苦しい吹き溜まりのようになっていく。……タイミングも悪く、私の工場も傾き始めていた。鉄の匂い。昔の望みを思い出したりしましたよ。この鉄の匂いからのし上がり、いっぱしの、人に誇れるような経営者としてね……。でももう、うんざりするようになった。鉄の匂い。借金をし、借金を返すために働く。鉄の匂いの中で」

　あの時、僕はどう言葉を返しただろう。

「そんな時にね、スナックで女に出会いました。ほら、……いるでしょう？　取り分け美人ではないが、男好きのするような。……どこかの女から見ると、直感で、自分の夫や彼氏には近づかせたくないと思うような女。……彼女がそうでした。ワガママもあまり言わず、どちらかといえば大人しいのに、心の底では一歩も引かないような、それでいてね、猫みたいと言えばいいのかな、いつも何かを欲しがってるようなね、そんな目をした女でした。ホテルに行って、たまらない夜だったが、その一度でやめておけばよかったんです。そうすれば、私は平凡な人生の中で平凡な不満を抱え、平凡な浮気をして平凡に反省する、平凡な中年で終わったでしょう。大抵の人間がそうじゃありませんか？　こういうのは一度でやめた方がいい。でもね、私は続けてしまったんです。正確に言えば、その女がいい女だったから、ではないのですよ。……自分の人生に復讐するためにね、私は彼女と何度もホテルに行ったのです。自分が進んできた道を、私は呪い始めていたから。自分というものを、人生そのものを呪い始めていた。彼女の向こうに、何やら赤い点のようなものが見えることがありました。その赤い点が、私を誘うのです。私を手招きするように。もう壊してやれと。もううんざりだろうと」

　野川の声は細く、やや掠《かす》れていた。

「工場の経営が取り返しのつかないほど傾く。私は借金を繰り返す。……もうその頃は闇金ですよ。

闇金から金を借り、返すためにまた別の闇金から借りる。その時にも、闇金業者の向こうに、赤い点を見ることがあった。

闇金業者達からすると、私は時限爆弾みたいなもんです。いつ自己破産するか。自己破産させる前に他所から金を借りさせ、返済させる。リレーで使うバトンみたいなもんです。闇金レースの、爆弾のバトン。経験がおありですか？　借金を完済するメドが全くないのに、金をまた借りる時の解放の感覚。……気持ちがいいのですよ。追い詰められているのに、手元には自分をすっきりさせる金があるという不思議。堕ちていく、あの感覚。赤い点は遠くに、遠くに行こうとする。私は追いかけていく……。借金に追われる日々の中で金を湯水のように使い、あの女をホテルで狂ったように抱く。追い詰められながらする行為がまたね、私をヘドロのようにするのです。……ははは、いい女でした、確かに、いい女でしたよ！　行為の時にはね、口を嬉しそうに開け、目を細めいつも私をじっと見ていた。その口の中に、例の赤い点を見ることもあった」

野川が次第にぼんやりし始める。

「その頃、何だかすっと映像が浮かぶようになりましてね、どこかに強盗に入り、取り押さえられて『離せ』『離せ』と言っている自分の映像。……そこが地の底のように思いました。金がなくて強盗に入る、というチープさが良かった。堕ちて行った先にある、見事なまでに安い絶望。自分の人生を、滑稽なまでに自分で破壊する快楽、人々が大切にする、人生というものを侮蔑する快楽……。ははは、だから動機はこうですよ。強盗に入り、『離せ』『離せ』と言いたかったから。ははは！」

野川がそう言った時、当時はまだ巡査部長だった係長が部屋に入ってきた。

「借金に追われ、金が欲しくて強盗に入った。そうだな？」

係長が言う。でも野川は首を振った。

「違いますね、だって金なんかいらないですから。もう死んだってよかったんだから。仮に強盗に成功して金をつかんだって、私はまた借金するまで使うつもりだった。そして、またどこか強盗に入るでしょうね、捕まるまで、そうやって人生が弾けるまで」

野川が薄く笑う。

「この話にはね、でも続きがあるんです。逮捕された時にね、ほら、あのガチャリと、手錠が手首にかかった瞬間にね、『捕まった』と思いましたよ。『とうとう捕まった！』。手錠というのは、本当にその現象を見事なまでに体現した道具ですなあ。その時にね、赤い点がまた見えました。遠くに、それは跳ねていった。遠くに、遠くに……。気づいたのです。いや、前々から、薄々気づいていたのかもしれません。それが、私が小さい頃によく遊んでいた銀色のスーパーボールだったことに。ははは！　ほら、あるでしょう？　とても小さくてゴムみたいな、ポンポンよく跳ねるあのボールです。……なぜ銀色だったものが赤くなっているのかはわからないですがね」

野川が真っ直ぐ僕を見る。

「それは、小さかった頃、家が貧しく何も買ってもらえなかった私が道で拾った、唯一の玩具だったんです。あの頃、近所で少し流行っていたのですよ。中々手に入らないタイプの大きなスーパーボールで、綺麗な銀色は珍しくて私には自慢だったのです。そんな昔の小さいボールを幻覚のように見ていたなんて、私はストレスで幼児返りしていたのでしょうか？　いや、どうやらそんな単純な話ではなかったようです。そのスーパーボールには、一つの思い出がありましたから。……友達もいませんでしたからね、子供の頃の私にとってはそのスーパーボールが、一時期友人そのもののようになっていたこともあった。玩具という認識を超え、銀色の宝石のように扱い、心の許せる唯一の存在という風に、そのボールを時に人格化までしていた。……大分歪《いびつ》な執着心を持った子供ですね。そんな粗末なボールを擬人化し友人だと言うぐらいですから、私の子供時代は想像できるでしょう？　ですがね、ですが、夕方頃、落ちてくる太陽の日差しを感じながら歩いていた時、坂を見つけたんです。車もよほど慎重に運転しないと通れない急な下り坂。広く、長く、どこまでも続くように見えた下りの坂。……その坂を見た時にね、子供だった私は頭がぼんやりして、スーパーボールを、その大切で仕方なかったスーパーボールを、その下り坂目掛けて思い切り投げたのです。……投げた瞬間、もう取り返しがつかないと思いました。私の意志がどうであったとしても、もう、絶対にあのボールを取り戻すことはできない。そしてボールは勢いよく、驚くほどのスピードで坂を落下していきました。ありえないほどポンポン跳ねながら、どこまでも、下へ。……あの時の絶望的な感覚の中には、快楽がありました。消えていくボールを見ながらね、私は思ったんです。『遠ざかっていく、自分の生活から』……怒鳴り合う両親の元から、止めに入って激しく殴られる日々から、憂鬱な学校から、近所からのお古で汚かったランドセルから、あのボールは自分を置いて、遠くへ逃げたのだと。……いや、私は自分の友人であるボールだけ、その場から、逃がしてやったのかもしれない。本当は、自分が逃げたかったのに。……だから、本当の動機はこうかもしれませんね。……ボールを追いかけていきたかったから。私の元から逃げていったボール」

野川は笑った。

「……でもまあ、いいでしょう。私もこの部屋に飽きてしまいましたからね。あなたが言った供述でいいですよ。……あなたた達の言う調書では、人間の堕落の不思議は語れない。裁判だって同じ。ニュースでも、ありふれた事件として報道されるでしょう。人間の堕落の真実はいつも表層に隠れる。真実はいつも、人々が望むようなわかりやすさの中で語られる。……だから私の事件も、さっきあなた達が言ったように『借金に追われ、金が欲しくて強盗に入った』ということになります」

野川が椅子から立たされる。彼が僕を見て、また薄く笑う。絡みつくように視線を合わせて。

「土台がぐらついてますね、あなたは。……あなたを見た瞬間、仲間のように感じましたよ。うん、うん、あなたは土台がぐらついている！」


目の前の野川は、六年前より顔に皺が目立ち、やや痩せていた。なのに、目だけ生き生きと濡れている。笑みも変わっていない。

「……〝コートの男〟の情報が欲しいのでしょう？」

「……何が？」

「だから、情報が」

「……知ってるのか？」

「……さあ」

野川がまた笑う。僕は苛々する自分を抑える。帰ろうと思った時、野川が突然赤い口を開く。

「刑務所で」

「ん？」

「……知っているでしょう？　刑務所で、犯罪者同士が親しくなるケース」

野川は短い両腕をだらりと下げたまま、動かなかった。

「……そこで次の犯罪の計画を共に練り、実行された事件も数多い。……犯罪者の巣窟ですからな。彼らは刑務所の相部屋で、お互いに情報を交換する。……ある男と同部屋でした。八人の同部屋仲間のうちでね、一番頭のいい男でしたよ。彼はね、やり残したことがある、と言ってましたよ。殺しそこねた奴がいると。……そいつはこんなことを言ってました」

野川が急に黙る。

「……どんな？」

「このお嬢さんと話したいですね。あなたは外で待っていてください」

「ふざけるな」

「私の部屋で二人きりで」

「……お前」

「はは、ははは！」

僕は帰るため小橋さんを促す。彼女は躊躇したが、一歩僕に近づく。

「……こう言っていたのですよ。あいつを殺す時は、通り魔に見せかけるって」

野川が僕を見る。

「見せかける？」

「そうです。殺人にはタイプがある。怨恨、金目的、愉快犯、愛情のもつれ、場当たり的な通り魔。……動機によって、犯行のされ方が違う。だから、動機と犯行方法をずらすのです。本当は怨恨なのに、いかにも通り魔にやられたように見せかける」

辺りが冷えてくる。

「そいつはね、奇遇にも、私の近所に住んでましたよ。だから刑務所で意気投合したんです。近所とは、どういうことかわかりますか？　つまりここです。市高町」

「そいつの名は」

「言えません」

「……ふざけるな」

「ふざけてませんよ。いや、ははは、ふざけていました。……あの、本当に、こんな都合よく犯人に辿り着くとお思いですか？　そんなわけないでしょう？」

野川が笑う。だらりと下げた腕は動かさないまま。意味がわからなかった。

「あなた刑事としてやはり半端ですな。そいつが市高町にいたなんて嘘に決まってるでしょう？確かにそういう男は刑務所にいました。実際にそんなことを言ってもいた。でも市高町にいたわけではないし、しかもそいつはもう死にましたよ。獄中死というやつです。……よくいますからな、刑務所で死ぬ奴。無期懲役の大半は獄中で病死ですから。世間で言われる仮釈放なんて、まあほとんど無理ですし」

「お前……何が言いたい？」

　僕が言うと、野川がこちらの目を見る。奇妙なほど真っ直ぐに。

「私はあなたのことを気に入っているのです。……私と同じように、土台がぐらついてますからな……。しかも刑事ときてる。できれば度々ね、訪ねてきてもらいたい」

「……ふざけるなら、もう用はない」

「教えてあげてるのですよ。犯罪者というものを。……私はね、一人殺したい奴がいるのです。誰かは言いませんし、実際にはやりませんがそういう奴がいます。……あの通り魔事件が起こった時にね、やるなら今だと思いましたよ」

　野川の目が生き生きとしてくる。

「やるなら今だと」

「……どういうことだ？」

「わからない人ですね。つまり、こう言いたかったのですよ。全部が全部通り魔……、本当にそうでしょうか。模倣犯、本当にそうでしょうかとね。……私ならね、模倣犯ですらなく、模倣犯の振りをしますよ。これだけ事件が騒がれてる今、罪をなすり付けることができると考えるような奴もいるんじゃないですか？　やるなら今だとね、思う奴がこれから出てくるかもしれない。いや、……違うな」

　野川が薄く笑う。

「……もうすでに、いたのかもしれませんよ」

精神科医

青い照明の光をぼんやり見ていた。

カウンターの隅の席。狭い店内には、客がほとんどいない。マスターの痩せた男は、よく来る僕を見ても話しかけない。そこが気に入り、たまに足を運んでいた。

事件も解決していない。一杯で帰ろうと思っていたが、気がつくと二杯目の水割りを頼んでいる。あまり飲むと明日がきつい。いや、もう日付が変わってる。眠るのも働くのも、もう今日だ。

野川の言葉を思い出していた。この模倣犯騒ぎの中で、別の意図を持った人間がいるかもしれないということ。もしそうなら、これからの犯罪も、〝コートの男〟の犯行か、その模倣犯か、模倣犯を利用した何かなのか、ますますわからなくなる。

もっといえば、三件目の犯行自体、少し妙だった。死体を引きずり、口の中を焼いている。捜査の攪乱《かくらん》が目的とされているが、やはり何かおかしい。

でもテレビで流れた犯人の声がある。犯人しか知り得ない情報を彼は知っていた。その三件目の死体に付着していた、青い繊維。でも〝コートの男〟と、犯行声明をマスコミに送る犯人像は結びつかない。その三件目の殺人のやり方とも、犯行声明は全く結びつかない。

死体には、犯人の内面が宿る。明確に言えることではないが、一件目と、その三件目の死体から自分が感じたものは、悲しみだった。奇妙な言い方になるが、早くやめさせたい、という感覚。最も不可解なのは、自分がこの事件にいつの間にか病的にのめり込んでいることだ。何かに夢中にならなければならない。ずっとそう思っていた。何かに気を取られていなければ、自分の内面が泥濘《ぬかるみ》のように沈んでいく。でも、それ以外に、自分の内部が強くこの事件に惹かれているのを感じている。

店の壁の模様が、迷路のように伸びて見える。酔いのせいか頭がぼんやりしてくる。線の模様が人間の手足のように見え、それがスルスルと伸び、歪み、奇妙な道をつくっていく。迷路は人を狂わせる。

結局眠れず朝になり、定例の会議に出る。進行役の警部から、市高署の隣の所轄の刑事が一人、自宅謹慎になったと伝えられた。捜査情報を漏らしたという。会議がざわつく。

交通課の23歳の男で、近隣所轄からの応援部隊として、地取り班に入れられていた。検問を張っての聞き込み。彼が自身のツイッターで捜査情報を書いてしまった。三件目の被害者の足についていた、青い繊維。

「本人が認めた。ひとまず謹慎処分としている。マスコミにも漏れてる。今日の夕方のテレビニュースで出るだろう。最低だ」

刑事達から怒声が起こる。刑事がツイッター？　〈捜査一課長〉も、〈理事官〉も〈管理官〉の姿も会議にない。

「先日、『ニュース・ラン』で流れた犯行声明の主は、そのツイッターを読んでいたと思われる。インターネット上で問題のツイッターは騒ぎになっていたらしい。マスコミにも知れた。現在は削除されてるがもう遅い」

「つまり……」

隣で小橋さんが小声で言う。後ろ髪に寝癖がついている。

「あの犯行声明は無視していいってことですよね」

「……かもしれない」

「結構やばいツイッターだったみたいです。人の悪口ばかり。悪意がすごかったみたい」

「人間は常に、意識を張って生きてるわけじゃないしね。ふとした瞬間に、本音や何かが出る。……無意識の発露みたいに。それが公に広がる世界になったんだ」

「人の隠れた暗部が、世界に？」

「うん。ネットはね」

「あと、幼児化してるんですよみんな」

「いやきみに言われ……、ん？　ああ、違うよ。そうかもしれない。ただ、犯行声明なのに、それが犯人によるものじゃなかったってことになったら、もうわけがわからなくなる。ネットにも自分が〝コートの男〟だって名乗る人間が大勢いるんだろ？　犯人じゃない奴らが犯人を名乗っていく。実体が陰に隠れて、偽物やコピーが拡大してる。これならこれからも、好きなように犯行ができてしまう。それで……、頼みがある」

僕が言うと、小橋さんが顔を向ける。目元も疲れている。

「一応、高柳を捕まえたのは俺達だ。銃刀法違反だけじゃない。傷害事件。お手柄ってことだよね」

「ええ」

「捜査一課のデスク達に掛け合ってくれないか。俺達を、地取り班から特命捜査班に配置換えして欲しいって。もちろん俺達はベテランでもないし厳しいのはわかってる。でも、これだけ捜査員が増えれば地取り班が二人減ったって捜査に支障はない」

小橋さんが不敵な笑みを向ける。

「やってみます」

「この事件には、何かが背後にある気がするんだ。それで〝コートの男〟はまた何かやろうとするんじゃないかって。そう思うんだ」

刑事達が会議室を出て行く。皆疲れている。

社会の中でそれぞれが生活をし、そのうちの誰かが犯罪を起こす。事件のない日は一日もなく、何かの確率論のように、誰かが逸脱する。この通り魔騒ぎに刺激され、今犯罪が多発している。まるでいつか犯罪をする可能性を有した人間が、前倒しで暴発したように。

社会に出現する逸脱者を、捕まえていく仕事。次々に現れてくる逸脱者を、一人ずつ捕まえ、隔離していく。刑事の仕事とは何だろう。

先に車に乗って待ったが、やって来た彼女は顔をしかめている。無理だったのだろう。

「……駄目って言われました。理由もよくわかりません」

「……管理官とか、ああいうのにも伝えてくれたのかな」

「わかりません。何か曖昧な感じで、うやむやに……」

霧のかかる駐車場で、ライトをつけ、ゆっくりアクセルを踏む。駐車する自動車の群れが、影のように目に映る。担当エリアに向かうが、あの場所から新しい情報が出ると思えない。不毛な場所で、不毛なことをしにいく。疲れた身体で。命を削るみたいに。

これから積み重なる時間がのしかかってくる。刃向かうことのできない時間。自分から遠い誰かが犯人を捕まえるまで、意味もなく続いていく泥濘のような時間。

沈黙してどこまでも続くマンションの群れ。無数に連なる民家の一つ一つ。

「高柳……の、勾留の期限が近づいてます」

小橋さんが言う。

「鑑捜査班の人達が、自白を取れると言ってました。大分しぼったからって。妙なことですけど、自白を取らなければいけないって」

「冤罪事件、迷宮事件の最大の原因は、初動捜査のミスだよ」

「はい。危ない状況です。事件が大きくなり過ぎて、もう責任問題が出てるみたいです。管理官に押し付けられる方向みたいで。……上の方で、何かの争いがあるみたいです。よくわかりませんが、元々あった争いが、今回のことを利用するみたいに」

聞き込みを続ける。何の情報もない。聞き込みをした住人から、早く捕まえろと罵声を二度ほど浴びた。

昼食を取り、栄養ドリンクを飲み、夕食を取ってまた聞き込みを続ける。今取った何かの栄養素も、全て無駄に消えるのだと思う。人のいない街は沈黙し、冷えていた。

「中島さん」

携帯電話を見ていた小橋さんが言う。

「高柳が自白したそうです」

鼓動が速くなる。そんなわけはないのに。彼でないはずなのに。

「自分のやった一件と、前の三件も全部やったと。正式に再逮捕されるそうです」

「ありえない」

「明日の朝刊に間に合うように、急いで発表するそうです……あと高柳が、一件目の被害者とコインランドリーでトラブルになっていたという新しい情報が。まだ不確かですが」

トラブル？　もしその情報が本当だったとしても、この事件はそんな単純なものだろうか？　どうしたらいい？　でもどうすることもできない。自分はこの巨大な捜査本部の末端の刑事に過ぎない。何もできない。

自分が捕まえた人間が、不当にどこかへ連れていかれるように思う。そびえ立つ法治機構の奥へ。よくわからない争いに利用されるように、さらに奥へ。無数の冷えた廊下を歩かされ、もう戻ってこられない場所に。

電話が鳴っていることに、しばらく気づかなかった。

係長からだった。所轄側の。

――新しい死体だよ。

係長が声を大きくする。

――全部ひっくり返るかもしれない。今どこだ？　現場に行け。


現場に着くと、大勢の捜査員がまだ残っていた。

中央に赤い車がある。どういうことだろう。

何人かの捜査一課の刑事が僕達を訝《いぶか》しげに見る。何か言われる前に吉原さんを探そうとした時、小橋さんが吉原さんを見つけ、駆け寄っていく。

ここに着くまで、小橋さんは「死体」「死体」と呟いていた。そういえば、死体を見たいとか、わけのわからないことを前に言っていた気がする。

「おー、手柄のコンビ」

吉原さんが笑顔で言う。年季の入ったスーツを着ている。

「きみ達、というか、きみは本当に熱心だね」

吉原さんと共に赤い車へ向かう。もう鑑識も写真撮影も済んでいた。

車の運転席に、男の死体がある。白いワイシャツに血が滲んでいる。目を薄く開き、口を大きく開け仰向けになっている。舌が奇妙なほど歪み、上の歯と唇の間に張りついている。髪がやや長い。

小橋さんがハンカチを出し、口を押さえる。無理もない。彼女にとって初めての死体だった。

「でもこれね、どうやら致命傷じゃないんだ。切れて血は出てるけど刺されてない」

「……どういうことですか?」

「うん。瓶が落ちててね。小さい瓶だよ。どうやらそれが毒だったらしい。ここにはない。もう鑑識が持ってったから」

毒とはどういうことだろう。意味がわからなかった。

「さらに遺書があってね。そこに、自分が〝コートの男〟だと書かれていた」

「え?」

担架が入ってきて、男の死体が運び出されていく。検視のために。

「……でも、ほらこいつ、明らかに何というか……、太ってるだろ? 〝コートの男〟の目撃情報と随分違う。さらに」

吉原さんが僕達を見る。

「こいつ精神科医なんだよ。しかも靴下に青い繊維が」

翌日の会議で、様々なことが明らかになった。

車内で死んでいたのは米村辻彦(45)。市内で三ケ月前から心療内科を開業していた精神科医。妻子はおらず、彼もまた独身だった。

死因はシアン化カリウムの服用によるもので、胸の傷は切り傷で軽傷だった。

車内に落ちていた瓶からは、被害者の指紋のみが検出された。残されていた遺書と見られる手書きのメモは、このようなものだった。

全て私の責任です。私がコートの男です最初の被害者の方が持っていたコンビニ袋入っていたのはエリオットビールだと私は証言したい死体の口内を焼いたりした私は精神科医です私の中にいた少年が彼らを殺した凶器は西ノ浦の公園のゴミ箱。

最初の被害者が持っていたコンビニの袋には、確かにエリオットビールが入っていた。この情報は公開されてない。ネット上の〝コートの男〟関連のサイト、掲示板、ツイッターでもこの情報は流れていなかった。三人目の死体の口内が焼かれていたことも公開されていない。

さらに捜査員が西ノ浦公園に向かい、ゴミ箱から包丁を発見した。刃渡りなど、犯行に使われたと予想された凶器とほぼ一致した。運転免許証を携帯しておらず、当初車は別の人物のものと思われていたが、車検証は米村のもので、車の所有者も米村だった。

でも一連の目撃証言と、この〝コートの男〟を自称して死んだ米村の風貌はかけ離れていた。目撃者達に米村の写真を見せたが、全員が首を横に振った。

それらの要因から、犯人が二人いた可能性が浮上し、会議がどよめく。

二人いた場合、米村も目撃されてなければならない。でも二件目の事件で襲われそうになった主婦も、近くには〝コートの男〟しかいなかったと証言している。そもそも通り魔を二人でやるだろうか？　勾留中の高柳と米村の接点も見えない。

まず刃物で切られ、その後毒物が米村の体内に入ったと検視では報告されていた。刃物で切られ、その後に自殺？　いや、刃物の傷は自分でつけたと考えるのが自然だった。死のうとし、死に切れず毒を飲んだと。

そこから見えてくるのは罪悪感だった。となれば、やはり犯人二人説が有力になる。

だがわからなかった。なぜ二人で通り魔を？　何のために？

さらに、米村が開業していた心療内科の絨毯の繊維と、三件目の被害者の靴下に付着していた繊維が一致した。精神科医が、患者を殺した？　でもそうではなかった。三件目の被害者の真田が、この心療内科に通院した記録はないのだった。遺書は、カルテにあった米村の自筆と完全に一致していた。

僕は会議で報告されていく事実を聞きながら、思考が乱れていた。ホワイトボードに書かれていく文字が、奇妙に動く。迷路のように。

捜査方針としては、米村の交友関係を洗うことが最優先された。だが、自分達の聞き込みエリアは変わらない。

「吉原さん」

僕は会議室を出ようとする吉原さんを呼び止める。小橋さんも続く。

「あの、お願いが」

「ん？　ああ、特命捜査に配置換えして欲しいんだろ？」

僕はうなずく。小橋さんも。

「んん、じゃあ俺からも言ってみるよ。高柳の自供もこれで信憑性が薄れるし、今度の米村の身辺捜査が上手くいかないと、この事件は迷宮入りの可能性だってある。……管理官も全部押しつけられてノイローゼ気味だし」

吉原さんの目元は大分疲れている。みなだ。現場の刑事はみな疲労も限界にきてる。

「それに彼女を、ラッキーガールって紹介するよ」

吉原さんが笑う。

「新宿現金強殺事件を解決に導いて、高柳の逮捕にも絡んでる。彼女は実際〝ラッキーガール〟だよ。今は藁をもつかむ状態だし、刑事は験《げん》を担ぐ種族だから。上手くいくかもしれない」

聞き込みエリアに向かう途中、方向を変える。気になることがあった。一課の刑事達に気兼ねしてできなかったが、調べたいことがあった。

「この間、電車でお婆さんに席を譲ったんです」

車内で小橋さんが突然言う。

「そうしたらそのお婆さん、私の目を見て『うわあ。偽善者』って言ったんですよ」

「……へえ」

「しかも、『偽善者の心を満足させるために、はあ……、仕方ないわね。座ろうかしら』って言ったんですよ。そのお婆さん、朝に結構電車で一緒になるんです。だから私、もうそれから席譲るのやめたんです。でもそうしたら、ずっと私の前に立つようになって」

「……へえ」

「それで私の顔をずっと見るんです。悲しそうに。それで『ああ痛い』とか『座骨神経痛の老婆が、すぐそこにいますがねえ』とかぶつぶつ言い続けてくるんです」

「……着いたよ」

さきの事件現場。米村の死体も赤い車ももう撤去されていたが、捜査一課の連中はいない。

「私結構困ってるんです。どうしたらいいですか」

「知らないよ。車両かえろよ」

「かえたら負けじゃないですか。……ああ、事件現場に来たんですね」

車から降りる。米村の死体のあった赤い車は、この路地に停めてあった。外れに公園がある。

ブランコとベンチ、あと目つきの悪いパンダの置物があるだけの公園。

「でも遺留品は、全部鑑識が」

「うん。仮説なんだけど」

僕は車があった路地を見渡す。

「精神科医の米村は自殺じゃなくて、殺された、としてみようと思うんだ」

「でも遺書は？」

「うん。それは疑問。米村は一件目と三件目の、捜査関係者しか知らない情報を知ってたからね。関わってると考えるのが普通だよ。だけどまあ、とりあえずそう考えてみる」

僕はパンダの置物を見る。本当に目つきが悪い。不敵な笑みまで浮かべている。

「だとすると、〝コートの男〟が米村をこの公園に呼び出すのは考え難い。これだけ巡査達が巡回してる市高町の中で、深夜の公園で米村と会うなんて無謀過ぎる。だから犯人は、米村の車に、助手席に乗っていたと考えるのが自然。それで、何らかの方法で彼を脅して、あんな遺書を書かせた。……うん、現実的じゃない。なぜ相手が米村だったのかもわからない。ただまあ、ここで、この場所で、何かがあったと考えてみたい」

僕は現場の路地をうろつく。

「昔ね、まだ新人だった頃、先輩の刑事に言われたことがある。現場で、犯人と同じ空気を吸って、考えてみろって。ミステリー小説みたいに、アリバイ工作や密室殺人をやる奴は実際にはまずいない。ほとんどの殺人は、綿密な計画もなしに行われてしまう。だから元の元、現場が重要になる。現場にあるのは、強烈な感情の発露だよ。そしてその跡。……発露の跡。感情の高ぶりのために、残ってしまった証拠。いや、もしかしたら、犯人すら自覚していない、捕まえてくれという無意識の声。……だから現場で考えていれば、何かいいアイディアが浮かぶんじゃないかって」

辺りを見渡す。何も落ちてない。当然だ。鑑識が全て持っていった。その証拠品の中にも、目ぼしいものはなかった。

「歩いてみましょうか」

小橋さんと二人で歩き出す。自動販売機を見つけ缶コーヒーを買ったが、彼女は何も買わなかった。人のいない道から来た男が何気なくという風に小橋さんに視線を向け、コンビニへ続く角を曲がっていった。

「そういえば」小橋さんが言う。

「さっきニュースで、性犯罪が何だか増えてるって報道がありました。私の知り合いも昨日、変な男に後をつけられたって」

「うん。何だか妙な空気だよ。あと、ラブホテルと遊園地がなぜか盛況らしい」

「全体的に妙ですよね。万引きとかも増えてるって……、あ、そのコーヒー、持たせてください」

僕がフタを開けるタイミングで、彼女が言う。僕は缶を渡す。

「……つまり手が寒いの？」

「違います」

「だって、温かい缶、すげー勢いで持ってるよね」

「違います」

「つまりさ、きみがそれを俺に返した時、もう缶はぬるくなってるよね？　じゃあきみも買えばよかったじゃないか。買えばよかったと今後悔してるんだろう？」

「違います。あ、返します」

もう缶はぬるくなっている。フタを開けて飲む。中味もぬるい。

「ぬるい」

「あんまり細かいとモテないですよ。だから中島さんは女子職員達の間で……」

彼女がそこで黙る。いくら待っても、続きを言わない。

「……女子職員達の間で、僕がなに？」

「……みにょ」

「え？」

「いや、何でもないです」

結局離れた公園に入る。調子が狂う。

「この花壇、寂しいですね」

「話を逸らさないでくれよ。みにょってなんだよ。というか、それに続く言葉って普通ないだろ」

確かに花壇はある。でもみすぼらしい。

「花が全然ない。でも灰が」

「灰にはカリウム入ってるし。肥料に使うよ」

「そうなんですか。でも一箇所だけ？」

僕は花壇に近づく。ごくごくわずかだけど、確かに灰のようなものがある。

「……よく見つけたね」

「……視力二・〇なんで」

「すげえ。いや、ちょっと待って」

鼓動が速くなっている。三件目の被害者の口の中には、焼けた痕があった。

「今回の遺留品だけど……、ないものがあったよね。運転免許証。米村は運転免許証を携帯してなかった」

「ですね」

「……ここで燃やした？」

「でも何のために？　そんなの燃やしても身元はすぐに」

確かに鑑識が終わった後で、現場の路地には何もなかった。でも離れた場所に「ない跡」があった。これは何かがなかった跡かもしれない。公園の管理者に花壇について問い合わせる。花壇の管理は要望があって地元の婦人会がしてるとのことだったので、婦人会に聞く。肥料に灰を使ったことは一度もないという。小橋さんが署に問い合わせる。米村の運転免許証は、奇妙にも彼の自宅、クリニックからも見つかっていない。

「でもこれまでの被害者は、全員運転免許証を携帯していたよ。三件目も」

「じゃあ何でこのケースだけ？」

頭痛がする。微かに吹いた風で、首筋や頬がさらに冷えていく。

意味がわからない。

周辺の人々

吉原さんに連絡を取ると、近くにいた彼はすぐ来てくれた。

花壇の写真を何枚も撮り、土と灰を多目に採取する。燃えたのが免許証かわからないが、燃え残った小さな欠片でもあれば、成分を調べることができる。〝ラッキーガール〟だね、と吉原さんは笑ったが、すぐ表情を戻した。

「いやラッキーじゃない。この公園までが現場と認識し細かく見た結果だよ。鑑識も車と道路、排水溝に集中してたし。離れた公園、その花壇の中の僅かな灰まで意識しなかった」

「いえ、でも」

「うん、デスク達に言ったけど、中々興味を持ってもらえなかった。子供の火遊びか、焚火《たきび》の灰でも飛んだんだろうって。でもこういう細部から事件が解決することはある。もしこれが免許証だったらすごいよ。……そうそう、きみ達特命捜査班に配置換えになった」

「本当ですか？」

吉原さんを見る。目に力があり、口元にグッと引かれた深い皺がある。顔には、その人間の生き方が出るように思う。あらゆる困難の中を、通ってきた顔に見える。

「言い出したのはこっちで僕が言うのは変ですが……、もしかして、無理をしたんじゃないですか？　管理官達に目をつけられたら」

僕が言うと、吉原さんは笑った。

「そんなことも言えるんだな。目をつけられても怖くないよ。だって俺もうすぐ定年だし」

「でも」

「独身だし子供もない。だから倅《せがれ》も刑事とかそんなんじゃないし。それに」

吉原さんがこちらを見る。

「俺達の世代が一番しなきゃいかんのは、こういう役割だよ。自分達の世代のつくった悪習を、少しでも崩して次の世代に渡す。……でもきみ達もそれに甘んじてたら駄目だ。そういう悪習をなぎ倒せるようじゃないと、主役の世代になれない」

吉原さんが歩き出したので、ついていく。

「だから絶対結果を出せ」


署に戻り、特命捜査班のメンバー達に挨拶をする。

特命捜査班は名前は難しいが、何も特別な班ではない。事件周辺の関係者からの聴取が仕事だった。でもまれにデスクからの指示で突発的な任務に動くことがあり、そのため実績のあるベテラン刑事達にあてられる。野川を張り込みしていたのは、この特命捜査班だった。

彼らは僕達に全く関心を示さなかった。窓からの逆光のせいか、彼らの顔がよく見えない。部屋にいた者達もすぐ出て行き、それぞれ仕事へ散っていく。

一人の刑事が近づいてくる。身体の細い男。「イイヅカ」だったか「イイハラ」だったか、確かそのような名前のはずだった。

「お前達の配置換えに私は反対してる。でもデスクから言われたなら仕方ない」

分厚いファイルが四冊、机に載っている。

「私はお前達を特命捜査班と認めてない。だから勝手に好きに仕事をするといい。……どうせ捜査員は溢れてる。多過ぎるくらいに」

苛々するが、かえってこの方がいい。こんな男の指図は受けたくない。

「そもそも、お前達が高柳を逮捕したのは無駄だったと見てる」

「……なぜですか」

小橋さんが言う。目の前の刑事は、僕達をストレスのはけ口にしている。

「あの逮捕のお陰で、捜査本部は混乱した。そっちに意識を取られてしまった。多分ガセだろうが一件目の被害者とのトラブルの情報まで出て、こともあろうに自供までしてしまった。初動捜査が混乱すると事件の解決は著しく遅れる」

小橋さんが再び口を開こうとしたので、代わりに言うことにした。僕は関係ないが、彼女はこの男と同じ捜査一課に所属してる。階級も随分違う。もめ事を起こさせるわけにいかなかった。

「……被害者がいたのですよ?」

「ん?……軽傷だろう?」

「軽傷?　被害者が軽傷の事件は魅力がないとでも?　彼を捕まえなければ二人目の被害者が出たかもしれない。あなたは何を言ってるのですか?」

僕の言葉に、小橋さんが逆に僕を止めようとする。僕は静かに続ける。

「大きな事件を解決することしか頭にないようですね。それにしてはお粗末だ。野川を見張ってたようですが、バレてましたよ。あっさりね。無能だと言ってましたよ」

「……今の発言は問題があるな。お前のとこの署長に進言しよう」

「では僕も管理官や理事官に進言するしかない。あなたの言葉を。高柳の逮捕は無駄であったと。なぜなら被害者が軽傷だったからと。さらに、相手にすぐバレる無能な張り込みをしていたと」

わざと言っていたはずなのに、途中から、思わず語尾が強くなる。僕もストレスを感じていたのかもしれない。怒り出すかと思ったが、男はしばらく黙り、少し笑みを浮かべた。問題を起こさない生き方に長《た》けてる。所轄の刑事ともめた事実はない方がいい。所轄の刑事から反感を買い過ぎれば、協力態勢に歪《ひず》みが出る。

「……やめるか。時間の無駄だ」

男が部屋を出て行く。小橋さんが僕のそでを引っ張る。

「あの、まずくないですか？」

小橋さんが心配そうに言う。野球などの試合で、監督が審判に激しく怒り出した時、監督よりわざと怒って審判に詰め寄り、退場させられるコーチがいる。監督は逆に怒りが冷めていく。そういう心理を使おうとぼんやり思っていたが、途中から僕は本気で言っていた。

「大丈夫だよ」

「でも」

「まず、彼はもめ事を欲してない。なら陰でちまちま嫌がらせするかといえば、恐らくそれもない。なぜなら、彼は俺にそこまで興味ないから。出世の邪魔にならない所轄の刑事に手間なんてかけない」

小橋さんは納得してない。構わず続ける。

「そんなことより、せっかく特命捜査班になったんだ。仕事しよう」

部屋は暖房が効いて暖かい。小橋さんにソファを勧め、ファイルを見始める。小橋さんの頭が揺れ始め、ぎょっとするほど一瞬白目を向き、気絶するように目を閉じた。壮絶な眠り方だった。毛布をかけるとなぜか低くうめいたが、やがて寝始める。

ひとまず三人目の被害者、真田浩二に焦点を絞る。

スポーツクラブを三店舗所有する株式会社トータルエントレスの社長、ランニングの途中で刺され死亡した。遺体の口内に焼けた痕。先日死んだ精神科医の米村の、現場付近にあった何かを焼いた跡と関連するかは不明だが、僕はどうも気になっていた。

真田は通り魔での被害者だが、特命捜査班もさすがに簡単ではあるが身辺調査をしていた。職場での評判は悪いが、恨まれてる様子は社員達の証言ではうかがえない。嫌な奴だから関わらない。そんなところだろうか。

ただ気になる点がある。彼はメールアドレスと携帯電話の番号を、頻繁に変更してる。仕事で使用する携帯電話の変更はないが、恐らくプライベート用と思われるものの変更が多い。半年に一度、変えている。

確認するため、証拠品担当のところへ向かう。小橋さんに視線を送ると、寝ながら歯を食いしばっている。眉間の皺がすごい。うなされてると思い、起こそうとしたがやめる。どちらがいいかわからないが、うなされてでも寝た方がいいと思うほど、最近の彼女は疲れている。

携帯電話の全ての記録は、プリントアウトした形で保存されている。そのファイルを手にまた部屋に戻る。電話帳登録の記録を見る。女ばかりだ。

死の二ケ月ほど前から、頻繁に電話、メールのやり取りのある女性が二人いる。自分の死後、携帯電話が残るのは辛い。内容を読む限り、二人の女性とも彼はセックスの関係を持っている。受信履歴を見る。

『昨日はご馳走様でした。夜景もとても素敵でした。もっと素敵なこともあったけど。恥ずかしい。また行きたいな』

『もう着いちゃった。でも気にしないで。中に入って待ってるから』

絵文字の数が半端じゃない。でも最近では、メールから年齢はもうわからない。今度は別の女性だ。

『昨日はご馳走様。今仕事の昼休みです。何食べてますか?』

『うん、今度作るね。明日、平気?』

『もう。嫌い!』

こっちの女性も絵文字がすごい。送信メールを見る。

『こちらこそ。僕は夜景より……やばい、今すごく変なこと言いそうになった』

『急いでいくよ!』

『忙しくてまだ食べてない……。由利ちゃんの手料理食べたいです』

『明日了解。由利ちゃんも食べちゃうかも』

恥ずかしい。メールとは何て恥ずかしいんだろう。でも履歴を遡ると、受信履歴だけ多く残してる女性がいた。科原《かはら》さゆり、とある。さっきの二人より前の女性。

『直接話そう? なんで? わからない』

『説明が欲しい。今日、ずっと起きてます。連絡ください』

『このままじゃ変だよ。ちゃんと話して』

絵文字がない。真田からの返信もない。

真田は登録してある名前をグループ分けしていた。「仕事」「友人」マメな人間なのだと思う。でもそこに「済」というカテゴリーがある。さっきの二人の女性も、この真面目なメールの女性も「済」のグループに入っている。

共に寝た女性に「済」とつけてるのだろうか。何て気持ち悪い奴だろう。携帯電話やPCの中身を見れば、その人間の生活スタイルがある程度わかるように思う。

「……趣味悪いですよ」

斜め後ろに小橋さんが立っていた。

「ひとの携帯の中身見るなんて」

「捜査だよ。メール履歴には、その人間の交友関係、ほぼ全部があるだろ?」

小橋さんを見る。後ろ髪の一部に、上昇するウナギのような寝癖がついている。しかも二匹だ。どう寝たらああなるのだろう。

「……中島さん」

小橋さんが、やや声を落として言う。

「さっき、私をかばって、あの人にわざと怒ったんでしょう?」

「違うよ」

「それに、私が寝ても起こさなかった。部屋が暖かかったし、もしかしたら寝るかもって思ってたはずです」

「違うよ。それより」

「それは優しさというより、中島さんの場合、孤独な感じがします」

背後のエアコンが硬い音を立てている。

「全部自分で背負い込もうとする。人にあんまり頼らない。優しい。でも、それは中島さんが世界に距離を置いてる証拠だと思うんです。自分が苦労して解決するならそれでいい。そういう感じ、私ずっと受けてました」

「……考え過ぎだよ」

煙草を探そうとし、自分が禁煙していたのに気づく。

「あのさ、これ見てくれ」

「そうやって話を逸らすとこも」

僕は小橋さんを見る。この女性は変わってる。真剣な表情に、目を逸らしそうになるのを我慢する。

「わかった。……小橋さんにも全力で協力してもらう」

「はい」

「これ見て」

メール内容を見せていく。

「この科原さゆりという女性、多分聞き込みをまだしてない。真田はランニング中に〝コートの男〟に刺されたとされてるから」

「確かに気になりますね」

「少なくとも、真田の人物像を知ることができそうなんだよ」

電話をして、もし相手が事件に関わっていた場合、逃亡するかもしれない。直接会った方がいい。

「住所調べよう。職場でもいい」

僕は立ち上がる。一緒に部屋を出ようとしたが、少し気になって彼女の方を向く。

「そういえば、さっきうなされてたけど」

「……はい」

小橋さんが目を伏せる。窓から、傾いていく日の光が入り込んでいる。

聞いてはならないことを聞いたように思い、僕は話題を変えようとする。でもなぜか上手くいかない。鼓動が少し速くなる。彼女が目を伏せたまま、小さく口を開いた。

「……髪の毛が、カイワレ大根の葉っぱになったんです……夢の中で」

「……は?」

「髪の毛が全部カイワレ大根の葉っぱみたいになって、モサモサして、でも食べるとちょっとおいしくて、いや食べてる場合じゃないと思って」

「……何言ってるの?」

「シャンプーもリンスもできなくて、みんなから『カイワレ』っていじめられて、『カイワレ刑事』

とか言われて、マヨネーズかけられて泣いてたら目が覚めました」


科原さゆりは細身の、35歳の女性だった。

消費者金融の受付をしている。職場からの帰り、喫茶店に来てもらった。

小橋さんも来たがったが「女性は年下の同性に、恋愛の失敗の話はそんなにしたくないはず」と僕が言うと、決めつけるのはよくないと言いながら、了承してくれた。代わりに直近のメール履歴の二人の女性にあたってもらう。

彼女は紅茶を飲んでいる。やや細い目に意志の強さが感じられる。事件はテレビの報道で知ったという。真田とは八ケ月前に出会い、四ケ月の交際の末別れていた。

彼女の声は細く、小さかった。目の下に小さなホクロがある。

「でも恥ずかしいですね」

「何がですか」

「……メールを見たのですよね？」

彼女はやや視線を下げている。僕はコーヒーカップをつかむ。真田と別れてから、特定の男性はいないということだった。

「申し訳ございません」

「仕方ないですね。……私も見ましたから」

そう言うとゆっくり微笑み、彼女はまた紅茶のカップに口をつけた。肩までの黒い髪に、蛍光灯の光が反射している。

「ああいうのは見るものじゃないですね。私と同じ時期、もう一人、頻繁にメールしてた女性がいたでしょう？」

「……はい」

「その女性とはどうなってましたか」

僕はコーヒーを飲む。言う必要はないが伝えることにした。

「その後も連絡を取り合ってます。しばらくしてもう一人知り合っています。亡くなる前はその二人の女性と」

店内には、日本のアイドルソングが流れている。君と僕しか世界にいないとか、勇気を出して進めとか、そんな歌だ。皿にカップを置く時の硬い音が、銀のスプーンの揺れる音と交互に続く。

「趣味の悪い女とお思いですか？」

「いえ」

「いいんです。実際にそうですから」

彼女が微笑む。

「お尋ねにならないのですね。気を使ってらっしゃるんでしょうか。真田さんが殺された日、私にはアリバイというものはありません」

「午前3時から3時半。大抵の人間にアリバイはありません」

「疑ってるんですか？」

「そういうわけではありません」

アイドルソングが続く。この店にしたのは失敗だった。

「確かに想像はしましたよ。彼が殺されてから、もし自分が犯人だったらって」

彼女は紅茶のスプーンの端を、意味もなくさわっている。視線を紅茶に落としている。

「でもどうしても、上手くいきませんでした。私が彼を殺すなんて、リアリティがない。不思議だったのは、驚きはしましたけど、悲しくならなかったことです。……まだ気持ちが残ってると思ってたのに。変な話ですけど、事件のニュースを観た時、自分が彼のことを忘れてると気づいた感じなんです」

「……そうですか」

「これでは無実の証明になりませんね」

「科原さんを疑ってるわけじゃないです」

「〝コートの男〟?」

「はい、彼は通り魔事件の被害者ですから。でも別の犯人によるものかもしれない。あらゆる可能性を警察は考えるんです」

僕はもう一度コーヒーを飲む。またカップの立てる音。

「彼が、誰かに恨まれていたようなことは?」

「今のお話からその流れは、ちょっと変じゃないですか?」

彼女が笑う。僕も少し笑う。確かに、女癖が悪いのは明らかだった。

「でも……、どうでしょう。今の彼のこと、そんなに恨む人いるのかな」

彼女が小さく言う。

「というと？」

「うーん、何と言うんでしょう。変な言い方ですけど……、殺す価値はない。そんな人だと思うんです」

また紅茶に視線を向け、彼女は続ける。

「確かに、付き合ってる時は本気になる。別れた時は辛い。……でも何て言えばいいんでしょう。何年か後に、思い出すことはないような気がする。そんな人です」

「つまりそれほどの男ではないと」

「というか、でも振り返ると、ちょっとおかしなこともあって」

彼女が僕を見る。

「上手く言えませんが、彼は、もう終わった生活をしてるような感じでした」

「……終わった？」

「はい。……彼は、何て言うんでしょう、生活への意欲というか、そういうのがあまりなかったように思うんです」

また視線を落とす。

「普通の生活……、というのが、できない人だった。生活の水準を上げてないと、生きていけない人だったように思うんです。そもそも喜びとか楽しみとかが、ちょっと希薄だったというか。……

あれから、考えてみたことがあったんです。少し変わった人だったって。恋愛も、わざとしていた印象がありました。女性と付き合うのが楽しい、というより、何かの惰性でしてるような……。そうですね、退屈そうでした、毎日が。多分、メールの内容も、言葉は軽くて優しかったけど、不機嫌な顔で打ってたと思う。……彼、一度会社を潰したことがあるんです」

「……会社を?」

「バーを経営する会社だったと思うんですが、やたらと店舗を増やそうとして、潰しちゃったんです。……それも何か、わざと無理に広げたんじゃないかって気がするんですよね」

客が帰り始める。店が密度を失っていく。

「……一度、一緒に車に乗ってた時、交通事故を起こしそうになったことがあって。……道路で、前を走ってたトラックが急に減速したんです。彼はブレーキを踏んだんですが、……車は無傷で、大丈夫だったんですけど、『とっさにブレーキって踏むんだね』って笑って『君が乗ってたからかな』と言ったんです。……それで、……『でも』と何か言おうとして、黙ってしまいました。その時の表情が、……今まで見たことないくらい、憂鬱で」

彼女が息を吸う。何かを忘れるように。

「私は多分、本当の彼とは付き合ってなかったのかもしれません。彼が他人に見せたかった自分の姿をそのまま見ていただけで……、相手が私じゃなかったら、違ってたかもしれないですが」

僕はコーヒーを飲む。もう大分冷めている。

「……真田さんは、心療内科に通ったりしていましたか」

「……通ってたのですか？」

「推測なのですが」

「さあ」

そう言うと、彼女は寂しげに続けた。

「もし通ってたとしても、私には言わなかったでしょう」


彼女と別れ、しばらくその後ろ姿を見ていた。人の何かにふれる時、いつもそれは漂うように自分の中に残り、気持ちが微かにざわついていく。車に乗り、シートに身体をあずける。彼女が自分の孤独の中に帰っていく。そして僕も。

事故に遭いそうになった時の、真田の言葉を思い出してみる。

「とっさにブレーキって踏むんだね」「君が乗ってたからかな」「でも」

この言葉を言葉で補うと、こういうことになるのかもしれない。

生きていたくもないのに、とっさにブレーキを人間は踏む。踏んだのは、自分以外の人間が乗っていたからかもしれない、でもそれも何かおかしい、なぜなら、一緒に乗っているこの女性のことを、自分はそれほど大事に思っていないから。

彼女は「でも」より先の言葉を、自分で探していたのだろうか。もしかしたら本当は、真田はもっとはっきりした言葉を言ったのかもしれない。

シートを少し倒し、フロントガラスの向こうの、味気ない駅前の商店街を見る。事件の影響で、人のいない冷えた商店街。科原から聞いた話で、真田からは憂鬱な人間像が浮かび上がる。送受信履歴やメールの言葉から交友関係はわかるが、やり取りは他者を前提とする以上、その人間の本当の内面まではわからない。それに人は、ネットやメールでは擬似フィクションの中で少し幼児化する。大袈裟《おおげさ》に言えばわずかに自己が乖離《かいり》する。それも確かに内面の一面ではあるけど、断定は難しい。

そんな憂鬱な男が、関係を持った女性の名前を、携帯の電話帳内でカテゴリー分けするだろうか。「済」などとつけるだろうか。それとも「済」には別の意味があるのだろうか。

携帯電話が鳴り、小橋さんだった。

——会って来ました、二人とも。……なんかイメージ違って。

どこにいるのだろう。変な音楽が聞こえる。

「……真田の？」

——はい。それもあるんですけど、メールの相手の女性です。キャピキャピした子想像してたんですけど、結構落ち着いてて、メールの文面と全然違って。

——あと二人とも、真田って無気力な男だというのが共通してました。

「なるほどね」

「こっちもだよ。何か妙だ」

——約束に遅れたり、何かあった時真田は謝るんですけど、時々、……それが、そのこと以外の漠然としたことに対して謝ってるような、そんな気がしたそうです。

やはりそうだ。真田からは、憂鬱な人間像が浮かび上がる。

「……付き合ってること自体の、罪悪感？」

――どうなんでしょうね。あと、喜んでる時も、演技みたいだったって言ってました。何というか、この世に生きてない人みたいに。

「こっちもそんなこと言ってたよ。もう終わった生活をしてる感じだったって」

――でも自殺の可能性はないですもんね。

「うん。路上で自分で腕を切って、さらに胸を刺すなんてことは。……人物像からそんな激しさも伝わってこない」

受話器の向こうから聞こえてくるのは、恐らくインド系のダンスミュージックだ。どこにいるのか聞こうとし、面倒になってやめる。

「真田は過去に一度会社を潰してるらしい。バーを展開する会社」

――そうなんですか？

変な音楽がうるさい。でも我慢する。

「そっちをあたってみるよ」

――私は真田の友人にもう少しあたります。

署に戻り、証拠品担当の資料を探す。真田の部屋から持ち出した書類の中に、以前彼が倒産させたその会社の過去の資料があった。まだざっとしか整理されていない。有限会社カルル。奇妙な名前だった。

真田の身辺調査は大まかなものだった。通り魔事件の突発的な被害者だから仕方ないのかもしれないが、少し雑に感じる。

従業員名簿がある。四店舗まで広がった時、会社が倒産している。店長を除き従業員はアルバイトだった。なぜか急《せ》く気持ちになり、それぞれの店長の連絡先に電話をかけるが繋がらない。もう五年も前の名簿だ。

ただその名簿の中に一人、真田の携帯電話の電話帳に登録されている男がいた。角浦隆盛。角浦は、真田の現在の会社だったトータルエントレスの社員でもある。ひとまず彼にあたることにする。社員の中で、真田の仕事用のではなく、プライベート用の携帯電話に登録されているのは角浦だけだ。個人的に親しいと予想された。

そして奇妙にも、角浦は役職についてない。過去の会社から共にいる男には、普通何かしらの優遇を与えるものじゃないだろうか。

トータルエントレスのクラブまで車を走らせる。まだ夕方の6時。角浦はクラブの上のオフィスにいるだろう。

昼食を取ってないと気づいたが、食べる時間を惜しく感じる。不意に煙の匂いがしたように思い、車を停める。気のせいだ。疲れている。あの時の火が今ここにあるわけがない。

クラブのフロントで刑事を名乗ると、あからさまに不快な顔をされた。スポーツクラブの会員達からの風評もあり、事件を忘れたいのだろう。角浦を呼び出してもらう。数分後、背の高い男が来た。角浦は酷く面倒そうな顔をしている。

「あの……何ですか」

角浦をじっと見る。この面倒な表情は、動揺を隠すフェイクのようには見えない。

クラブを出、近くの喫茶店に入る。今日二度目のコーヒーを頼む。

「申し訳ないですけど、僕、まじで関係ないですよ」

31歳、独身。短い髪をやや立たせるようにまとめている。インストラクターにも見えるが、彼は事務員だった。

「真田さんの交友関係について、お聞きしたいことが」

「は？　だってあれ〝コートの男〟でしょ？」

「そうですが」

「だったらさ、こんなことしてる場合じゃないと思うんですけど」

コーヒーが来る。一口飲み、アメリカンにすればよかったと少し後悔する。

「……最近、未解決事件ってやつ、何か多くないですか？」

角浦は続ける。

「たまにネットで出るじゃないですか。何々事件から何年とか。情報提供呼びかけるとか。隣町の強盗殺人だって捕まってないし。……言いたかないけどさ、最近警察、結構やばいと思うんですよね」

「……確かに」

「……え？」

「いや、本当に未解決事件多いですよ。シャーロック・ホームズとかいたら全部解決するのに」

「え？」

「いえ、……そうですね。申し訳ないです」

外で雨が降り始める。角浦が極端に嫌な顔をする。でも仕方ない。雨が降るのは僕のせいじゃない。

「真田さんとは、以前から関係がありますね」

「バーでバイトしてたんで」

「それで現在のお仕事も？」

「……バーが潰れて、そっから色々会社勤めたんですけど、その会社が潰れたり、解雇されたりで。……でも飲み屋で偶然会ったんですよね、真田さんと。……そしたら、うちに来ればいいいって」

「なら、恩人というわけですね」

「うーん、ええ、まあ」

角浦はコーヒーを飲み、少し眉をひそめた。

「恩人ではないと？」

「恩人ですよ。感謝してます」

「ですが、何か言い方が」

「ああ……、違いますよ。上手く言えないんですけど……、印象薄いんですあの人」

角浦が言葉を探すように視線を下げる。

「……飲んだりもしますよ。ごくたまに。でも何ていうのかな。僕を雇ってくれたのも、別に僕を評価してとか、善意とか、そんなんじゃないんです。多分。……ああいう風に話をされたら、そう言うのが普通というか、そういう感じで多分、雇ってくれたんです。ちょうど人が辞めた時期だったし」

角浦が息を吐く。

「雇ってくれるって聞いて、クラブに行ったら一瞬不思議そうな顔されましたよ。……あん時は恥ずかしかったですね。スーツまで着て行ったんだから。……それからすぐ笑顔になって、よく来てくれたって言われましたけどね、何か……そん時のことは、すげえ覚えてるんです」

角浦が僕を見る。

「まあ刑事の仕事はきついと思いますよ。でも公務員でしょ？　自分の身を否定された経験ないでしょう？　何人リストラとかってよく言うけどさ。偉そうに合理化とか。でも切られてくのは人間だから。数じゃなくて、そん時の精神のダメージも社会的に数値化してもらいたいよ。……何の話だっけ」

「いや、続けてください」

「えーっと、いや、もういいです」

角浦はグラスの水に手を伸ばす。

真田が通り魔に遭い、それと因果関係は本来ないはずなのに、このスポーツクラブの会員数が減ってるのは知っていた。職員の削減があるかもしれない。

「まあ、何かね、……でも前にね、ある会社の面接ですごく偉そうなこと言われて、落とされたことあって。……もう何年も前のことですが。結構ショックだったんですけど、ちょっと前、その会社が潰れたのを新聞で見たんです。その時、何だかスッとしたの覚えてますよ。なんだ、あいつらだって駄目だったじゃないかって。偉そうなこと言ってる奴らも、結局そうなるかもしれないじゃないかって。……何というか」

「そうですね」

「うん。何だかね、その時わかった気がしたんですよ。社会の大部分は一過性だって。就職できないと社会から疎外されたみたいですごく嫌だけど、その社会自体が一過性だからそこまで気にすることはないって。……あの、もういいですか?」

長くしゃべり過ぎたのを恥じるように、角浦は席を立とうとした。

「では真田さんの人物像について、何かありませんか。彼の付き合った女性達から、生きることに希薄だったと証言があるのですが」

「希薄?」

「喜びや悲しみも、なんというか、演技のようだったと」

角浦は何かを考える表情をする。

「何かあるのなら教えてくれませんか」

「知らないです。うん、知らない。ただ……」

「ただ？」

「少しくらい酒が飲めればいいのにって、言ってたことがありました」

「酒を」

「あの人、全然飲まなかったので。酔えたら少しは楽かなとか、なんか言ってたことがありました」

角浦はそう言い、またグラスの水に手を伸ばす。

「『素面《しらふ》なんだ』と突然言われたことあったんです。どこか歩いてる時。『ほら、俺はこの景色をずっと素面で見てる』って。……意味わかんなくて。あの、もう本当にいいですか？　僕よく知らないんで」

「もう少しだけ」

僕はカップに手を伸ばしたが、もう残っていない。

「あの、本当にもう行かないと」

「……そうですか」

僕は礼を言い、仕方なく伝票をつかむ。あまりしつこいと、次に会うのが難しくなる。角浦が僕を見ている。

「あの、ちょっと申し訳ないですが」

「何ですか？」

「これからもし僕に用がある時は、会社を出てからにしてください。関わってると思われると、会社からあれなんで」

「ああ、申し訳ございませんでした」

僕が謝ると、角浦は雨の様子を見ている。

「結構やばいんです。うちの会社」

真田の知り合いとして入社した角浦は、真田が死んだ今、居づらいのかもしれない。


署に戻ると、小橋さんが先に帰っていた。彼女はかなり真剣な表情でせんべいを食べている。前歯でせんべいを嚙み砕き、咀嚼し、今度は奥歯で嚙み始める。邪魔してはならない空気を感じたが、彼女が僕を見つける。

「……どう……でしたか」

「うん。まあ普通だよ」

「……あれから……真田の」

「飲み込んでからでいいよ」

彼女がペットボトルのお茶に手を伸ばす。少し気になり、僕もそのせんべいを食べてみる。歯で嚙んだ瞬間、驚く。

「……旨い」

「でしょう?」

「……何だこれ。……奇跡みたいだ」

二人でせんべいを食べ続ける。通り過ぎて行く刑事達の視線で、このせんべいが本当に旨いのか、僕達がただ疲れてるだけなのかわからなくなる。

僕達はせんべいを食べながら聞き込みの情報を互いに伝え合う。携帯電話の履歴にあった女性は、友人を連れ真田と角浦と合コンをしたことがあるという。でも僕が会った角浦は、そこまで真田と仲がいいようには見えなかった。

「妙だね」

「はい。あんまりこの件に関わりたくなかったから隠したのか、それとも」

「うん。会った印象では、どっちとも取れるな」


捜査本部では、精神科医の米村の情報が集まってきていた。

自分が〝コートの男〟であると遺書を残して死んでいるが、目撃証言と外観が大きく異なる。そのため事務的に発表された捜査本部の情報を、どう伝えればいいかマスコミも苦慮していた。

共犯説が主流だったが、脅されて遺書を書かされたという意見も根強かった。でもそれがなぜ米村だったのかはわからない。

昨日、他の管轄で二件、また通り魔事件が起きた。これでもう全国で十五件目になる。報道も過熱している。どれが〝コートの男〟なのか、もう何もわからない。犯行声明はネット媒体に限らず、連日報道各社に送りつけられている。

〝コートの男〟の〝コピー〟による犯行を、〝さらなるコピー〟が犯行声明していく。あるのはただ匿名による飽和だけだ。どれも信憑性がない。

捜査本部は拡大され、協力態勢を組む所轄の数も増えている。

通り魔発生地域は市高署管轄が五件（うち一件が逮捕された高柳）、練馬署が二件、渋谷署が三件、東海署が二件、熊雄署が二件（列車内）、石ノ川署が一件（マスコミのインタビュー中）。うち死亡事件は市高署の三件と、渋谷署の二件。渋谷署の二件の死者は、60代の男性と、40代の女性だった。いずれも深夜、路上で襲われていた。それだけではなく、全国的に性犯罪や強盗が増加傾向にあった。

臨時の会議が始まる。

米村辻彦の身辺調査が報告される。さすがに大掛かりな捜査だけあって、対象が絞られると早かった。

一九六九年に愛知県に生まれ、医大を卒業した後地元の総合病院の精神科に籍を置く。だがそこを辞め、二〇〇〇年から二〇〇二年までの消息がわからない。その後突然、心療内科のクリニックを開業。しかしそこも二〇〇五年に閉めている。昨年からこの市高町に心療内科のクリニックを再び開業する。今回の事件は、開業して三ケ月後のことだった。

以前の精神科のカルテなどの記録は、五年の保管期間が過ぎ存在していない。市高町に開業したクリニックのカルテなどは存在するが、まだ開業して三ケ月で、来院者の数はそれほど多くない。

米村の携帯電話も、登録件数はわずかだった。現在一斉に各関係者に聞き込みを行なっているが、誰もが事件を聞き驚いている様子だったという。

とても通り魔のような「派手」なことをするタイプには見えなかったと。そもそも印象が薄いと。

「米村の行きつけのバーがあります」

一課による報告が続く。

「彼は一件目、二件目、三件目の市高町で発生した事件、いずれもアリバイがあります。そこのバーのマスター、さらに複数の客が証言しています。米村の自宅からその時間帯が記されたレシート、さらには店側にもそのデータが存在します。トイレ以外、彼が途中で店を出た記憶もないそうです。……彼は、アルコール依存症だったとの証言もあります。つまり飲み始めると、ずっと椅子に座り続けている様子で」

会議がざわつく。落胆の声も。

「犯行後に入店した可能性は？」

進行役の警部が言う。さすがに彼も疲れている。

「ないようです。いつも12時頃に来店し、4時過ぎまで飲むようでしたので。かなりサイクルのはっきりした男だったようです。来ないのは水曜日と日曜日のみ。その二つはいずれも犯行日ではありません」

「高柳との接点は？」

今度は別の捜査員が報告する。

「見えてきません。携帯電話にも登録はありませんし、高柳と連絡を取り合った形跡はありません。

高柳もこのクリニックに通っていません」

　ということは、米村を犯人とするには、やはり全く別の共犯者を想定しなければならなくなる。でも通り魔事件で、現場にいない共犯者とはどういうことだろう？　それは共犯者と言えるだろうか。

「しかし米村は、一件目と三件目の通り魔事件で、犯人しか知り得ない情報を知っていた。これはどう説明する？」

「それは……」

　会議が騒がしくなる。

　警部が声を荒らげる。

「鑑捜査班は再び交友関係をあたれ」

「特命捜査班はクリニックへの来院者にもう一度。卒業後勤めた総合病院からは何も出ないのか？細かなことでも報告しろ。米村の車の指紋と前科者のリストの照合は終わってるか？　証拠品担当！」

　証拠品担当からも特別な情報はない。聞き込み班からも何も。

　もしこのまま行き止まり続けたら。表向きは容疑者死亡の、迷宮入りの可能性もある。誰も口にしないが、空気が漂う。

〈一課長〉も〈理事官〉の姿もない。〈管理官〉のみがうなだれたように座っている。マスコミからの糾弾も日々強さを増している。

「中島さん」

小橋さんが突然大きな声を上げる。静まり返った会議の場で、捜査員が一斉に彼女を見る。

「小橋！　何だお前いきなり」

警部が言う。でも小橋さんは僕を見続ける。

「これ……、これ見てください。……これですこれ」

小橋さんが資料を僕に渡す。確か、さっき彼女がものすごい勢いで読んでいたファイルだった。

「……え？　何？　どれを？」

「それじゃない。カルテのリストじゃなくて、こっちの方です。……なんでカルテがないのかわからないですが、でも……、これ」

捜査員の全てが僕達を見ている。僕は資料を見る。

米村のクリニックの資料。健康保険組合などへ保険請求を行うための、診療報酬明細書の記録。保険証を提示した、来院者達の氏名や住所、診療内容などが記録されている。喉が渇いていく。患者の実像がわかる、カルテの方ばかり気を取られていた。

「……なるほど」

そこに初川綱紀という名前があった。真田が昔経営していたバーの、従業員リストにあった名前。カルテは存在しないのに、彼が保険証を提示した記録が残されている。

真田が昔経営していたバーの従業員が、米村のクリニックの患者だったことが明らかになる。

そしてカルテが破棄されている。

　僕はこれまで調べた途中経過を会議で話す。

　二度所轄側の係長、代理と目が合ったが、構わず話す。どう思われようが関係ない。僕は捜査一課とは関係ない。

「……偶然という可能性は？」黙って聞いていた会議の進行役の警部が、突然口を挟む。

「それほど広い町じゃない。たまたま真田の知人が米村のクリニックに行っていた可能性だってあるだろう」

　こいつは何を言ってるのだろう。立ち上がろうとした小橋さんの肩を、僕は押さえる。

「……それなら、初川のカルテがなくなってるのも偶然ですか？」

　会議がざわめく。

「初川は、明らかに米村のクリニックに行っています。保険証を提示し、診察を受けています。保険証の記録がクリニックにあるのですから。……でもカルテがない。これはどう見ても不自然です。何かの意図があって米村自身が破棄したか、初川がクリニックに忍び込むなどして破棄したと考えるのが普通ではないでしょうか」

　微かなざわめきが続く。

「ならお前の考えは何だ」

僕は思い切って言うことにした。一件目と三件目の現場、そこから感じた悲しみのような感覚を思い出した。

「私の考えを述べさせてもらえば、〝コートの男〟は通常の猟奇的な殺人者ではないと考えています。高柳は四件目だけに関わっていて、彼は〝コートの男〟とは関係ないと思っています」

「高柳は一度通り魔を自白してるんだぞ。それに三件目と米村の死だけが別の事件とでもいうのか？ 米村の遺書には一件目のことも書いてあるじゃないか。だが一件目の被害者と米村との接点はない。全くない。これだけの捜査員が全力で調べてもそんな跡は少しもない。二件目の主婦だって全く関係ない」

「それはそうです。それはそうですが、この事件には何かおかしいところが」

警察は、事件が複雑に交差するのを嫌う。事件が変容していけば、対応が遅れる。巨大な捜査本部では、そうなることが多いと聞いたことがある。

——……まあ落ち着け。

不意に声がする。捜査員が声の方へ向く。〈管理官〉だ。会議室が静まる。

——米村と高柳の繋がりはどうなってる。

「……と言いますと」

——二度も言わせるな。米村と高柳の関係だ。

警部がうろたえる。姿勢をわずかに正す。

「はい。まだ関係性は不明です」

――馬鹿野郎。

呟くように〈管理官〉が言う。顔がぼやけていく。

――高柳が米村の元に行っていた。殺人衝動か何か、そんなくだらない告白でもしたのだろう。治せなかった米村は自責の念にかられ自殺。米村が犯行に詳しかったのは高柳から聞いていたからだ。

……そうだろう？

問われたのは、前の方の椅子に着席していた背の高い刑事だ。名前はわからない。

「……はい。私はそう思っていました」

――で、捜査してたんだろう？　きみは。

「はい」

――それにカルテと保険証記録の不一致は何も新しい情報じゃない。何件か他に合わないものがある。恐らく高柳のカルテを破棄する時、動揺した米村が他のカルテもファイルごと破棄したと考えられる。つまりその初川という男のカルテがないのも大した証拠といえない。そもそも高柳は保険証を所持してない。……だから高柳の取り調べをもう一度徹底したんだろう？　奴は一度自白してる。さらに奴と一件目の被害者は言い争いをしている。いいか。言い争いの相手が刺されて死に、さらに奴は他の女性を刺そうとして逮捕されてるんだ。奴を犯人と考えるのは不自然か？　その証拠に高柳の逮捕から、米村の自殺以外この市高町ではもう通り魔事件は一件も起きていない。もうこの事件は米村と高柳の関わりさえつかめば全て解決するんだよ。そうだったな？

「……はい」

こいつは何なのだろう。自分の意見を言いながら、自分の意見ではない言い方をする。捜査がこんな状態になってまで、責任か何かのことを考えるのだろうか。確かに他にもカルテの不一致があるのかもしれないが、でもその中の一つと三件目の事件が繋がったのだ。

「……待ってください」

僕が言うと、腕を強く下から引かれた。小橋さんだ。彼女と目が合う。そうだ、今ここで目をつけられたら、捜査から外される。真相から余計遠ざかる。

——……なんだ。

「何でもありません。失礼しました」

僕は再び席に着く。身体が疲れていく。会議が静まり返る。誰もが何をどう考え、何を正しく思えばいいか判断をつけかねている。

——しかし。

〈管理官〉が再び口を開く。

——さきほど報告のあった初川という男も無視できない。重要な人物だ。所轄の意見も尊重しなければならない。所轄で進めてくれ。

僕は〈管理官〉を見ようとするが、なぜか上手くいかない。彼のスーツの輪郭と背後の壁が曖昧になっていく。これはあの男の譲歩ではない。善意でもない。ただ一方に傾くことで生まれる責任を回避しているだけだ。ああいう存在は、敵にすらなってくれない。

ああ言えば、捜査全体の力を高柳犯人説に向けることができ、かつ、もし初川が絡む事件であったとしても、自分がそう調べろと所轄に言った事実を残すことになる。しかも捜査が遅れれば、所轄が足を引っ張ったと匂わすつもりかもしれない。所轄を尊重し任せた部分もあったが、やはり失敗だったと。

うちの署長の顔を見ようとし、視線を下げた。とても今は見られない。

〈管理官〉はもう事件解決のスピードを重視している。米村と高柳の関わりが少しでも出れば、検察と組んでもう犯人を高柳にするかもしれない。そもそもこの捜査本部全体がずっとそう動いていた。起訴と同時に高柳の悪評も交えマスコミにリークし、世間からの憎悪を煽り、裁判にも勝利するかもしれない。警察は一度犯人を絞ると、そこから容易に動かない傾向がある。昔からある、冤罪の典型的な流れだった。

会議が終わり、小橋さんと部屋を出る。

「さっきはありがとう」

僕が言うと、彼女が笑った。

「私の方も。つい立ち上がって怒り出すところでした」

表情が疲れている。休みを取ってもらいたいが、彼女は拒否するだろう。

「初川に会いにいこう。それと、米村のクリニックの受付の女性。あ、雪原」

僕は雪原を呼び止める。同じ市高署の後輩の刑事。聞き込みをずっとやらされている。

「お前今、手空いてる？」

「空いてますよ。コンビ相手の一課の奴、一人で動いてますんで。邪魔だって言われて」

髪が渦を巻くように乱れている。どう寝たらああなるのだろう。

「真田の交友関係、リスト渡すからあたってくれないか」

「やります。さっき危なかったっすね」

「うん。しかも俺の意見なのに、所轄の意見にされちゃったしね」

僕が言うと、雪原は笑った。

「でもスッとしましたよ。何かああいうことでもないとやってられないです。こっちで犯人捕まえちゃいましょう」

「うん」

「でも、ははは、署長の顔見ました？」

雪原がまた笑う。

「いや……、どう？」

「蒼白でしたよ。子供が私立大に行くことになったみたいで、今あの人、処分喰らうわけにいかないんですよ」

「なるほどね」

「刑事部長、マンション買ったし」

「タイミング悪いねあいつら」

雪原と別れ、小橋さんと車に乗る。ラジオから、激安の葬儀屋のＣＭが流れてくる。

——早い！　安い！　しかも簡単！

　ＣＭは続く。

——喪服のレンタルも完備。手ぶらで来てください。でも遺体を忘れちゃ駄目だよ！

「あの」ラジオをうっとり聞いていた彼女が、突然言う。「さっきの雪原って人、寝癖やばかったですね」

　そう言って小橋さんがこちらを向く。彼女の後ろ髪がはねまくっている。

「誰か注意した方が」

　車を駐車場に停め、アパートへ向かう。米村のクリニックの受付をしていた、矢場麻那から話を聞かなければならない。

　角から現れた僕を見、歩いていた女性が一瞬驚く。だが小橋さんが続いて現れると、安堵したように通り過ぎていった。彼女の後ろ姿を見る。この道から駅までは、人気のない道が続く。

　チャイムを押すと、矢場麻那はすぐドアを開けてくれた。地味な女性を想像していたが、髪は茶色で、化粧が派手だ。デニムのショートパンツに、黒いタイツをはいている。出かけるところだったと言う。出直しましょうかと聞いたが、構わないと曖昧に笑った。

「買い物しようとしてただけですので。あ、できたら……、そこまで、車で送ってくれたりします……？」

　面倒なので、先に彼女の目的地だった渋谷に行き、カフェに入る。小橋さんよりさらに若い。クリニックの受付のようには見えない。

「事件はすごく驚きました。前に来た刑事さんにも言ったんですけど、でも米村先生は通り魔とかじゃないと思います」

彼女はカプチーノを飲んでいる。僕はコーヒー、小橋さんはデラックスパフェ。

「なんていうか、上手く言えないんですけど……、キャラじゃない、うん、そうですね、キャラじゃないと思うんです」

「……そう思う理由は？」

「えーっと、特にないですけど。でもわかるじゃないですか、そういうの」

そう言ってカプチーノを飲んでいる。

「なぜ米村さんのクリニックに？」

「求人見て。歯医者の受付してたって言ったら採用されました。髪も自由でいいって言うので」

そう言って笑おうとし、口をつぐむ。何かを思い出すような表情をする。

「……米村先生とは、ほとんど会話もなかったんです。すごく内気な人でした。こんなこと言うとおかしいって言われるかもしれないですけど、先生が死んだって聞いた時、悲しいとかより驚いて、あとは怖くなりました。……だから今は、毎晩彼氏に来てもらってるんです。私が泊まりに行くこともありますけど」

「米村さんの様子に変わったところは」

「ないと思います。うーん、ほとんどしゃべらなかったし。診療室と受付は仕切られてるから。携帯さわっててもバレなかったんです」

テーブルにはその彼女の携帯電話がある。赤く派手にデコレートされたスマートフォン。

「あなたから見て彼はどんな人でしたか?」

「どんな?」

「はい。正直に、何でも。いいところも悪いところも。亡くなってる人を悪く言うのは気が引けるかもしれないですが、それが事件解決に繋がるかもしれないので」

そう言うと、彼女はしばらく視線を下げた。小橋さんは話を聞いているのか、ものすごく真剣な表情でパフェを食べている。

「はい、えっと、……ちょっとずれてるというか、気持ち悪いかも、と思うこともありました」

「どんな?」

「……私の誕生日の時に、米村先生がネックレスくれたことあったんです。……突然。診療室から出てきて、何かゴニョゴニョ言って、どうしたんだろうと思ってたら、プレゼントくれて。……その後も、何か言おうとしてたみたいですけど、結局何も言わずに、そのままま診療室に戻っていって。……誕生日聞かれたことなかったので、ということは、履歴書で知ってたってことですよね? なんか、ちょっと気持ち悪いなって。誘われたりしたらどうしようかなって」

「誘われたことは?」

「ないんです。すごく内気というか、何というか、……まあ、でも誘われてたら、辞めてたかもしれないです。お給料がいいわけじゃなかったし」

小橋さんはパフェ内のイチゴに取り掛かっていた。慎重にフォークを使い、丁寧に口に運んでいく。だが不意にバランスを崩し、イチゴが口元から落ち、その瞬間、小橋さんはそれを空いていた左手でキャッチした。すごい反射神経だった。服は少しも汚れていない。僕は驚いて彼女を見、矢場麻那も驚いて彼女を見た。しばらく三人で見つめ合う。でも小橋さんは、見つめ合いながらもイチゴを口に持っていき、咀嚼し始める。

「……狙われてると思うと、怖くなかったですか？　クリニックでは二人きりでしょう」

「……ああ、はい。……でもそういう度胸はない人かなっていうか。そんなに多くはなかったですが、来院する人もいたし」

「初川綱紀、という来院者を覚えてますか？」

「はつかわ？」

「はい。初詣の初に、普通の川という字。12月26日、午後3時、初川綱紀という男がクリニックに来てるはずです」

「……待ってください。そうだ、珍しい名前の人が、……あの人かな」

矢場はバッグから派手な手帳を取り出す。

「えーっと、その人かどうか正確じゃないですが……、26日、はい、その26日でした。その日仕事納めで夜飲んでて、私そういう話彼氏にしたはずです。ちょっと変な人来たって。……サングラスして、おっきなマスクして、何か、コソコソ来た人がいて。……顔見られたくないのかな、心療内科って別にそんな気にする必要ないのになって、ちょっと思ったんです」

「顔は覚えてますか？」

「その人、確かずっとサングラスしてたような……。帰る時も。あの……、その人が何か」

「いえ、そういうわけではないのですが」

「待ってください。その人が何か関係あるんですか？　怖いです。え？」

「いやいや、大丈夫です」

「そういえば、あの後米村先生、ちょっとおかしかったかも。確か受付まで来て、名前確認してたような……。普段からおどおどしてる感じでしたけど、確かにあの時、何だかおかしかったです」

やはり何かある。

「クリニックに空き巣が入ったようなことは？」

「え？　ないと思います。鍵はいつも私が」

「鍵を紛失したことは？」

「は？　……ないと思います。なんか私、大丈夫でしょうか。また怖くなってきた」

初川は顔を隠し来院してる。そうであるなら、もし初川が事件に関わっていたとしても、彼女が狙われる可能性は低い。でも念のため、見張りをつける必要はあるかもしれない。

「念のため、用心はしてください。ここ数日は、お付き合いしてる方の部屋にいた方がいいかもしれません」

「そうします。あの、刑事さんは、米村先生を犯人と思ってるんですか？　それとも先生は被害者なんですか」

彼女が僕を見る。思いがけず真剣な表情だ。

「僕は、米村さんは犯人じゃないと思っています。でも正直わからないです」

カフェを出、矢場麻那と別れまた車に乗る。小橋さんは車のバックミラーで口元を確認している。

「あのさ、パフェに夢中になりすぎじゃね？」

僕が言うと、彼女がこちらを見る。

「違いますよ。だって聞き込みは中島さん一人で充分だったでしょう？　二人で聞いたら威圧的になっちゃうから、ちょっと和んでもらおうと思ったんです」

「嘘だよね」

「嘘じゃないです」

保険証の記録に記されていた、初川綱紀の住所へ向かう。間違いない。彼はクリニックに行っている。

初川は重要参考人に違いなかった。任意で署に同行させるか、判断に迷う。慎重にやりたいが、逃亡の可能性もある。時間もない。

真新しいマンションに挟まれた一角に、初川のアパートがあった。周囲から取り残されたように、古びている。単身世帯用のアパート。１０３号室。

車を停め、近づく。外壁が黒ずんでいる。通路の照明灯が消えているが、むき出しのガスメーターに埃《ほこり》が積もっているのがわかる。息を深く吸い、チャイムを押す。

「……ちょっと待ってください」隣で小橋さんが小声で言う。ドアを凝視している。

「これ見てください」

ドアが強引に開けられた跡だった。空き巣のやる、サムターン回しという方法。

もう一度チャイムを押す。誰も出ない。鼓動が速くなる。手袋をはめ、ドアノブを回す。やはり鍵が開けられている。

「……ここで待ってて」

「嫌です。私も行きます」

サンダルやひしゃげた靴が玄関にある。いずれも埃が溜まっている。中に入る。板張りが大きく軋《きし》む。

乱雑に散らばった雑誌。小さなテレビ。黒ずんだ畳。汚い部屋だが、でも空き缶や弁当の容器などは落ちてない。誰もいない。

僕はトイレのドアに手をかける。嫌な予感がする。恐らくここはユニットバスだ。思い切ってドアを開ける。

息を飲む。でも誰もいない。

「これで留守、とは言えないですね……」

小橋さんが言う。声が微かに震えている。

重要参考人の部屋に、空き巣が入っている。しかもその参考人の姿がない。

「何だよこれ……」

僕は途方に暮れる。意味がわからない。

「誰かが初川の部屋から保険証を盗み出した？」

「何のために？　……調べよう、でも」

家宅捜索は大掛かりになる。単独ではできない。

「ひとまず署に連絡して、部屋を張ろう」


アパートを離れ、遠くから車内で見張る。夕方になっても初川の姿は現れない。小橋さんは双眼鏡を使っている。明らかに喜んでる。

「張り込み丸出しだからやめなよ」

「見てくださいあの人、多分ヅラです」

車内で必要もないのに、彼女は小声でしゃべっている。

「……ちゃんと見張って」

「たまらないですね。あのちょっと髪が浮き上がってる感じ……。まるでカツラが彼から逃がれようとしているかのように。もしくは頭部の方が、自らの正体を高らかに主張しようとしているかのように。……向こうは気づかないのにこっちは見てるなんて。……たまらない」

日が落ちていく。携帯電話が鳴り、小橋さんが驚く。

「ああ、俺のだよ」電話に出る。係長だった。

——初川な、いくら見張っても無駄だ。

「なぜですか」

——調べてみたら、奴は今日本にいない。

「え？」

——フィリピン。しかも渡航したのは三ケ月も前。一連の通り魔事件が起こる前だよ。

どういうことだろう。そんなはずはない。

「極秘に帰ってきた可能性は？　海外と見せかけて、偽造のパスポートで帰国したとか」

——おいおい。

係長が言う。

——普通わかるだろ？　そんなドラマみたいなことやる犯人なんてまずいない。アリバイ工作なんてのは、知り合いに頼む程度ですぐバレるのがほとんどだ。……そもそも、もうわかるな？

「そんなアリバイ工作するような奴は、堂々と自分の保険証を出したりしない」

——そう。……だが。

「はい。初川のカルテは処分されてます。このことはやはり不自然です」

——うん。それからもう一つわかったことがある。こっちはいいニュース。

係長が咳をするように喉を鳴らす。

——米村の事件現場の公園で見つかった灰の跡。土の中からビニールの欠片が見つかったよ。免許証に使われてるものと同じ。

やはりそうだ。米村の死体の側にいた何者かは、米村の免許証を現場で焼いている。真田の時は死体の口の中が。

でも、と僕は思う。でもなぜだ？　なぜそんなことをする？

——管理官は免許証の件に顔を歪めてたそうだよ。わけがわからないからな。

その通りだった。わけがわからない。

名探偵がいない

自分の部屋に戻り、久しぶりにシャワーを浴びる。

寝なければならないが、グラスにウイスキーを注ぐ。結局僕は録画していた報道番組を観る。〝コートの男〟連続通り魔事件の報道は、警察の模倣犯対策の呼びかけにも応じず過熱さを増している。他に大きな事件がないのだった。

米村の情報は、マスコミ側からも様々に上がっている。でも彼が犯人か共犯か、もしくは被害者なのか断定できないため、その扱いはどのメディアも慎重になっている。

漫画家や、クイズ番組で難しい漢字を書けるのが売りのタレント、バツ2であるのに恋愛マスターと呼ばれる女性、犯罪学者などがスタジオにいる。犯罪学者が犯人像を語り始める。孤独で、社会的に評価を得ることができず、世間をあっと言わせることに喜びを……、紋切り型の説明が続く。犯罪学者と聞くと科学的な根拠を連想するが、つまりは統計学であり、個々の犯罪の分析は結局のところ学者の主観的な力量に大きく左右される。

事件の概要をキャスターが説明し始める。

①　12月21日午前2時30分から午前3時、竹林結城（40）が路上で殺害される。
②　12月28日午前1時15分頃、主婦A（横川佐和子《36》）が路上で切りつけられる。
③　1月4日午前3時から午前3時30分、真田浩二（41）が路上で殺害される。
④　1月4日午前9時頃、女性Bが高柳大助（28）に路上で切りつけられる。高柳大助は逮捕。
　その後、全国に通り魔事件が多発する。市高町を除くと、その数は十件に及ぶ。
⑤　2月21日午前3時頃、精神科医、米村辻彦（45）が車内で死んでいるのが発見される。遺書に自分が〝コートの男〟であると記されていたが、一連の目撃情報と体型が違い過ぎている。
市高町以外の通り魔事件で、ここ数日で四人が逮捕された。いずれも被害者が軽傷のものだった。それぞれの所轄で取り調べを行っているが、犯行はどれも一件のみで、彼らが〝コートの男〟である可能性は低いということだった。テレビ撮影中に起こったあの通り魔事件も、あれだけ顔が出たにも拘《かか》わらず、まだ犯人の情報は何もない。
報道に付け加えることはいくつもあった。

まず、③件目の被害者（真田）の靴下に付着していた青い繊維が、⑤件目の米村（精神科医）のクリニックの絨毯のものであったこと。
⑤件目の米村の遺書には、①件目と③件目の事件について、犯人しか知り得ない情報が記されていたこと。

③件目の被害者の口内には焼けた痕があり、⑤件目の犯行現場では死亡していた米村の運転免許証が燃やされていること。

③件目の被害者（真田）の知人（初川綱紀）が、⑤件目の米村のクリニックに行っていること。保険証提示の記録はあるが、そのカルテが破棄されていること。

しかし初川は現在フィリピンにおり、部屋に空き巣が入っていること。米村のクリニックに行ったのは、その空き巣をした人物である可能性が高いこと。

改めて見ても、意味がわからない。

確かに、初川のことは無視して、④の高柳が〝コートの男〟であり、米村のクリニックに行き犯行を伝えたとすれば全てすっきりする。犯行を止められなかったか、もしくはそそのかした米村は自殺。

でも高柳がクリニックに行った形跡はない。米村との関係性も依然見えてこない。

番組では、〝コートの男〟の目撃情報のＶＴＲが流れていた。それぞれがインタビューに答えている。

――ナイフ、ですか？　包丁みたいなのを持って、歩いてたんです。びっくりして、怖くて。こっち見たような気もしますけど、……今考えたら、やっぱり、恐いですよ。追いかける勇気？　なかったです。

――こんな所で、まさかというか。うん、同僚といたんだけど、この角から男が来て……。何かすごい異様というか。ブツブツ何か……。いや、何を言ってるかまでは聞き取れなかった。

――はい、気味悪い感じで、この角のところ走っていきました、手に包丁持ったまま。太ってはいないよね。痩せ型の感じでしたよ。

VTRで目撃証言が続く。

――顔はわからないです。包丁ばっかり目がいって。……ニット帽してたし、サングラスもしてましたよ。……ええ、こんな風に、そっちの角に行って。ゆっくり歩く感じで……。いや、痩せてる感じでした。

映像を見ながら何かが引っかかっていた。何だろう。

ウイスキーに口をつける。いずれにしろ、真田と初川、そして米村の交友関係を調べていくしかない。番組がスタジオに戻る。キャスターと、事件を取材している報道記者のやり取りが続く。

「模倣犯と見られる犯人は四人逮捕されていますが、彼らが起こした事件はそれぞれ一件ずつなのですよね」

「そうです。警察はそう見ているようです」

「高柳大助容疑者と、車内で亡くなっていた米村氏との関わりに警察が重点を置いているとの情報もありますね」

「ええ。精神科の医師と、その患者による犯行というケースも考えられます」

「米村氏が高柳容疑者を洗脳していた可能性はないのですか」

「どうでしょうか。推理小説のようですが」

CMになる。芸能人の顔ばかりクローズアップされ、肝心の商品が何なのかよくわからない。なぜだかわからないが、急にCMに疑問を覚え始める。これを見て、果たして商品を買いたくなるだろうか。不景気の原因はCMじゃないだろうか。取り留めのない考えが次々浮かぶ。やはり疲れているのかもしれない。

画面がまた番組に変わる。「洗脳に詳しい」というよくわからない肩書きの男が出てくる。派手な赤いネクタイをしている。髭を剃ればいいのに、とどうでもいいことをまた思う。

「彼はペルソナ、つまり仮面を身に着けることで凶暴化しているのです」男は続ける。

「二重人格の可能性もあります。彼は〝コート〟を着ていない時は普通の日常生活を送っている可能性があります。そのように医師が洗脳することは可能かもしれません。もちろん催眠とは違い洗脳には長い時間がかかりますが」

そんなことが現実にあるだろうか？

確かに、人間は「仮面」を着けることで性格が変化することはあるだろう。でもそれは人格規模で見れば些細な変化であり、殺人者にまで変容するのは愉快な漫画か子供向けの小説の読み過ぎだと思う。

でも番組はこの路線に飛びつく。

「このような洗脳者は、必ず記録をつけるはずです。それがわかればはっきりします。クリニックで破棄されてるなら残念です」

どうだろうか。米村が自殺とするならば、罪悪感のはず。わざわざ証拠のようなことまで書き残している。そうであるなら、高柳の「カルテ」も共に残すはずじゃないだろうか。

違う。僕は考えを巡らす。さっき感じた違和感は、こんなくだらないことではない。もっと違う何かだ。

包丁。不意に思う。何か変だ。

考えを巡らす。なぜこうも、目撃証言に包丁のフレーズが多いのだろう。いやそれは当然だ。でも引っかかる。なぜだろう。

僕はVTRを戻す。もう一度、証言者達の言葉を聞く。息を飲む。

急いで服を着替え、外に出てタクシーを呼ぶ。さっき酒を飲んだ。車は使えない。

広い道路で待つ。一分もすると、不景気の証拠のようにタクシーが現れる。

署に向かう。階段を上がり、資料を取りに行く。何人もの刑事が机に伏せて眠っている。ファイルを持ち出し廊下で開く。

全ての目撃証言を、地図上で照らし合わせる。やはりそうだ。はっきり書いてある。微かに鼓動が速くなる。

〝コートの男〟は犯行現場近辺では残酷だが、逃げていく過程で少しずつ、本当に少しずつ〝コ、ー、ト、の、男〟らしくなくなっていく。

「包丁を持ったまま歩いていた。逃げる様子もなく」という証言もあれば「走って逃げていった」

というのもある。現場からの緊張感が薄れるほど、次第に犯人は動揺していく。徐々に我に返っていくように。まるで高柳や米村のように。これは何を意味するだろう。だが目撃証言と違い米村は太っている。いや……、僕は考える。あの米村の死体は、実は米村じゃなかったんじゃないか？運転免許証が燃やされたことの意味を思う。しかし、もしそうなら……、思考が乱れていく。

一件目の事件で目撃されている〝コートの男〟はサングラスをしていない。二件目の事件で目撃されている〝コートの男〟も犯行現場二百メートル付近ではサングラスをしていないが、そこから先は急に動揺したようにサングラスをかけ始める。包丁も突然しまう。犯人は急に何に動揺したんだ？　歩いていたのに、なぜ急に走り出す必要がある？

現場から二百メートル付近。そこで何かがあったのかもしれない。たとえば、そこで誰かに会ってしまったのだとしたら。会ってはならなかった人物に。

僕は考え続ける。何かがすぐそこまできているように思う。米村の死体の様子が頭をよぎる。でもわからない。

署の自動販売機で、缶コーヒーを買って飲む。壁にもたれる。僕は小説の探偵のようになれない。ポアロならもう随分前に解決してるだろう。ドルリー・レーンならもう見当をつけ、後はもったいぶって論をつめていくだろう。『罪と罰』のポルフィーリイなら直感に近い洞察力で犯人を特定し、接触し続け相手を動揺させ、いつの間にか自首させてしまうだろう。

現実に名探偵などいない。

名探偵がいないせいで、次の犯行を止められない。

自分達警察が誠実な天才であったら、米村も死んでないし、全国に模倣犯が広がることもなかった。

「こんなとこに」

突然声がする。顔を向けると小橋さんがいた。

「どうして？」

「寝てたんです隣の部屋で」

小橋さんが近づく。僕は壁にもたれたまま軽く咳をする。

「なんかね、上手くいかないなって。ポアロの手でも借りたいよ」

彼女が僕の手にしたファイルに視線を向ける。地図や証言者達の記録。膨大な量。

「一人で考えないでください」彼女が言う。

「小説みたいにはいかないけど、私達には根性があります」

彼女が微笑む。もうすぐ朝になる。

「私達は日本の刑事です」


市高署三階の食堂に集まる。僕と小橋さんと捜査一課の吉原さん、それに所轄の係長と、同じく所轄の雪原。

捜査本部の定例会議ではない、小規模の、本部から隠れるような集まり。何となく、席を選ぶ時隅を選んだ。

「きみの引っかかってることは大体わかった。でも大分曖昧な意見になる。わかってるよね？」

吉原さんの言葉に僕はうなずく。

全員コーヒーを飲んでいるが、小橋さんだけアイスクリームを食べている。吉原さんが続ける。

「現場から二百メートル付近、そこで何かがあった。……でもね、きみ達は今回大活躍してる。高柳の逮捕、米村の死体の近くで燃やされた免許証の発見。僕は大きなことと思ってるんだ」

窓がカタカタ鳴る。この建物は随分古い。

「それに今捜査本部は藁にもすがる状態にある。僕も高柳が〝コートの男〟だとは思ってない」

「しかし管理官はもうその方向へ邁進してますね」

係長が言う。吉原さんがうなずく。

「そうです。どうも、この事件が迷宮入りしたら、全ては管理官の責任ということに、上では話がついてるそうです。今の一課長は随分政治力のある人です」

「それと所轄の責任でしょう？」

係長の言葉に吉原さんが顔をしかめる。

「もうそんな噂までお耳に入ってますか。そうです。この事件を一課と所轄との意思疎通の弊害が出た事例として、今後より一層捜査一課の権限を強くするための提言に利用しようとしています。……ここの署長と僕は結構長い付き合いなんです。そうさせるわけにいかない。そんなことになったら、若い刑事達が自分達の組織に失望してしまう。若い人間達に失望されればその組織は澱《よど》んでいくだけです」

全員で地図を見る。でも何も新しいアイディアは出ない。

「あの」ずっと黙っていた雪原が口を開く。今日も寝癖が酷い。

「捜査員は膨大にいます。いい智恵もない。ならいっそ数を撃つのはどうでしょう」

「はい。私もそう思います」

小橋さんがアイスを食べるのを止め同意する。僕は意味がわからない。

「どういうこと？」

僕が言うと雪原が続ける。

「つまり、今回の事件に関連した場所、全てを見張るんです。犯人は現場に戻るっていうし。あと今名前の挙がった人物、全員も見張る。米村のクリニックの患者達も含めて、とにかくもう全部です」

「……それでどうなる？」

係長が言う。疲れた目を何度も閉じる。口から微かに栄養ドリンクの匂いがする。

「どうもならないかもしれませんが、もうそうするしかないんじゃないでしょうか。初川のアパートは特に見張りましょう。空き巣に入ったとされる人物が、何かのためにまた侵入するかもしれないです。犯人は現場に戻るというのは、言葉だけじゃなくて本当ですし」

「つまりヤケクソ戦法です」

小橋さんが言う。雪原が手で彼女を制す。

「もっといいネーミングないですか」

「いいんです。根性ですよ。名探偵はいないんだから」

小橋さんの言葉に吉原さんが笑う。

「確かに名探偵はいない。……やれることは全部やりましょう」

全員の視線が何気なく係長に向く。係長が息を吐く。

「つまりその人員はうちで確保しろというんでしょう？」

係長が独り言のように続ける。

「まあ管理官の言葉の裏を返せば、所轄で自由にできる余地が、今は大分あることになります」

「お願いできますか」

吉原さんが言う。打診の言葉だが命令のようだった。

「お願いも何も、やるんでしょう？　……署長に掛け合います。このままじゃ減俸かもって脅してみますよ。それに」

係長がまた大きく息を吐く。

「うちの若い奴らがこんな目で言うんですよ。こんな風に集まってまで。……それを聞かない上司は上司とはいえんでしょう」

食堂を出ると小橋さんが小声で言う。

「なかなか素敵ですね係長。髪が七・三分けなのが残念だけど」

前を歩く係長を見る。気のせいかもしれないが、ここ数日で少し痩せたように見える。

「うん、時々男気見せるんだよね。普段は全然だけど」

「……彼、なぜ七・三分けなんですか？」

「彼？　ああ、係長のこと？　……そこは別にいいんじゃない？　いや、何でだろう。年を取ってくと、自然にあんな風に髪が動いてくんじゃないかな」

「そうなんですか？」

小橋さんが言う。前にいた係長が少しだけ振り向き、また歩いていく。確かに七・三分けだ。完壁な。

「本当に髪が？」

小橋さんがまだ言っている。彼女は時々しつこい。

「あー、うん、そうだよ。知らなかった？　おっさんはみんなそうだよ。髪があんな風に勝手に動いて、じわじわ七・三分けを構成していく」

「中島」

前を歩いていた係長が、携帯電話をしまいながら戻ってくる。

「フィリピンにいる初川だが、現地で逮捕されてるらしい」

「え？」

「傷害罪。飲食店で暴れたらしい」

「逮捕の日は？」

「現地入りしてすぐ。そこからずっと留置場。彼のアリバイは完壁になってしまった」

小橋さんも雪原も側に寄る。僕は口を開く。

「現地には？」

「田島さんと加田を派遣する。取り調べやらせたら、彼らがうちのナンバーワンとツーだから。精神科医の米村の方は一課が全力でやってるから、うちらはこっちから攻めよう。これで初川の家宅捜索ができる。うちらでやるぞ」


初川の住んでいたアパートに向かう。重要参考人として、家宅捜索を正式に始める。

車内で小橋さんは、まだ係長の髪の話をしている。さすがにしつこい。話題を変えることにする。

「吉原さん、なんかすごいよね」

僕が言うと小橋さんもうなずく。

「あの人のこと、私尊敬してるんです」

「何で独身なんだろう、モテそうなのに」

「モテるからですよ」

小橋さんはそう言い、不敵に笑う。

「私見たことあるんです。休みの時の吉原さん。若い女性連れてバーから出てきました」

「まじで？」

「捜査の時は動きやすそうな古いスーツ着てますけど、休みの日はお洒落ですよ」

「そうか、言葉がちょっと若いと思ったんだよな……」

「セクハラ発言一切ないですしね。可愛げのないセクハラってモテない人がするんです」

アパートに着くと、もう鑑識達が動いている。一課の鑑識ではなく、市高署の鑑識係。彼らも仕事が速い。僕達も手袋と足カバーをつける。

「その人間の部屋を見れば、その人間の全てがわかるって聞いたことあるよ」

小さなテーブルに散らばった、マンガ週刊誌やパチンコ雑誌。パソコンはない。小さなテレビ、その脇にアダルトDVD。

「うわ」

小橋さんがDVDのパッケージを見ている。『女スパイ監禁』『農家の娘・収穫祭』『ベランダ売春婦・佳子』。なんだこれ。こういうのを見られた初川を少し気の毒に思う。

押入れの中に布団が収納されている。乱雑かと思えば、所々整理されている。大量の指紋を採取する。捜査上の全ての人物の指紋と照合すれば、何か見えてくるかもしれない。

炊飯器のフタを開ける。中味はなく、綺麗に洗われてる。

「多分女がいる」僕は部屋を見渡す。

「時々部屋に来て、ついでに掃除して帰るような感じで。服の畳み方も二種類ある。このセーターは最初に縦折りにして丸めてるけど、このセーターは店の商品みたいに腕のところが中に折り畳まれてる。この靴下は先を折り返して二足まとめてるけど、こっちは三つ折」

「ほう。あ、いえ、……同棲、ではないですよね」

「うん、いつもはいないね。DVD出しっぱなしだし。……初川の交友関係もあたろう。フィリピンで聞き出してもらう」

あの時の少年

初川綱紀のアパートを見張る。

向かいの雑居ビルにいくつか空きがあり、二階の古びた一室に入った。元々バーで、折りたたみの簡易ベッドと毛布を持ち込む。張り込みだから、片方が寝ている時は片方が起きている。犯人がもう一度来る可能性にかけての張り込みで、可能性は低い。でもやるしかなかった。

「……外すごく寒いです」

小橋さんが帰ってくる。買出しを頼んでいた。

「すごく寒いんです。もう、死んでしまうくらい」

小橋さんからコンビニの袋を受け取る。

「すごく寒くて、もう、本当に」

「……わかったよ。次は俺が行くよ」

袋の中身を出す。カツ丼を頼んだがソバが入ってる。

「何で?」

「みにょ」

「……は?」

「嫌がらせをしました。外が寒かったので」

「ええ?」

しばらく小橋さんを見る。彼女はパスタを食べ始める。

「あとお茶と言われたのに炭酸の冷たいジュースを買いました。ソバと炭酸は合わないから。……でもこうやってまた暖かい部屋に入ると、悪いことをしたような気分にもなりました。ごめんなさい」

茫然と小橋さんを見る。彼女は一度僕に謝り、それからは美味しそうにパスタを食べている。仕方なく僕も食べ始める。さっきから、アパートには誰も来ない。

空き巣に入った犯人の立場になって考えてみる。

米村に会いに行くなら、盗んだ保険証を使ってまで、わざわざ彼のクリニックに行く必要はないはずだった。自宅の前ででも待てばいい。なのにそうしたということは、米村を医師と見て、正体を隠しながら自分を患者と思わせる必要があったということだった。ソバを炭酸で流し込みながら考える。なぜ患者として会う必要があったのかわからないが、この空き巣が米村の死に関わってる可能性は高い。ソバを炭酸で流し込みながら、僕は考え続けた。

米村の最初の勤務先の総合病院でも、約二十年も前ということで大した情報はなかった。次に米村が開いたクリニックのカルテは米村の手によって破棄され、この市高町で開業したクリニックも、まだ三ケ月だったこともあり大した情報はない。ただ米村が医師として熱心でなく、薬ばかり処方していたという情報のみだった。大抵の来院者が、二度ほど通った後クリニックをかえている。米村の元に長く通った者はいないのだった。彼は交遊関係も狭い。そこからも疑わしい人物の名は挙がってこない。

高柳が無理やり言わされた自白調書も使えないものになった。米村の名が一切なく、米村の遺書の説明にもなっていない。捜査本部は新しいシナリオを用意し、一から高柳の取り調べをしている。でも不意に硬化した高柳は、米村のことは知らないと言い続けている。

タクシーがアパートに近づき、微かに緊張する。降りてきたのは男女だった。双眼鏡で確認する。先に女が降り、男も続いて降りるが、女は何か断ってる。この男女は関係ない。

男がなおも何かを言い、女が笑顔でまた何か断っている。でも男がまた何かを言う。

「あの男、無理に女性の部屋入ろうとしてない？」僕が言うと、小橋さんが僕から双眼鏡を奪う。こういうのを見るのが好きらしい。

「……心配ないですね」

「そう？　何ならわざとらしく近づいて、女性を助けた方がいいかな」

「まあ見ていてください」

小橋さんはそう言い、不敵な笑みを浮かべた。見ていると、男女は急に寄り添い、アパートの階段を上がっていく。

「男女の駆け引きってやつですよ」

なおも不敵な笑みを浮かべ、ようかんを食べている。デザートに買ったらしい。

「……すぐ部屋に入れる女って思われたくないんですな」小橋さんが、なぜか急におっさんのような言い回しになる。

「でもややこしくね？　本気で嫌なのかわかんないじゃん」

「それがわからないようでは駄目ですな」

「間違えたらセクハラになるし」

「まあ、深追いはしない方がいいのう」

しゃべり方に腹が立ってきたので、また男女の部屋を見る。電気がつき、すぐ消える。

「……早くね？」

見ていると、自転車の巡査が通りかかる。市高町には、今パトロールがかなり多い。

「そういえば」

小橋さんがようかんを食べ終えて言う。

「市高町、今防犯カメラすごいじゃないですか」

「うん、捜査には役立つね」

「でもあれ、今回は役人の天下り先の、変な企業が全部受注したらしいですよ」

小橋さんが眉をひそめている。いつも思うが、彼女の会話はよく飛ぶ。

「なんか、事件の初め、これで儲かるって馬鹿なこと言ってた人もいたそうです。まあ実際に儲かってるんでしょうけど」

「この国は完全に官僚に支配されてるからね。復興財源すら別のことに使うんだよ。信じられるか？　あの地震を経験した後で、普通そんなことできるか？　そんな風に儲けた金で、彼らはどんな顔で何を買うんだろう。マスコミの追及が甘過ぎるよ」

自転車で男が道に入ってくる。リュックをカゴに入れ、速度が一定でなく、少し怪しい。見ていると、アパートの裏手に回ろうとする。

「……なんかあいつ妙だ」

そう言った時、さっきの巡査が男に近づいた。優秀な巡査だった。反応が早い。男が向きを変え自転車の速度を上げた。巡査が追い、自転車を倒し男に馬乗りになる。

「小橋さん」

僕が立ち上がるともう彼女は外へ出ていた。小橋さんが前を走っていく。意外と足が速い。

「ちょっと待って、危ないから俺が先に行く」

「私柔道四段です」

「まじで?」

「嘘です」

現場に近づく。でも加勢はいらず、巡査が完璧に押さえ込んでいる。見事だった。

「市高署の刑事です。手伝います」

「ありがとうございます。リュックの中身を」

小橋さんが開き、眉をひそめる。

「女性の下着」

「現行犯逮捕。時間は、えっと、1時8分」

押さえられた男は泣き始める。俺は身体が弱いから上に乗るなとか、ぜんそくなんだとか、泣きながら言っている。

「最近、付近で多発していたんです。やっと捕まえました。こいつ赤い下着しか盗まないんで、〝レッドの男〟って呼ばれてて。七階まで登るんです。しかもこいつ、違う色盗むと返しにくるし……」

※

「……きみが望んだことじゃないか」

焼かれていく家の前で、少年が言う。

吹き荒れる風と共に無数の火が噴き出し、周囲の建物の全てが崩れながら燃えている。火が繋がり、互いに飲み込み合いながら巨大化し、火花を吹き散らしうねるように炎を上げていく。あの時燃えたのは僕の家だけだったはずなのに、今は全てが燃えている。波のような炎を背後に少年の輪郭が赤く染まり、顔が陰になっていく。

「……これは夢だ。そうだろう?」

「うん。でもきみは目を覚ますことができない」

少年の手にはライターが握られている。少年が続ける。

「ずっと言ってたじゃないか。あんな家、なくなってしまえばいいって。全てがうんざりだって。

近所の火事のニュースをさ、テレビで一緒に見てたことあっただろ？　あの時、きみはぼんやりしていた。……気味の悪い顔だったよ。建物や人間を燃やす火を羨望の眼差しで見るなんて」

　黒煙が無造作に上がっていく。

「どこかへ吸い寄せられていく顔だった。悪へ。自分を救うために、きみは悪を手に入れようとした」

　皮膚に激しい熱を感じる。火が弾け、周囲の地面に火花となって無秩序に落下していく。家の柱が倒れ、連鎖するように壁や屋根が崩れる。僕はなんとか口を開こうとする。

「でも俺は、そんなつもりはなかったんだ」

「嘘だよ」

　少年がライターを僕に見せる。

「きみは言ってたじゃないか。僕に向かってはっきり。あんな家燃えてしまえばいいって。……出会った頃、きみは〝交換殺人〟の話をした。何気ない風に、でも奇妙に興奮した様子で。これなら捕まらないと。二人いたらやれると。二人にそれぞれ殺したい奴がいた場合、お互いがお互いの相手を殺せばいいって。犯行時間にそれぞれがアリバイをつくっておけば、そしてその二人の関係性さえ周囲にばれてなければ可能だって。……ミステリーでよくある手だよ。きみは僕の悪を沸騰させた。それでこのライターを」

「そのライターは、きみが僕から盗んだんじゃないか」

「……何を言ってるんだよ。きみが僕の部屋に置いていったんだ」

そうじゃない、と僕は思う。そうじゃないと、僕は思おうとしている。

「フロイトが言ってることだけど」

少年が続ける。

「〝錯誤〟は人間の単純な過ちではない可能性があるって。その無意識による行為かもしれないって。例えば会議に重要な書類を忘れる。でもそれは錯誤ではなく、その人間の無意識が、会議を嫌がっている証拠であるかもしれないと。その人間の無意識が、わざとその人間に書類を忘れさせた可能性があると」

「原因と結果はそんな単純な話じゃない」

「もちろん。そうでない場合だってある。普通に間違えることも。だから僕は可能性と言ってるだろ？　……きみが、いや、きみの無意識が、きみのポケットにあったはずのライターを僕の部屋に忘れさせた」

少年の輪郭がさらに赤く染まっていく。

「しかもきみはあの時同時に『明日の木曜日、学校のみんなとキャンプに行く』と言ったんだ。僕に向かってね。キャンプは日帰りで夕方までだけど、遠くだから、帰ってくるのは8時くらいだって。あの時、きみはとても無邪気な顔をしていたね。不自然に汗をかきながら。……恐ろしいと思ったよ。あんな恐ろしい顔は初めて見たよ」

「違う」

「違う？　……何が違うんだ？」少年が言う。

「何を言ってるんだよ。もう一度言おうか。きみはキャンプの日を『明日の木曜日』と言ったんじゃないか。でもその日からすると、明日というのは水曜日だったんだよ。水曜日が何を意味するかわかるだろう？　きみの家に父親の愛人が来る日だ。だからきみは、キャンプが明後日の木曜日じゃなくて、明日の水曜日であればいいとずっと思っていた。それなら自分はキャンプに行っていたことになり、その時僕が火をつければ自分は疑われないから。父親と愛人を焼き殺すことができるから！　きみはずっとずっと、そのキャンプが水曜日だったらいいのにと思い続けていた。夏休みでも、クラスの大勢で行くそれならきみのアリバイは完璧になるから。あの数日の間、どうせ覚えてないだろう？　きみはいつもしていた腕時計をしていなかった。アニメがプリントされた、曜日も出るデジタルの腕時計を。そしてきみは驚くべきことに、本当に日程を間違えて水曜日にキャンプに行ったんだよ。あの頃、きみはずっとぼんやりしていた。常に何かに気を取られ、そわそわしていた。きみの精神はもう限界だったんだよ。

そして行ってから気づく。キャンプは明日だったって。きみはあの日慌てて帰ってきた。全て自分が望んでいたことなのに、僕が火をつけたかもしれないと心配になったんだろう？　もし本当に曜日を間違えただけだったら、あんなに慌てて帰ってくる必要はなかったはずだ。あの慌てた様子は後ろめたさそのものだった。さあ、どこまでがきみの意識で、どこまでがきみの無意識だろう？　そしてきみは前日にライターを僕の部屋に忘れてしまった。さらに言えば、きみの目は、自分が忘れていこうとしていたライターを見るのを拒否した。だってあの時、ライターはきみのすぐ目の前にあったんだから！　しかも本当は覚えてるだろう？　その後、きみは寝る前のベッドで、自分はライターを置いてきたと思っていたのだから。でもなぜかそのライターをつかむ気になれなかった。ライターが目の前にあったのに、その光景が自分の中に上手く入ってこなかった。なぜだろうと思った時僕の顔が浮かんだ。きみは鼓動が速くなり、また意識が急に散漫となってそのまま眠ってしまったじゃないか」

身体から何かが抜けていく。

「確かに、僕はきみの家族を殺すことはできなかった。きみの父親も愛人も避難したから。だけど、僕の火で、きみの貧しい父親は崩壊した。そうだろう？　火災保険にも満足に入ってない借家を燃やせばそうなるよ。きみの父親は破滅した。きみだけは施設で安全に暮らせるようになった。だから」

少年が一歩近づく。顔がはっきり見える。細い目をさらに細くし、薄い唇を閉じている。乱れた長い髪。シャツが黒く汚れている。

「次はきみの番だったんだ」少年がさらに近づく。僕は動くことができない。

「どうしてだ？　どうしてきみは、僕を助けてくれなかったんだ？　僕はいつかあいつらに殺される。僕はきみに何度もそう言ったじゃないか。なのに、なぜきみは僕を助けてくれなかった？　なぜ火をつけてくれなかった？　僕は殺された。自分の両親に。交番にも何度も行ったけど、家に戻される度に僕は暴力を受けていた。警察や役所は誰かが死んでから初めて行動するクズなんだ。新聞やテレビもそうだ。死んでから可愛かった何々ちゃんって言われてももう遅い。逃げたこともあったけど子供一人で逃げたってすぐ捕まる。……いいかい、きみの真実を僕が教えるよ」

少年が猫背になっていく。両肩が上がっていき、そのことで、彼の顔は窮屈そうに胴体へ埋まろうとし、でもつっかえ、圧迫され歪んでいく。でも少年の顔はなおも窮屈そうに胴体に埋まろうとしながら、こちらを向いているのだった。

「きみは怖くてできなかったと言った」

少年が続ける。

「他人の家に火をつけるなんて無理だと。でもいいかい？　きみに怖いと思わせたものは、本当の恐怖じゃなかったんだ。きみは、僕が死ねば、自分の家の火事の真実が絶対にバレなくなると思ったんだ。きみと僕だけの秘密が。だからきみは、きみ自身に、僕の家に火をつけるのを怖いと思わせた。そうだろう？　お陰でどうだい？　僕はその翌日に死んでしまったじゃないか！」

僕は何も言うことができない。言葉が出ない。

「きみは一人で助かったんだ。僕という存在を犠牲にして。もっと言おうか。なぜきみは初め、僕みたいにクラスの隅にいる奴に声をかけたんだ？」

「……それはきみが一人で寂しそうだったから」

「そう。きみは優しさから僕に声をかけた。でもわかるかい？　その優しさがどこからきていたか」

「……違う」

「一つ教えておこう。きみからすれば『きみ＝脳』だと思ってるだろうけど、きみの脳からすれば、『脳＝きみ』ではないんだよ。きみはあくまでも、きみの脳の中のほんの一部に過ぎない。これは当たり前のことだけど、改めて考えてみると恐ろしいことだ。自分の中に、コントロールできない領域を人間は持っているということだから。ある意味人間はみな、自分とは異なる他人を脳内に潜ませてるということだよ。そしてその他人は無意識の底辺でいつまでもうごめいている。でもきみはその無意識に助けられたんだぜ？　子供時代、限界だったきみの無意識が、僕を利用するために、僕を見た瞬間に、きみに『優しい』という感情を突発的に発生させた可能性だってあるじゃないか。環境に追いつめられ、限界だったきみの無意識が、僕みたいな子供をほっとけないようにさせた可能性があるじゃないか」

　少年が僕に近づく。

「そうだろう？　そうだろう？　思い当たるふしがあるだろう？」

　僕は言葉が出ない。

「人間の感情には全て理由がある。その証拠に、きみのその優しいという感情は、僕と親しくなって、僕をコントロール下においてからすぐ、なくなってしまったじゃないか。きみには最初から目《もく》論見《ろみ》があったんだ。こいつなら利用できるって。虫を集め平気で大量に殺したりするこいつなら、家庭が自分と似た境遇のこいつなら、きっと何かに利用できるって。自分はクラスの中心にいて、僕との関係を周囲から隠すのをちゃんと忘れずに。きみは自分の目論見を自分ではっきり自覚するのを避けながら、でも巧妙に僕を誘導していたんだ。改めてきみの行動を一つ一つ見ていくと全てが完璧にそう一致するんだよ。きみの内面の奥に漂う悪はずっと活性化し、計算し続け、過度のストレスでぼんやりしていたきみに恐ろしい影響を与え続けていた。僕を刺激するように様々な犯罪の話をずっとずっと何気なく繰り返していた。今は刑事だって？　すげえな。……思い出せよ」

息を飲む。僕は思い出すのを拒否しようとしている。身体が揺れていく。揺さぶられる。

「僕の死体を発見した時のことを。……あの時、どう思った？」

身体が揺れていく。

「僕は見たよ。見たんだ。思わず浮かんだような……」

少年が囁《ささや》くように言う。

「きみの笑みを」


目が覚める。僕は声を上げている。身体が痛い。粗末な簡易ベッドが軋んでいる。視界が狭くなり、目が見えないと思った時今が夜であるのに気づく。息が乱れている。すぐそばに人の気配を感じ、それが小橋さんであるとわかっているのに、身体が、酷く驚いていた。驚くな、と意識は思っているのに、遅れた筋肉が独りでに収縮するようで、鼓動がさらに乱れていく。

「……大丈夫、……ですか」

小橋さんが言う。どうやら、僕は彼女に片方の腕を揺すられている。他人の手。そう思った瞬間、思わず振りほどこうとする。でも何とかそれを抑える。彼女はあの少年じゃない。僕の内面に入ってこようともしていない。

「……何か、言ってた？」

暗闇の中で彼女に聞く。声が上手く出なかったが、彼女が首を横に振る。

「いえ。……なんか聞き取れない感じの声を、少し上げてたくらいで」

安堵している自分を感じる。慣れない簡易ベッドで、眠りが浅かったからだろうと思っていた。夢は、眠りが浅い時に見るから。

「何か、……水とか」

「……ありがとう」

水を飲む。息が少しずつ整っていく。

「……いつも、ですか?」

「いや、……疲れてるんだね。なんか、変な夢を見た気がする」

「……本当に疲れてたから?」

「うん」

「でも……」

「はは、……大丈夫だから」

立ち上がり、窓の外を見る。

何かに夢中にならなければ、と思う。留まっていてはならない。自分と向き合ってはならない。何かに夢中になって、進み続ける。そうすれば、自分はこの泥濘にも捕らえられない。

「……何か変化は?」

「え? あ……、特に誰も来なかったです」

「そう」

僕はもう一度水を飲む。大丈夫だと言い聞かせる。自分を目の前の現象に預けていく。僕は無理に口を開く。

「捜査本部からは何か」

小橋さんはしばらく僕を見、やがて答えた。

「……はい、ネット上で〝コートの男〟を名乗ってた人達が、何人か捕まったみたいです」

「いつか捕まるよねそういうのは。で、やっぱり本物じゃない？」

「……まだわかりませんけど、違うみたいです。小中学生のイタズラかと思ってましたけど、逮捕された人達、結構年齢がいってて。40代の大学職員とか、30代の無職の男性とか、学校の先生なんかもいたみたいです。書き込んだ内容の幼稚さと年齢のギャップが。……あと、テレビの取材中に起こったあの犯人ですが、あれだけ顔が映ったのに、まだ捕まらないみたいです。有力な手がかりすらないみたいで……この件もおかしいです」

「……なるほどね」

「あと会議の様子教えてもらったんですけど、精神科医の米村の周辺捜査、上手くいってないみたいです。本当に人付き合いのない人だったみたいで」

「……ふうん」

「でも何というんでしょう。家宅捜索をしても、何も出てこなかったんです。不自然なほど。……つまり見られちゃまずいようなものも」

「アダルトＤＶＤとかそういうの？」

「はい。パソコンのデータもほとんど消されてて、復元も不可能になってて。元々几帳面だったのか、部屋もかなり整頓されてたようですし」

「ということは、死ぬつもりで本人が整理を？」

「わからないですけど、その可能性が高いと判断されてます。もちろん、犯人がそう見せかけるために、彼の部屋に入り込んで色々操作したとも……」

窓の外が徐々に明るくなる。憂鬱な町を、その憂鬱さを暴くように容赦のない光が照らしていく。煙の匂いを感じたが、無視する。夢の感触を忘れるというより、そもそも、意識に上らないようにしなければならない。

「フィリピンの初川は？」

「まだ捜査員の方から連絡はないみたいですが、近々あると思います」

「そっちに期待か……」

身体の力が抜けていく。捜査が停滞すればするほど、自分が泥濘に捕らえられていく。こめかみが痛み始める。

でも解決したとしても、同じだろう？　そう言葉が浮かび、打ち消そうとするが上手くいかなかった。

お前はいつも忙しくしていなければならない。自分以外のことについて、常に考え続けていなければならない。自分に向き合えないから。向き合うわけにいかないから。

僕は忙しさの中に逃げていく。まるで刑事から逃げる犯人のように。心のどこかで、僕は事件を望んでしまっている。

真相

フィリピンの田島さんと加田さんから連絡が入る。初川綱紀は傷害事件でマニラ市内の拘置所にいるが、真田が通り魔によって死んだと告げると、非常に驚いた様子を見せたということだった。また、自分の部屋に空き巣が入ったこと、さらに自分の保険証が米村のクリニックで使用され、その米村が死んだ事実に至っては、驚きながら逆に捜査員に何度も質問し始めた。「彼は事件に関係ない」。田島さんと加田さんの意見だった。彼らは市高署の中でもベテランで、数多く様々な犯罪者を見てきている。彼らが言うならそうだろう、と僕は思う。

初川のアパートの見張りを交代した。代わりに〝コートの男〟を名乗り、新たな犯行の示唆をネット上に書き込んでいた男の逮捕に向かう。罪名は威力業務妨害。逮捕状もある。この罪状での逮捕者はこれで十八人目になる。

張り込みの交代は所轄の係長からの指示だったが、昨日の自分の悪夢を思えばありがたかった。うなされる自分を、もう誰にも見られたくない。

車に乗り、小橋さんとその容疑者のアパートに向かう。身体が疲れていく。逮捕に至るのは〝コートの男〟のコピーだけだった。

車内で小橋さんが音楽を聴いている。うっとりと。ラジオの音楽番組。

――貯金を、あげる～。貯金を、あげる～。

奇妙な曲が流れている。

――あなたに、わたしの～貯金をあげる～。

「……なにこの曲」

僕はそう聞いたが、彼女は目を閉じ聴き入っている。

――貯金をあげる～（銀行、銀行）。貯金をあげる～（信託、信託）。40万、あるわ～。

「……なんだよこれ」

「今大人気のアイドルグループですよ。〝枕営業ガールズ〟。これデビュー曲で『貯金をあげる』です。知らないんですか？」

「知らない」

「40、50代の男性ファンも多いですよ。彼女達と同じコスチューム着て、ライブ会場で踊り狂ってます」

「昔からアイドルはいたけど、ファンの高齢化は最近の現象だよね」

信号で車を停める。

「……きみも好きなの？」

「好きですよ。彼女達は貯金と年収と支出を全部公開してて、彼女達の枕営業を止めるためにファンがＣＤ買うんです」

信号が変わる。いつの間にか曲が終わり、小橋さんが双眼鏡を覗いている。

「それもういらないじゃん」

「違うんです。ほらあのタクシー、雪原さんです。髪ボサボサだからすぐわかる」

「タクシー?」

「はい。……何でしょう」

小橋さんに雪原に電話してもらう。

「えっと、緑のタクシー尾行してるそうです。別に緊急じゃないみたい。あ、切れた」

事件に関わりがあってもなくても、出た名前の人間全てに張り込みをつけていた。雪原が追っていた相手は誰だったろう。

「雪原さんのタクシー、離されてく。あーもう、電話繋がらない」

「じゃあ俺達も追ってみる?」

「緑色の……、あれですね」

下り坂の先に、緑のタクシーが見える。追い越し車線に入り、アクセルを踏む。雪原のタクシーは、軽トラックに割り込まれている。

「俺達の車の色伝えて。雪原もちゃんとついてこれるように」

「電話繋がらないんです」

間に一つだけ車を挟み、緑のタクシーを追う。相手は後部座席に深く座り、頭の先しか見えない。

「女です」

双眼鏡を持った小橋さんが言う。

「あ、矢場麻那ですね。雪原さんが追ってたの」

矢場は米村の受付の女性だった。いつの間にか、雪原のタクシーが背後に見える。これならもう後は彼で追えるだろう。緑のタクシーはやがてラブホテル街に入っていく。元々の逮捕に戻ろうとする僕を、小橋さんが止める。こんなに必死に、僕の判断に抵抗する彼女を初めて見たように思う。

僕の握るハンドルにまで手をかけようとする。

「待てよ、危ねえ！」

「だって、こういうの楽しくないですか？」

矢場のタクシーが喫茶店の前で停まる。僕は反射的に車を停める。小橋さんが不敵な笑みを浮かべる。

「ほら、この位置だと双眼鏡いるでしょう？」

確かに遠くてよく見えない。店の前に男が待っている。でも小橋さんに双眼鏡をしまわせる。ラブホテル街で、双眼鏡を覗く女なんて怪し過ぎる。

矢場は喫茶店に入らず、二人で歩き始める。男の方はグレーのスーツを着ている。

「あれ、あの子が言ってた彼氏だろ？」

「そのわりに年齢離れてます。よく見えないけど不倫ですよ」

小橋さんが嬉しそうに言い、車を降りる。仕方なく二人の後をつけようとした時、その喫茶店から木田が出てくる。後輩の刑事。

「お前何でここにいるの？」

「え？　張り込みしてたら、相手が出かけたのでずっと後を。今女と歩いてる奴です。あの女誰でしょう」

「いや、ちょっと待て。……この辺りで三人で歩くのはまずい。ちょっと離れて追おう」

矢場と男がラブホテルに入っていく。遠くてよく見えないが、恐らく手も繋がずに。向かいに別の喫茶店が見える。駐車場に羽鳥の車がある。羽鳥も後輩の刑事。

「お前何でここに？」

「え？　張り込みですよ。ここまで追ってきて、今その相手が喫茶店に」

木田が小走りに近づいてくる。遅れて雪原も来る。木田が口を開く。

「僕が追ってたのは林原です。羽鳥は確か石居だよな」

鼓動が速くなっていく。林原？　石居？　確か彼らは一般人、いずれも〝コートの男〟の目撃者だった。

「……なぜ矢場麻那が？」

「矢場？」雪原が驚く。「僕が追ってたのは矢場じゃない。横川ですよ。何言ってるんですか」

「は？」

横川は、二件目の被害者の主婦だった。

資料を見ていた時の疑問を思い出す。

〝コ、ー、ト、の、男、〟は現場から離れれば離れるほど、〝コ、ー、ト、の、男、〟らしくなくなっていく。

僕達はお互いを見ていた。沈黙が続く。

「あの……」

小橋さんが小さく口を開く。全員が黙っている。僕も、小橋さんに言わせることにした。

「つまり」

僕達はお互いを見続けていた。それぞれが張り込みをし、こんな風に出会うはずのなかった自分達を。みな、表情が疲れている。何台かの自動車が、僕達のすぐそばを通り過ぎていく。

「〝コートの男〟なんて、最初からいなかったんじゃ……」

図　形

《二件目の被害者、横川佐和子の供述》

「借金が、ありました。

なんとなく、だったんです。滅多に参加しない同窓会に行って、少しお酒が入っていた帰り道、男性に、声をかけられました。彼は可愛い顔をしていた。男の人、というより、男の子という感じの……。ホストクラブの勧誘だったのですが、私はそういうところに行ったことがありませんでした。一度くらい、行ってみてもいいかなと思ってしまった。派手な、趣味の悪い内装のお店でした。

同窓会で久しぶりに会ったクラスメイト達、その誰もが幸せそうにしていたことが頭に浮かびました。もちろん彼らが見栄で幸福の演技をしていた、という可能性もありましたが……。

私はそのホストクラブにいる間、ずっとちやほやされていた。36歳に見えない、可愛い、綺麗だ。……私はお酒に酔って笑いながら、なるほど、と思っていました。こうやってまた来させるのだと。人生に不満を抱える女性に、こうやって、束の間の時間を提供しているのだと。私を勧誘したWは、笑うと少年のような顔になり、聞けばまだ21歳だった。帰りが12時を過ぎて、私は急に夫のことを思い出し、恐怖を覚え、帰ることにしました。意外なことに、彼らは無理に引き止めはしませんでした。雑居ビルの六階。タクシーが拾える広い道路まで、Wは送ってくれました。猫が私たちのことを不思議そうに見ていた。

『すごい楽しかった』

Wはそう言いました。

『佐和子ちゃんみたいな人が来てくれるから、俺も頑張れる』

Wは真剣な、でも少し甘える表情で言いました。夢は自分の店を持つことだとも。もちろん、それが嘘であると思っていました。でも悪い気分ではなかった。こんな風に、騙されてみるのも悪くない。一度でやめれば、それはそれで、面白い経験だった。そんな風に考えながら、でも私は恐ろしさで胸がドキドキしていく自分を意識しないではいられなかった。夫は、私の深夜の帰宅が、本当に同窓会だけであると信じてくれるだろうか。同窓会の誰かに、怒りを感じると低くなるあの声で、しつこく電話で問い合わせたりしていないだろうか。何か私が今まとっている、束の間の夜の空気を、敏感に嗅ぎ取らないだろうか。……背中の痣が痛くなっていた。三日前、夫に突き飛ばされ、ドアノブに打ちつけた痕。背中の痣が、自らうずき出すかのようでした。まるで私を罰するように。

私の秘密の時間は、でも夫にばれることはありませんでした。夫はもう寝ていて、翌日も、夫は何も言わず会社へ行きました。私は昼のつまらないテレビを見ながら、洗濯をしながら、夫の体内に入る夜の食事をつくりながら、Wのことを考えていた。彼に言われた冗談を思い出し、少し笑ったりもしていました。

夜、チャイムが鳴った時、私の鼓動はまた激しくなりました。でもこれは、その時に始まったことではなかった。それはこれまでにもずっと、私が感じ続けていた時間だった。

〝夫が帰ってくる〟。チャイムはいつも、その知らせでした。私はインターフォンに出て、マンションのオートロックを外す。夫が近づいてくる。きっと今エレベーターに乗った、エレベーターに乗り、この部屋の階に近づいてくる。左手にバッグを持ち、革の靴でマンションの廊下を歩いてくる。やがてドアが開く。夫が帰ってくる――。その時間をいつも、私は鼓動を乱しながら過ごすのです。夫がすぐ自分の部屋に入っていけばいい。でもリビングから動こうとしない時は、生きた心地がしなかった。〝繰り返し――〟。私は思っていた。私の幼い頃の生活――。

小さい頃、母と夕食を共にしている時、父はいつも同じ時間に帰ってきました。私達は、アパートの門が開くその音の加減で、もうそれが父であるとわかるようになっていた。お互いの会話はそこで止まり、私達は緊張し、不自然に自然さを装う。身体がいつもそう動いた。父が帰ってくると、家の中の空気はいつも張りつめたものになりました。時々父は母を殴った。あんなに細い母を。泣く母を。

『出張に行く』

夫の言葉に、私は何気ない様子をしました。少しでも喜ぶ表情をすると、いや、そんな表情をしなくても、私が喜んでいると判断すると夫は手を上げるから。『そう……、どこ？』興味もないのに、私は聞く。『奈良』夫が答える。『いいじゃない。観光もできそう』私が言うと、夫のまとう空気が変わりました。

『なあ……、そんな暇俺にあると思うか？』

失敗した、と思いました。そうだ、夫に、そういうことを言ってはいけない。でも私はなぜか、そういう失敗を、繰り返すのでした。

『俺が暇だと思ってるの？　なあ、俺が毎日どんな仕事してるかお前知ってるのか？』

『ごめんなさい』

『ごめんなさいじゃないだろう？　なあ、まずもっと根本的なところを話そうよ。いや、そうじゃないよ、もっと根本的なところだよ。俺の仕事をお前が安く見てるところだよ』

『そんなこと思ってない』

『違うよ、思ってるから、そういう言葉が出るんだよ。なあ、お前』

今考えれば、何かやましいことがあったのかもしれません。やましいことがある時、男性はよく怒り出す。……でも夫が、今の仕事に不満を持っているのも確かでした。だけどそれは私に責任はない。私には関係ない。

殴られる。殴られなくても、押されて身体が壁にぶつけられてしまう。そう思いました。これまで夫によって怪我をした箇所が、緊張で萎縮していく。皮膚は覚えていた。前にそうされたことを、皮膚は覚えてしまっていた。でも夫はテーブルの上に載っていた週刊誌を丸め、それで思い切り、私の頬をはたきました。それは初めての行為だった。週刊誌は頬に、目に当たっていく。

『苛々するわお前。お前のその態度苛々するわ。可哀想な私みたいなその感じ、その感じ』

夫は私の顔を丸めた週刊誌で打ち続ける。髪をつかんで顔を向けさせ、そこが鼻か目かに構うこともなく、力を入れて打っていました。でも私はその時は平気だった。夫が出張でいなくなるから。あと数分が過ぎれば、これももう終わるから。

夫が奈良に行き、私はずっと返事をしてなかったWに返信メールを打ちました。またお店に行くまでには気持ち的なハードルがある。でもメールを返信するくらいなら、そのハードルは低い。でも私は、そのメールのやり取りで、またお店に行くことを約束していました。確かに料金は高くつく。でも私には、定期預金があった。夫に秘密で貯めていたお金。150万円でした。それ以外にも、普通口座に30万円があった。20万円くらいなら使ってもいいいように思いました。なぜなら昨日、私は殴られたから。殴られた私に、これくらいのご褒美は間違っていないと思った。

私は夫が奈良にいる間、何度もそのお店に行きました。Wは相変わらず優しくて、接客の間、私の身体にさりげなく触る回数も多くなった。私に対するサービスなのか、と思いましたが、もしかしたら、女性に触りたいのかとも思いました。若い男性は、性欲に苦しくなる。こんな私でいいなら、少しなら触っていいいと思いました。夫はもう、手を上げる以外、私にふれることはなかったから。

お店にはホストのランキングがあって、Wは4位でした。お客が使った料金の合計で決まるランキング。

『男にしてくれ』

Wは私にそう言いました。

『いつか俺は自分の店を持ちたい。一度でもNO・1になってないとハクがつかない』

そういうシステムか、と遅ればせながら思っていました。お店に来る女達は、そうやって、男を育てる気分を味わう。男の夢を、手助けしてるという錯覚に陥る。『いいよ』私は答えました。私は、風俗をして貢ぐような馬鹿な若い女達じゃない。余裕を持った主婦だ。そう思っていました。私には定期預金がある。Wのこの幼い夢に、このつまらないシステムにあえて乗ろう。私は大人なのだから。

私はピンクのシャンパンを入れた。帰りのエレベーターで、Wは私にキスしました。そんなつもりじゃない。私は思いましたが、でも気がつくと、舌を絡めていた。男の人の匂い。細いのに厚い胸板。しっかりとした肩。少し乱暴な、でも不器用に求めてくる引き締まった腕。私のもの。なぜかそんなことを考えていた。それは錯覚だったけど、でもこの時間の中では、確かに彼は私のものであるような気がした。

Wはでも、NO・1になれなかった。NO・3だった。私は残念な思いがしましたが、Wは気にする素振りを見せませんでした。

『次がある』

Wは言いました。

『次はNO・1に』

夫は出張が多くなり、今度は大阪に行っていた。私はWに抱かれることになった。

でも、私の気持ちは、それから急に冷めていきました。

なぜでしょう。自分でもわかりません。Wとのセックスはとても良かった。彼は優しかったし、終わった後も、いつまでもキスしてくれたり、髪を撫でてくれた。でも私の内面は冷えていた。『他の女とも寝てるんだ』と思ったたからかもしれない。『こうやって、他の女とも』。考えてみれば、当たり前のことです。でもそれを、私は身体で知ってしまった。

もう終わりにしよう。そう思いました。私の貯金はもうなくなり、カードでお金を借りるようになっていた。

定期預金を解約しなければいけない。コツコツ貯めた定期預金を解約しなければいけない。そしてまた、夫の帰りを怯えながら待つ毎日が始まる。みっともない。そう思っていた。ホストにはまり、定期預金を解約しに行く主婦。

印鑑を探している時、涙が出ていた。誰か、と思っていました。誰か――。でも、恐ろしい事実が私を待っていました。

解約されていたのです。夫が無断で、勝手に私の定期預金を解約していた。夫に秘密に貯めていたお金を、夫が気づき、解約していた。

私は夫にそのことを責めることができない。なぜならそれは渡される生活費から秘密に抜いていたお金だから。言えば、私はまた殴られてしまう。殴られることを思うと、身体のあちこちが勝手に萎縮していく。恐怖で身体が硬直していく……。視界が狭く、本当に狭くなっていき、私はその場で立つことができなくなりました。１４６万円の借金。ひとまず15万円を、来週の金曜日までに払わなければならない。

ホステスのような仕事、そう思いましたが、夜に夫が帰ってくる私のような主婦はそれができない。夫の出張も終わろうとしている。

その時、駅の近くで受け取ったティッシュを思い出していました。ティッシュの中に入っていた小さな広告。前借りＯＫ、20歳から40歳頃迄ＯＫ。……白黒の薄い紙の広告で怖かった。私はその広告を頭から締め出し、でもすぐにまた思い浮かべ、部屋の中で茫然としていました。気がつくと、私はインターネットで検索をしていた。安心できそうなところを。このティッシュの広告よりも、少しはましであるようなところを。

典型的、とお思いでしょうか。ええ、確かに、典型的なのだと思います。でも、人の不幸というのは、大抵典型的なものではないでしょうか……。不幸の入口は日常に溢れていて、大丈夫だと思っていても、何かの加減で、ふとそこにはまり込んでしまう……。

不幸の入口のよくないところは、その入口が幸福の装いをしていることです。私の場合はＷでした。入口は幸福だから、楽しそうだから、寂しさを紛らわせてくれそうだから。人は深みにはまらないと自分を信じて、小さな勇気を出してしまう……。そしてそこには、報いが用意されている。

……電話すると即日その業者と会うことになり、マンションの一室の待合室でそのまま待機することになりました。前借りは無理だけど、それくらいなら期日までに貯まる。給料は即日支払だし可能だと言われました。

セックスはないけれど、男性の自宅やホテルに行って、口で性のサービスをする仕事。デリバリーヘルス。

その部屋には、私の他にも女がいた。インディーズのロックバンドの雑誌を読んでいた、10代としか見えない女の子。あきらかに40歳は超えている、でも派手にデコレートされたスマートフォンをひたすら操作していた女。

『うちは研修ないから』。その業者の男性は、なぜか安心させるように言いました。代わりに奇妙なイラストのついた紙を渡された。仕事の手順が書かれている。

私は吐き気を感じましたが、まるで自分がわざと、何かの体裁を保つために、吐き気を感じたようにも思いました。他に方法はない。自分に言い聞かせ続けていました。私がこの行為に対して何をどう思っていようと、とにかく、私には他に方法はない……。それに、私は久しぶりに男性とこういうことをするのではない。私は少し前に、Wと……。

その仕事について検索していたのは、つい4時間前だったのに、私はもう、初めの男性の待つホテルに行くことになっていた。他に方法はない。何度も、自分に言い聞かせていました。とりあえず、期日の15万円を払おう。その後のことは、その後に考えよう……。

ラブホテルの受付を下を向いて通過し、中々降りてこないエレベーターも、同じように下を向いて待ちました。

小刻みに手や足が震え続けていた。ホテルの部屋のドアをノックしようとした時、奇妙な感覚を覚えました。私は今、部屋で待つのではなく、誰かの部屋に行こうとしている。

なぜかぼんやり精子や卵子のことを思っていました。卵子は、精子がやってくるのを待つ。でも自分は今、精子になっていると……。変ですよね。でもそう思っていたんです。

ドアを開けた男性は、思いのほか若かった。ビクビクしている私を前に、彼もビクビクしていた。男性は大学生でした。セックスの経験がない。こういうのも初めて呼んだと。清潔な感じのする男性。

私達は奇妙にも、お互いに正座をして、ベッドで向かい合っていました。

あまりにオドオドしている男性を見て、私は思わず噴き出していた。彼も笑っていた。

『まず、シャワーを』

私が言うと、男性も、そうですね、そうでしたよね、と言い、緊張したように服を脱いだ。行為が終わって、業者に終わったことを告げる電話を入れていた時、できるかもしれない、と思っていた。大きな後悔と、なぜか奇妙な高揚も感じながら。誰かとあれほど会話をしたのは、W以来だとも思っていた。あの男性は、私に夢中になってくれた。少なくとも私は、そのことに傷つくことはなかった。どこか夫に復讐しているようにも感じながら……。でもすぐに、その考えを打ち消すことになりました。

普通の男性がほとんどでしたが、時々、乱暴な男性、不潔な男性がいた。

髪をひたすらに引っ張り、私が助けを呼ぶためお店に電話しようとするとやめるのですが、彼らは様々な方法で、自らの悪意を解放していた。

ここは社会から隠れた場所、と私は思っていました。ここには、男性と私しかいない。男性の会社や家族、知人の視線もない。社会から隔離された部屋がこの世界には無数にあって、その中で、このようなことが行われている。あのホテルの一室でも、もしかしたら、あのマンションの一室でも。街を眺める自分の視線が変わっていく。

そして私は離婚を考えるようになった。

なぜそれまで、私は離婚を考えなかったのでしょうか。夫からの暴力や言葉で、自信を失っていたのでしょうか。誰かの帰りを怯えて待つという、何か図形のようなものに、私は自らはまり込んでいたのでしょうか。Wとのセックスで W への気持ちが冷めたとはいえ、でも確かに、Wによって久しぶりに感じた熱が、まだ体内に残っていた……、いえ、頭で考えても、わからないです。ただ、私が離婚を考えるようになったのは、徐々にでした。男性が待つ部屋へ、私が行くことを繰り返しているうちに。

料金は60分2万2000円で、そのうちの私の取り分は1万1000円でした。一日に四人を相手にして4万4000円、一週間で30万8000円になる。一ケ月休みなく続ければ132万円、その都度何度か延長や指名をしてもらえれば、一ケ月で私の借金は終わる。

借金を返して、少しだけお金を貯めたら。私は思いました。離婚しよう。夫に切り出す勇気はないから、離婚届に判子を押して、家を出よう。

夫が離婚を承諾しなくても、夫から一度離れさえすれば、距離さえきちんと間にあれば、私は戦える。弁護士などに相談して、承諾させることができるはず。私はなぜか能動的になっていた。新しい生活。私は思いました。でもそれに、借金があっては嫌だ。借金を返し、私は夫を捨て、この市高町を捨て、この仕事をしていた過去も全て捨て、新しい町でやり直す。そう思いながら、私は男性の待つドアを開け続けていました。

男性を相手にしても、感情を込めなければいい。何か作業のようにこなせば、気持ちも少しだけ安定する。

でも上手くいかなかった。一日に四人どころか、待合室で待機していても、一度も呼ばれないこともあった。

長引けば長引くほど、私の心は折れる。その時に、私は自分の取り分を増やせばいいと考えるようになった。そもそも、お店側にいつも1万1000円も取られることが理解できなかった。

私をよく指名してくれる男性がいた。林原（〝コートの男〟事件の目撃者）という無口な人。彼は私の家から比較的近いところに住んでいて、ギョッとしましたが、でも優しい雰囲気のする男性でした。私は行為をしながら、耳元で囁いてみた。囁いている時も、まだその覚悟がないままに。

『……セックスをしてもいいです』

続けて、私はお金に困っていること、だから、その代わりに、私に2万円を払ってもらえないかと言っていました。林原は私の顔をじっと見て、承諾して私を抱きました。売春、と思いましたが、私にはもう、その言葉のハードルは意味をなさなかった。一刻も早く、新しい生活を始めたかった。

そして、私はやはり、Wとの夜で与えられた熱を、まだ身体の中に引きずっていた……。

それから、私は林原と個人的に会うようになりました。

業者から紹介される得体の知れない男性よりも、林原の方がいい。お金も、個人的に会った方が、取り分は全て私のものになる。孤独な感じがする人だったけど、身なりもきちんとしていたし、態度がいつも優しかった。私をきちんと、女としてだけでなく、女性として扱ってくれていた。私は林原に、人を紹介してくれないかと頼みました。清潔で、危険ではない男性を。林原は初め断りましたが、私がすがると、知人だという男性を紹介してくれました。

石居という男性と、栗原という男性（二人とも〝コートの男〟の目撃者）。林原は、それから会ってくれなくなった。他の男性を紹介して欲しいという私の言葉に、まるで傷ついたように……。ですが、私のこの個人売春によって、借金は順調に返済されていきました。林原はでも、やがてまた私に会うようになりました。時々私に何かを言いかけ、それを自分の中で打ち消し、そして私を抱くような不思議な態度で……。

無言電話があり、気味の悪さを感じた時、チャイムが鳴りました。何かのセールスと思いながらも、なぜか胸騒ぎがしていた。インターフォンに出ると、ここでは話せないから、マンションの外まで来てくれないかと言う。男性の声。得体が知れなかった。通話機を置こうとした時、その男性は私が働くデリバリーヘルスの店名を言いました。

胸がドキドキして、でも私には選択肢がなかった。コートを羽織って出ると、気味の悪い男が立っていた。見た瞬間に、視界が狭くなりました。それは私が一度相手をしたことのある客だったのです。

『……車に乗れよ。そこで話す』

『嫌です』

『ふうん。じゃあこれ』

男はそう言って、デジカメを取り出しました。私がその男の上にまたがっている画像。私がその男に……色々とされている画像。男は隠し撮りをしていた。

こういうトラブルのために、女性達は店に頼る。店側にはそれなりの後ろ盾がある。でも私は、その時もうそのお店を辞めていた。借金の返済額が減り、返済にゆとりができ、私は個人売春の他に、昼の短時間のアルバイトを探そうとしていた。もう新しい生活は目の前だった。

車に乗ってはいけない。そう思いました。車に乗ってしまえば、私は永久に何かに閉じ込められてしまう。『お店の人に』私は自分がその店を辞めたのを隠し、そう言いました。でも男は続けて画像を出しました。私が林原と共にホテルに入っていく写真。

『あんた旦那いるだろ？　いいの？』

身体が震え、なぜだかわからないけれど、耳鳴りがした。現実のこととは思えなかった。

『何を、望んで』

『まあ金だよ。200万』

男は静かに言いました。

『でもまあ金ないからあんな仕事してたわけだろ。だから取りあえず……、わかるだろ？』

そう言って私の手をつかみました。私はそれを振りほどいた。でも男は笑った。そうだ、今は手を振りほどいたけど、すぐに私はこの手を振りほどけなくなる。

『まあいいよ。時間やる。警察に言ってみろ。その瞬間、この写真ネットにばら撒くから』

男はまた明日来ると言い帰っていきました。まるで私をそのまま放置するのを楽しむように。ネットにばら撒く。そんなことをされたら、私は新しい生活ができなくなる。私がどこへ行っても、その写真が、私について回ることになる。この世界が、一つの巨大な部屋になっていくように思いました。私を閉じ込める部屋に。私が抜けられない部屋に。

200万円をどこかから借りて、男に渡すことは可能だろう。でもそれで、あの男はやめるだろうか？　それに、また借金をしたら、私はまたあの生活に戻されてしまう。

林原に電話しようと思いました。でも、何をどう言えばいいのだろう？　200万を貸してくれと言うのだろうか？　思えば、彼は私に好意をもってくれていた。はっきりとした意思表示はなく、何かに怯えているようだったけど、確かに私に、好意をもってくれていた。なのに私は他の男性も紹介してくれと言ってしまったのだ。なぜだろう。私は怖かった。男性が。特定の男性と親密になるのが。

林原だって、私と一緒になれば急変するかもしれない。夫は私に原因があると言った。私の態度が苛々させると。私が悪いから殴るのだと。殴らないとお前はわからないし、殴ってもわからないのだと。もし林原が変わってしまったら。そう思うと私は恐ろしかった。

林原には言えない。私はまた、奇妙な図形の中に放り込まれていくように思いました。翌日、私は怯えながらあの男を待った。夫はその頃、出張が不自然なほど多くなっていた。だからそのチャイムは、夫より先に鳴るはずだった。来ないかもしれない、と思い始めた頃、深夜にチャイムが鳴った。これからどうなるのだろう？　決まっている。私はあの男に抱かれ、情人となり、飽きられた時、どこかの店で働かされる。破滅する。もう一度チャイムが鳴る。私は咄嗟に、台所にあった包丁をつかみました。

これで何を？　何もできるわけがない。私にそんな真似ができるわけがない。でも私はそれをバッグに入れた。入れたけど、私は絶対に、そんなことはできはしない。

私は男の車に乗り、そのまま、男の部屋に連れていかれました。古いアパートだった。男は私を抱こうとしました。何度か抱かれれば１００万でいいと言いながら。でも私は抵抗した。ひとまずは、私は何もされたくない。30分でもいい、５分でもいい。私はその男に抱かれることを、その破滅を、先に延ばしたかった。『酔いたい』私は言いました。『少しでいい。酔いたい』男はそれを私の了承と受け取ったのでしょう。『確かに少し飲むか』と言って冷蔵庫を開けました。でもそこには何もなかった。

男は少し待ってろといい、トレーナーのまま玄関を出ました。『シャワー浴びてろ』。男は言いました。『汚い女は嫌いだ』。

私はその見ず知らずの部屋の中で、ずっと座っていました。〝帰ってくる〟と思いました。私を破滅させる者が、あと数分もすれば、帰ってくる――。妊娠させられる、なぜか突然思いました。ここで待っていたら、妊娠させられる。嫌だ。私は呟いていた。絶対に嫌だ。視界が狭くなるように目が霞み、私はバッグを持ち外へ出ました。雨が降っていた。

部屋から、私は出た。そして、私のところへ帰ってこようとしている男に、こちらから出向いた。夜の道を私は歩きました。それはなぜか一本の道のようで、私が歩いていくにつれ、私を閉じ込めていたものが壊れていくように感じました。私の元にやってくる者。それを私は途中で止めようとした。男がコンビニの袋を持って歩いてきた。男は私の様子に驚いていた。そのことで、私は自分が包丁を構えているのを知った。私は人など刺したことがない。やみくもに振り回すと、男は手を前にかざして抵抗する動きをしていました。そうだ、刺すのだ。男の胴体が目の前にあった。私は両手で、思い切り、身体ごと男に当たりました。その時、男の顔が、父になっていた。私は父を殺したと思い、でもそれが夫であると思った時、目の前にその男の顔がありました。男が私にしがみつこうとし、私は突き飛ばして逃れました。包丁が刺さったまま、男はよろけ、その包丁を手で押さえ、抜こうとしました。でもそのまま、男は崩れ落ちた。

倒れている男を前に、私は茫然としていた。私は何かを忘れていると思い、男に刺さっている包丁を見て、これを抜かなければならないと思いました。包丁は、中々抜けませんでした。私は血にまみれ、ぬるぬるとした感触の中で、包丁をつかみ続けた。抜いているのか、もっと深く刺そうとしているのかわからなくなった時、気がつくと、私の包丁は抜けていた。目の前に、血だらけの男がいた。私は悲鳴を上げそうになりました。刺したのは自分なのに。どうすればいい？　どうすればよ？　でもその時に、私は辺りが静寂なのに気づいたのです。

こんなことがあったのに、なぜ周囲は静かなのだろう。何も音がしないのはなぜだろう。建物は雨に濡れながら静かで、道はどこまでも延びていた。私は周囲を見渡し、身体に電流が走ったように、あることに気づきました。ここには誰もいないことに。深夜の雨の路地。ここには誰もいなくて、私のこの行為を、誰も見てはいないことに。

私はその場から後ずさり、背を向け、すぐ脇の角を曲がりました。血を浴びている、血を浴びている、そう呟きながら、私はコートを脱ぎ、手で持ちました。血がついてるのは、コートのどこだろう？　どっちが血がついている表で、どっちが裏だろう？　そんなことを考え、自分が右手に包丁を持ったままだったことに気づき、それをコートにくるみました。外は寒かった。こんな時にでも、人間は寒さを感じるのだと思いました。その路地を抜け、さらに角を曲がっても、その道にも誰も歩いてはいなかった。

もしかしたら、と思いました。もしかしたら、今誰かに見られたとしても、私はただ普通に歩いている女に過ぎないのではないか？　私は誰にも気づかれないのではないか？　そう思い、でも家に帰る勇気がなく、私は公園のトイレに入りました。微かに灯る電灯の下、そこにあった鏡に、私の姿が映っていた。それほど血はついていない。私は安堵していました。でも、確かに私の首には、血がついていた。そうであるのに、それほど血はついていないと、私は安堵していました。

個室に入り、鍵をかけたように思います。携帯電話をつかみ、でも、どうやってボタンを押せばいいのかわからなくなりました。どうすればいいのだろう。まず電源を入れるんだ。いや、電源は入ってる。電話をかけるには、どうすればよかったのだろう。私は悩み続けました。履歴を見るのか、違う、通話ボタン、通話ボタンはどれだろう、この、受話器みたいなボタンがそのはずだ。そんなことを思っているうちに、私は何度も携帯電話を床に落としていた。落とす度に、私はまた、最初から作業をしなければなりませんでした。私は気がつくと林原に電話していた。初め、私は自分が誰に電話してるのかわからず、もし夫だったらと思い、携帯電話をまた落としそうになりました。でもその声は林原だった。林原が何かを言い続けている。私は声を出さなければならないと思いました。なんと声を出せばいいんだろう？　なんて声を出せば？

『助けて』

私はそう言って、泣いていた。その言葉しか、私からはいつまでも出てこなかった。

……三人目の被害者ですか？　私は知らないです。精神科医の米村……？　いえ、私は知らないです」

重なる図形

《〃コートの男〃目撃者、林原隆大の供述》

「『助けて』と言われた時は、初めて彼女から本心を言われた気がしました。彼女はずっと、この言葉を僕に、いや、誰かに言おうとし続けていたようにも感じました。電話で話していても、要領を得ない。車で向かうと、返り血を浴びた彼女が公園のトイレにいた。僕は彼女を車に乗せました。全容彼女は初め、夫を殺した、と言い、知らない人を殺した、と言い、動揺し続けていました。全容がわかるまで、三十分くらいかかったように思います。『私は閉じ込められる』彼女はそう言い、ずっと泣いていました。でも僕には、別の考えがありました。

彼女が殺した瞬間は、誰にも見られていない。それは彼女の言葉を信じるしかありませんでした。彼女がその男と電話でやり取りしていなかったことも幸いした。上手くやれば、と思いました。ええ、変な話ですけど、僕は高揚していた。……こんなことを言えば裁判で不利になるのでしょうか。でもいいのです。彼女が刑務所に入るのなら、僕ももう入っていたい。

男はコンビニの帰り道だったから、当然財布を持っていて、免許証などもその財布に入ってるはず。時間がありませんでした。殺された男が発見されればすぐ身元がわれ、男の自宅に警察が来る。そうすれば、彼が所有していた脅迫のネタが明らかにされる。犯人は絞られる……。

僕は彼女を連れ男の自宅に行きました。彼女は自分はいずれ捕まる、もう無理だと言い、でも返り血をそれほど浴びなかったのはよかったと、意味のわからないことを言っていた。彼女は首に多量の返り血を浴びていたのに。

古びたアパートは静まりかえっていた。一階のその部屋に、僕達は入りました。押入れにもほとんど物のない、短期で借りたかのような簡素な部屋でした。男が記していたノートのようなもの、紙類、手帳、隠していたデジタルカメラを見つけまた車に戻りました。ネットに写真を流すと言っていながら、部屋にはパソコンがなかった。

デジカメには、彼女以外の女性のものもありました。彼はそうやって女性を強請《ゆす》る人間だった。彼が死んだことで、他に助かった女性が大勢いたことにもなります。……結果的に、ということですが。

男の携帯電話は古い簡素なもので、カメラ付きのようなものではなかったと彼女は言った。それなら、これでもう彼女と男を繋ぐ接点はない。あとは彼女が僕の部屋でシャワーを浴びて血のついた服を処分して家に帰れば全てが終わる。そう思いました。でも、少しだけ気がかりがあった。

男は、本当に一人でこれをやっていたのだろうか？　もしかしたら、デリバリーヘルスの業者と共謀していたのではないか？　彼女が初め、店に言うと嘘をついた時、男が平然としていたというのが気になった。男の身辺捜査が始まれば、男が女性を恐喝していたことくらい、どこかから出てくるんじゃないか？　もしデリバリーヘルスの業者に警察が入っていけば、彼女の存在と男が結びついてしまう。彼女は履歴書などは業者に渡してなかったけど、写真を提供していた。サイトでは顔はぼかされているけど、業者自体には彼女の顔写真が存在する。

もし店が関係なかったとしても、男に共犯者がいたとしたら、その共犯者は彼女を知っている可能性がある。警察の手がその共犯者に伸びれば、事態はすぐ明らかになる。

でも、僕は彼女に紹介した石居（〃コートの男〃の目撃者）の仕事が新聞配達員であったことを思い出していました。僕は笑みを浮かべていた。僕の笑みを、彼女は不思議そうに見ていました。

怨恨の犯罪ではなく、通り魔に見せかける。通り魔の被害者と判断されれば、警察の目は犯人だけに行き、被害者の身辺捜査はおろそかになる可能性がある。刺す相手は『誰でもよかった』というのが通り魔なのだから。

もし男に恐喝の共犯者がいたとしても、彼が自ら警察に通報することなどあるはずがない。店側がぐるだったとしてもそれは同じだった。

僕は気分が高揚していた。離婚をし、仕事も辞め、貯金を切り崩している毎日だった。僕と石居、そして栗原（〝コートの男〟の目撃者）。僕達の関係はただの飲み仲間に過ぎない。連絡先は知っていても、特に連絡をすることはなく、行きつけのバーで会うようなものだった。僕達の間で犯人像を作り上げてしまえばいい。警察は第一発見者の身元は細かく聞き出そうとするけど、目撃者同士の関係など深く探るはずがない。しかも一人は、深夜に仕事をする新聞配達員だった。

僕は以前、制作プロダクションに所属していた。テレビの下請けをする小さな番組制作会社でした。ドラマではなく主に情報番組制作を補助するものだったけど、映画やドラマは好きでよく見ていた。昔は脚本家になろうとしていたこともあった。

酒を飲むだけの、泥濘のような退屈な日々の中で、突然生きている、と思いました。自分は今、生きている。そしてその行為が、彼女の助けになる……。

離婚、と言いましたが、離婚をした四年後に、妻は死にました。十二年前、癌です。……僕は妻に未練があり、でも僕には生活力がありませんでした。彼女は別の男と一緒になってしまった。でも彼女は死んでしまったんです。自分がもっと、彼女に好かれる夫であったら、彼女は死ななかったのではないかと、悩んだこともありました。あんな男ではなく、僕が側にいれば、妻の病にもっと早く気づけたかもしれないと。ええ、無理です。側にいたのが僕だったとしても、結果は同じだった。でも僕は誰かを責めずにはいられなかった。

……彼女はその妻に似ていた。彼女をよく指名していた理由は、そうです。そういうことです。

僕は電話で石居と栗原を自分のマンションに呼びました。彼女にシャワーを浴びさせ、血のついた服は僕が預かり、そのまま帰らせた。栗原は行きつけのバーから、石居は配達を終えた足でそのまま来てくれた。栗原は酔っていましたが、僕の話を聞いているうちに酔いも醒めていく様子でした。

二人とも独身で、石居の暮らしぶりは普通でしたが、栗原は親の遺産で金があった。僕の話を聞くと、彼らは承諾してくれた。彼らは皆、彼女と関係し好意を持っていたから。……それに、彼らはあまり、なんというか、常識的な人間ではありませんでした。

もちろん、人を殺せと言われたら断るでしょう。何かを盗めと言われても断るでしょう。でも脅迫者を殺害した女性を警察から守るという逸脱なら、彼らは引き受けた。なんというか、そういう奴らでした。僕が彼らとたまに飲んでいたことも、彼らのそういう部分からきていたのかもしれません。彼らは二人とも、少しだけ世間から外れていた。その生活習慣も、考え方も。

事件現場に警察の看板が立った時、僕は電話をかけました。緊張しましたが、やはり高揚する自分を感じていた。

僕は電話をしました。灰色っぽいコートを着て、ニット帽のようなものを被った男が、包丁を持って歩いていた。思わず見ると、なぜか不思議そうに見返してきた。……笑っていた、とすると、何だかテレビドラマみたいで嘘っぽいと思った。自分がもし通り魔をするほど追いつめられていたら、と僕は想像しました。実際、一時期、僕の精神状態は何をするかわからないほど追いつめられたことがあった。なぜだかわかりませんが、自動販売機の横のプラスチックのゴミ箱を、蹴ったことがあった。そこでコーヒーを買った時、少し出っ張っていたそのゴミ箱が足に当たって、なぜか、僕はそのことに怒りを感じていたんです。ゴミ箱に邪魔されたような、そんな気がしていた。その時通行人が僕を見た。僕は初め、なぜその通行人が僕を見たのかがわからなかった……。ほら、たまにいるでしょう？　町で奇妙なことをする人間。何かブツブツ言いながら歩いてる男とか、駐車してある自転車をいきなり蹴ったりする人間。自分があれになっていたことに、僕は後から気づいたのです。その時のことを思い出して、犯人像をつくっていた。自分があのままおかしくなっていたら、そうなっていたかもしれない姿を思い描いて。……でも犯人像は大ざっぱにした。あまり細部を徹底すると、目撃者としては嘘っぽくなると思った。

『いや、でも……、言うのは迷ったんです。なんというか、怖いので』。僕はそう電話口で言いました。まるで健全な市民であるみたいに。『あと、これって、別にこういうこと言っても、犯人にばれたりしないですよね』

でもそこで不覚だったのは、電話番号や住所を聞かれたことです。

考えてみれば、当然のことでした。目撃証言は貴重だ。後に事件に進展があった時、犯人確認のため連絡を取ることがある。

一瞬、僕の言葉は詰まりました。電話番号などを知られれば、僕と警察に接点が生まれてしまう。嘘の番号を言おうか。でも調べられ実在しないとなれば僕が疑われる。だけどすぐ僕は気を取り直した。被害者の携帯電話の履歴を確認すると気づいたからです。

殺人事件が起こった時、警察はすぐその被害者の携帯電話を調べるはず。怨恨などで殺されたとすればそうするのが当然でした。でも僕の番号は被害者の携帯電話に入っているわけがない。むしろ僕の番号を言えば、僕が被害者と関係ないことがわかるはずだった。

石居は思っていた通り、配達中に警察に聞き込みをされた。

あの時間帯、新聞配達員は、最も犯人目撃の可能性が高い職業だった。石居は打ち合わせ通り上手くやってくれた。言おうかどうか迷って、でも巻き込まれたくないから黙ってて、でも迷ってたんですと。変な男を見ました。灰色っぽいコート着て、何かじっと見ながら歩いてて、携帯電話かと思ったら、包丁だった。自分は目を逸らしてそのまま配達用のバイクに乗って、見ていない振りをしてその場を去った。でもその近辺の配達はまだ終わってなかったから、後から恐る恐る戻ってきて、でももうそこにそいつはいなかった……。

栗原にも、深夜に何度もコンビニに行ってもらった。何日かすると警察に聞き込みをされた。彼も同じようなことを言った。

だけどその頃、彼女が恐怖を訴えるようになった。

目撃者が三人しかいないのは、逆に不自然じゃないか。もっと増えた方がいいんじゃないか。警察が私達の関係に気づかないという保証はあるのか。

確かにそうだ。でも警察が、目撃者同士を照らし合わせ、調べるなんてことをするだろうか？　あの世田谷一家殺害事件、あんなに証拠があるのに未だ犯人を捕まえられない警察が？　警察庁長官が狙撃されても犯人を特定できない警察が？　栃木の女児殺害事件は？　島根の女子大生殺害事件は？　木坂町強殺事件は？　調べれば調べるほど、未解決事件は山のように出てくる。これほど未解決事件の多い今の警察を僕はなめていた。現代に名探偵なんていない。ストーカー被害の女性すら助けることができない。でも彼女はなぜか警察の万能を信じていた。警察の存在に怯え続けていた。

そしてある晩、電話がかかってきました。徒歩で来てくれと言う。深夜、指定された駐輪場に行くと、青白い顔をした彼女がいた。彼女は紙袋から灰色のコートとニット帽、マスク、そして包丁を取り出しました。

僕は初め意味がわかりませんでした。

でも彼女はそれらを僕に差し出そうとするのです。まるで何かの贈り物でもするみたいに。

『ここで私を切って』

僕は意味がわからなかった。彼女は明らかに正常でなかった。彼女は僕にコートを羽織らせ、ニット帽とマスクを手渡した。

『目撃者を増やすの。私達だけじゃなくて、他にも大勢の。私を切って走って逃げて』

『落ち着いて。そんなことすれば、きみと警察に接点ができてしまう。とても危険だ』

『いいから私を切って！』

彼女は普通ではなかった。突然、自分の左腕を、自分の右手で切りました。彼女が叫ぶ。深夜の町に彼女の悲鳴が響きました。僕に選択肢はもうなかった。

僕はマスクをし、包丁を持ち駐輪場を出ました。路地に人がいた。中年の女性。どうすればいいんだっけ？　僕は混乱する意識で考えていました。〝あの通り魔の犯人〟は、無表情だった。無表情で、堂々としている。自分がつくった人物に、自分が成りきらなければならない状況だった。その通行人が僕を茫然と見ている。僕は包丁を手にしたまま脇を通り過ぎていく。逃げ出したい。でもそれはできない。僕は〝あの通り魔の犯人〟だから。

力が抜けていくのに、足が独りでに動いていた。汗が噴き出し、鼓動は眩暈《めまい》を感じる程激しかった。その怯えた女性を残し、道の角を曲がる。駄目だ。こっちは商店街で、防犯カメラがあるかもしれない。別の暗い道を行く。その道には二人の女性と一人の男性がいた。彼らが僕をぎょっと見る。でも包丁を手にした僕に声をかける者はなかった。僕は無表情を保つ。角を曲がると何人かの姿が目に入った。五、六人はいただろうか。多い。そう思った瞬間、僕はサングラスをかけました。〝あの通り魔の犯人〟はサングラスをしていない。でも仕方なかった。胸ポケットに、サングラスがあったことを思い出してしまったから。僕は走った。走って、彼らの間を通り抜けた。〝あの通り魔の犯人〟は走って逃げるような人物じゃない。でも仕方なかった。

僕はさらに角を曲がり、誰の姿もなくなった時、コートを脱ぎ、包丁をそれでくるみました。ニット帽を脱ぎ、マスクもサングラスも外す。次の角を曲がった時は、もうそこにいた通行人達は僕を見ても何の反応も見せなかった。当然でした。僕はただ町を歩いてる人間に過ぎない。包丁も手にしていない。僕はそのまま自分のマンションに戻りました。これで僕は捕まる。そう思いました。

……翌日、僕は恐る恐るテレビをつけました。深夜に市高町で起きた、つまり僕がやった事件が報道されていた。鼓動が速くなって、息が苦しくなって、僕は水を飲みました。水は飲んでも飲んでも、きりがありませんでした。でもその時……、画面の右上の文字を見たんです。そこにはこう書かれていました。〝グレーのコートを着た男〟。

市高町で起きた、連続通り魔事件……。男は無表情に、冷静に現場を離れたとなっていた。〝グレーのコートを着た男〟、その名前を見ながら、これで彼女は疑われないのではないかと思いました。そして、妙なことですが、その犯人も、僕だとは思えなくなった。……名前がついたことで、僕から、犯人が乖離していくみたいに。

昼のニュースでは、それが〝コートを着た男〟になり、やがて〝コートの男〟になっていた。言葉は、短縮化されていく。言いやすい方へ、言葉としてすわりのいい方へ変わっていく。なぜか、犯人がますます僕から乖離していくように感じました。〝名前〟が、〝コートの男〟が、一人歩きしていく。もしかしたら……、僕は、捕まらないかもしれない。ニュースが流していた犯人像は、僕がそう仕向けたとはいえ、臆病な僕からは、あまりにもかけ離れた存在になっていたから。年齢も若くなっていた。僕達が設定した〝彼〟の年齢は若かったし、彼女が用意したコートも夫が着古した随分前の特徴のないもので、販売店が特定できるようなものでなかった。

暗い路地で、ニット帽に大きなマスクをして歩く人間の顔を正確に見られる人間はいないようにも思った。まして僕は包丁を手に持ったままだった。人は包丁をまず見るだろうし、包丁を見たならば、その人間の顔をまじまじ凝視する勇気は湧かないはずだった。遠くからなら、通行人も見ただろう。でも夜に離れた人間の顔を、しかも隠した顔を正確に判断するのは難しい。マスクをしていたのに、顔に傷がある、という証言まであった。時間帯は夜で、その目撃者は、僕の何かを見間違えたのだと思いました。

事態はいい方向へ流れていく。そう思っていた時、……もう一人殺された。あの、スポーツクラブを経営していたという男性です。僕は彼女に電話をしました。何をしているんだ、やり過ぎだと。でも彼女は知らないという。石居や栗原にも電話をした。彼らも知らないと言う。

模倣犯。そう思いました。その殺された男性に対して罪の念が湧きましたが、同時に、これでますます自分達は助かるかもしれないとも思いました。そもそも実態のなかった〝コートの男〟が、一人歩きしていく——。高柳が逮捕された時、ますます自分達は安全だと思った。だけど、僕達のせいで人が死んだことに変わりはなかった。でも……妙な感覚もありました。

二件目、つまり彼女と僕が自作自演した後、マスコミがつけた〝コートの男〟というシンプルなネーミングが受けて、報道はすでに過熱気味だった。模倣犯が報道によって広がることは周知の事実ですが、でもマスコミだけが悪いのかというと、違うと思うんです。なぜ報道が過熱するかというと、視聴率を取れるからで、なぜ視聴率を取れるかというと、皆が見るから……、そうではないでしょうか。よくわからないですが……。

確かに、通り魔なんて町で起こったら、人々はたまらない。でもあの時は、その現場は『市高町』に限定されていた。

『市高町』以外は安全でした。その事件を見る時、『市高町』以外の人々の中に、どこか面白がる感情が少しもなかっただろうか。スリルを楽しむ感情は、一ミリもなかっただろうか。僕はそんなことを考えていました。

人間は、世界的な大事件に、心のどこかで惹かれてしまうものです。もちろん被害に遭った人達に対しては悲しみを覚えるし、犯人を憎いと思う。でもそれと同時に、感情のどこかで、微かな興奮を感じるものではないでしょうか。……でもそれは、人間が悪いとかそういうのではない。人間の感情は複雑で、一本調子ではなくて、相反する感情が同在するものだから。その感情に大小の差はあっても。

僕達はテレビやネットでニュースを追う。性犯罪のニュースは、ネットでもクリック数が多い。被害者の人に対して同情や悲しみを感じるのはもちろんだけど、同時にどこか興奮に似たものも感じてしまう。『ニュース』にはそういう性質がある。世界的な、遠い国での大事件なら、僕達はどこかそれを映画のように見てしまう。〝物語〟として消費してしまう。

古代ギリシャの哲学者プラトンは、善人とは、悪人が現実に行っていることを夢に見て満足している人間であると書いています。それは極端だとしても……。

スポーツクラブの社長を殺したのは、僕達ではありません。他の誰かです。僕達にも罪はあるけど、少なくとも殺したのは僕達じゃない。誰かの内部にあった悪が、僕達のせいで活性化されてしまった結果なのかもしれない。そしてその底辺には、それをニュースとして見る人々がいて、その人々の無意識のような場所にある小さな悪が、感じられないほどの悪が、後押ししたとはいえないでしょうか。まるで空気のように、その小さな小さな悪が、事件報道の過熱を後押ししていく……。

だけど、模倣犯は『市高町』より広がってしまった。『市高町』という小さな場所から、より広範囲に拡大してしまった。そこからは、人々からすると『対岸の火事』でなくなってしまった。もうこの事件を面白がる人はほとんどいないでしょう。遠くで起きた戦争が、自国に侵入してきたように。

今現在の報道の過熱は、もう人々の小さな興味の集合体じゃない。実際の恐れを土台にした過熱です。

自分は惨めだと思う存在達が、きっと模倣犯になるのでしょう。それは悪ですし、愚かです。模倣犯なんてオリジナリティすらなく、この上なくみっともない行為です。でもそのように彼らを虐《しいた》げたシステムがある。悪は姿を変える。殺人とは到底結びつかない悪が、人間を押さえつけ、その悪はその人間の中に入り込み、殺人をも可能にする悪に体内で『変化』してしまう。実際に罰せられるのはその『変化した悪』……そうじゃないですか？　実際、彼女に暴力をふるっていた夫は、それが立証されても罪は軽いでしょう？　なぜなのでしょうか。

ええ、これは自己正当化ですね。なぜこんな考えを述べたかと言うと、これから話す話がとても醜悪だからです。僕は、これから自分が話す自分の醜悪さに耐えられなくて、悪いのは自分達だけじゃないという幼い抵抗をしただけです。……僕達は安全になった。それからの話です。

彼女から、他の男を紹介してくれと言われたことは前に話しましたよね？　あの時、僕はショックでした。自分達は、お金が間にあるとしても、それ以上の、特別な関係を築いてると思っていたから。僕は裏切られたように思った。昔の妻と同じだ、この女性も僕を裏切る……。だから僕は自棄のように、石居と栗原を彼女に紹介したんです。だけどその時、僕の中に妙な感情が生まれた。

彼女が他の男と、しかも僕の知り合いの男と一緒にいることを想像すると、僕は気がおかしくなりそうだった。でも同時に、妙なことですけど、どこかで快楽を感じていた。……彼女は今、どんな風だろう？　石居や栗原は上手いのだろうか？　……僕は想像しながら、胸が騒いでいた。妻が他の男の元に行った時のことを思い出していた。あの時も僕は気がおかしくなるほど嫉妬していたけど、どこかそこには快楽があった。……僕は嫉妬にかられまた彼女に会いに行った。彼らはどんな風だったかを聞きながら。

歪んでいます。ええ、もちろん、こんな心理は正常ではありません。しかも、そこにあの『事件』が加わった。僕達三人が助けたことは、彼女への貸しとなり、僕達は立場上、彼女よりも優位になってしまった。

もちろん僕達はお金を払ったけど、そこにはどこか彼女を所有してる感覚があった。僕だけじゃない。石居にも、栗原にも。……このような歪んだ状況下では、人はさらに歪んでいく。僕は彼女に言おうとしていた。石居、栗原、どちらでもいい、きみが彼らといるところを、見させてくれないかと。……いやいっそ、全員でというように。全員で、彼女と……。壊れていく彼女を見た時、僕は彼女を本当に愛するように思えました。そこには妻への復讐が投影されていたかもしれません。他の男を紹介してくれと言った、彼女自身への復讐も。そしてその復讐の過程で、僕は温かな気持ちになるように思った。復讐による行為が別の名前に変化していく。復讐が、まるで愛情表現の手段であるかのように。僕と彼女を本当に繋げるように。彼らによって壊れていく彼女を見ながら、僕は彼女を本気で愛しく思い、僕はその快楽の中で何か他のものへ変化していく……。あのような歪んだ状況は、自らその歪みによって破裂するのが常です。僕達が自ら歪んだ状況をつくり、その状況によって僕達がさらに歪んでいきました。彼女はよく自分と夫のことを図形のようになぞらえていましたが、その彼女の図形に、僕達の図形が重なっていった。図形は絡まって歪んで……。破裂する前に、捕まってよかったように思います。

僕も彼女も出所したら、自分の気持ちを彼女に伝えようと思います。お互いの暗い部分をお互いに曝け出して、少しずつ修復しながら回復できたら……。

でも、どうでしょう……、虫がいい話ですよね。……僕達に、それは可能でしょうか」

第二部

これまでの事件の被害者・加害者・重要参考人

竹林結城　一件目の被害者。
横川佐和子　二件目の被害者とされていたが、竹林を殺害。
真田浩二　三件目の被害者。スポーツクラブ経営。
高柳大助　四件目の加害者。被害者は軽傷。現在勾留中。
米村辻彦　五件目の被害者。精神科医。遺書に自分が〝コートの男〟であること、一件目と三件目について、犯人しか知り得ない情報を記す。
初川綱紀　重要参考人。真田の知人。現在フィリピン。
林原隆大　横川の知人。目撃証言を偽証。
石居・栗原　横川の知人。目撃証言を偽証。

ある女

「どう思いますか」

　僕を見ながら、小橋さんが続ける。

「彼らの証言を全部信じるとしたら、三件目の被害者、スポーツクラブを経営してた真田の事件と五件目の精神科医の米村は、別の人間が殺害したことになります」

〝コートの男〟は存在しなかった。この事実は大きく報道された。考えてみれば、横川も林原も、模倣犯をつくろうとしてやったわけではなかった。〝コートの男〟の名前も、報道の中で生まれた言葉だった。テレビ局にあった〝コートの男〟からの電話なども、全く関係のない人間がやったものだった。この事実に報道は混乱した。小橋さんがさらに続ける。市高署の三階の食堂。僕達以外誰もいなかった。

「でもそれだと、どうしてもおかしい事実があります。米村の遺書には、一件目の死体、つまり脅迫者だった竹林のことが書かれていました。死体の脇の、袋から転がったエリオットビール。これは捜査本部しか知らない事実です。マスコミにも流れてない」

「たとえばだけど」

　僕は口を開く。混乱したまま。

「見ていたという可能性は？　……あの一件目の竹林の死体の第一発見者は、確かパトロール中の巡査だったよね？　巡査だったから捜査の話題にもならなかったけど、でも実は第一発見者は彼じゃなかったのかもしれない」

「というと……」

「第一発見者は別にいて、その男が真田と米村を殺害した」

「でも、……なぜ？」

そうだ。全くわからない。これは想像に過ぎない。小橋さんが言う。

「捜査本部の方針としては、横川と林原、石居と栗原が全てやった可能性も含めて取り調べを続けてます。でも……」

「うん。そうなるのは仕方ないけど、それもおかしいんだよね。三件目の死体には口の中が燃やされた痕があった。あれは初め、〝コートの男〟が捜査を撹乱するための細工だと思われていた。でも彼らが犯人だったら、そんな細工はしない。だって〝コートの男〟の事件にすることが目的なんだから、捜査の撹乱なんてするはずがない。いかにも通り魔がやったように、これまで通りの死体を残すはずだよ。……それにそこまでやる動機もない」

僕は気になっていたことを小橋さんに聞く。

「あの係長達との会議の後、目撃者まで見張ることを吉原さんに提言していたんでしょう？……まさかこういう結果を予想して？」

「……中島さんが、現場から離れるほど〝コートの男〟が〝コートの男〟らしくなっていく、と気づいたのを思って、もしかしたら、それとは逆に、目撃者の中に妙な存在がいたから、〝コートの男〟の印象が変わってるんじゃないかと、妙な証言をした存在がいるんじゃないかと思って……、というのは嘘で」

「……は？」

「そんな風に私が推理してたら格好良かったんですけど、なんというか、ただ寝てない頭でハイになって、やるならもう全部って思って。ただそれで吉原さんに言っただけなんです……」

「……でも結果的に」

「すごく悔しいんです。そう思ってれば格好良かったのに」

「……そういうことにすれば？」

「……そういうことにしちゃいましょうかね」

小橋さんが胸ポケットから、紙に包まれたようかんを取り出す。ようかんを携帯する人間を初めて見たように思う。

僕はコーヒーを一口飲む。ようかんをもらおうかと思ったが、我慢する。

「林原は、横川が出所したらプロポーズしてみると言ってますね」

「え、ああ、そうだね。上手くいくかわからないけどね」

僕が言うと、小橋さんは少し間を置き、やがて口を開いた。

「横川は、自分の画像がネットに流れてないか、ずっと探してたそうです」

「そういう画像ばらまく男はクズだよ。変な話だけど殺人犯より嫌いだ」

「横川に、でも林原は言ったそうですよね？　……もしばら撒かれていても、僕は気にしないって。

ネットの画像は、いわばデータ信号みたいなものだって。その信号を元に、ＰＣや携帯電話が内部の装置で画像を再現したものに過ぎないから、原理上、精巧な絵と同じだって。動画も同じ。誰も本当の彼女の身体や行為を見ているわけじゃないって。あと、身体の細胞は常に入れ替わっていくから、表面は彼女のように見えても、もうそれは現在の彼女じゃないって。横川は……、情状酌量が」

「うん。実際、横川はそんな重い罪にならないと思う。……夫から受けた、彼女の腕や足の暴力の痕は痛々しかった。それに脅迫されていたわけだし。他の男三人も、世間を騒がそうとしたわけじゃない。やり過ぎたけど、不器用に彼女を守ろうとしただけだし、高柳の件で目撃証言を確認された時も、彼に無理に罪をなすりつけようとはしなかった。彼女から自分を切ってと言われた時の林原の状況を考えれば、ああするしかなかったはずだよ。深夜、路上で目の前で叫ばれたら」

「そうですね、事態が思わぬ方向にいっただけですし」

「社会が事件で沸騰してしまったから。これで模倣犯はいなくなるよ」

「……でも捜査は行き止まりです」

真田と精神科医の米村、この二つの死体に横川達が関わってないと仮定すれば、全く別の犯人によるものとなる。野川の言う通りだった。通り魔に見せかけて殺そうとした人間がいるかもしれないと。今がチャンスと思っていたような人間が。

「真田と米村の接点、仮にあるとしても初川だけだ。調べても出てこないなら、どういう接点が『あり得るか』想像してみないか」

僕が言うと、小橋さんが即答する。まるで前から薄々考えていたみたいに。

「女ですね」

小橋さんがようかんを咀嚼し、飲み込んでから続ける。

「真田は女性にだらしなかった。ここを出発点にしますと、まず女性が浮上します。さらにそこを起点に考えると、米村は女性に消極的だったけど、受付の矢場にネックレスを渡したり気持ち悪いところがありました。そんな米村が積極的になれる女性は」

「……そうか。患者」

「これだけ出てこなくて初川以外の接点があるなら、それは『消滅した』のでは……。以前に破棄されたカルテ。米村が市高町で開業する前に開いていたクリニック。つまりそこの名前の中に真田と米村の接点はあった」

小橋さんの話を聞きながら、真田の死体状況を思い出す。

「……覚えてる？　真田の死体の状況」

「靴下に米村のクリニックの絨毯と同じ青い繊維。無理やり顔をねじられたような頭の角度。死体が引きずられた形跡。それと口の中の火傷」

鼓動が速くなる。小橋さんが言う。

「でも、なんで口の中に火なんて」

〝コートの男〟のイメージに囚われず考えたとしたら。もしあれが捜査の攪乱が目的じゃなく、猟奇的な行動でもなかったとしたら。頭に痛みが走る。

「そうか。……嫌だったからだ」

「え？」

「嫌なものにつけるんだよ。……火は、消えて欲しいものにつけるから」

僕は小橋さんにわからないように、深く息を吸う。頭の痛みが酷くなる。

「口の中に、消えて欲しいものが？」

「多分、……声だ」僕は小さく言う。

「あの火は、……真田の死後つけられたと分析されてる。だから犯人の幻聴だろうけど、何か言ってるように聞こえたんじゃないか」

「死んだ人間が？」

「あの頭部の角度、犯人が顔を確認したように思えた。通り魔で殺した人間の顔を確認するなんて意味不明だけど、通り魔じゃないなら説明はつく。殺した後に、本当に自分が殺したのが真田だったのか、不安になったんじゃないか。なんでそう思うかというと……」

午前4時。でもまだ休む気になれなかった。身体は疲れてるのに、頭だけが動いていた。僕は続ける。

「真田と関係のあった女性達の証言、覚えてる？」

「ええ」

「『彼は、もう終わった生活をしてるような感じでした』。これがあの時の真田だった。でも昔は違ったとしたらどうだろう？　何かがあって、彼が変わったとしたら」

僕は考え続ける。

「だから殺した犯人は、殺した後、どうも印象の違う真田に不安になって、思わず顔を見たんじゃないか。その時に何か真田が言ってるような気がした。……それが何の言葉だったかまではさすがにわからないけど、つまり犯人は幻聴が聞こえるほど極限状態だった。だから取り乱し、火をつけたりして、そして逃げなければならないことにはっと気づく……。米村の免許証も燃やされてるし、ちょっとこの推理は弱いけどね。でも、何というか、わざわざ初川の保険証を提示して米村のクリニックに行ったり、〝コートの男〟のイメージから離れれば、犯人にはどことなく躊躇するような印象が浮かび上がる。……何かに怯えてる、というか」

三件目の真田の死体を見た時も、一件目と同様、もうやめさせたい感覚を覚えたのを思い出す。僕はまた鼓動が速くなる。言うのも不快なことを、僕は言おうとする。

「ねえ、……真田と米村を殺した犯人、あれで終わりだと思う？」

小橋さんが僕を見る。彼女も僕が言おうとしていることに気づいていた。眉をひそめている。

「思いません。何となくですけど……」

「うん。これまでの全国の模倣犯騒ぎの中で、市高町の事件との関連はまだ見えてないんだよね？日本の警察がこれだけやって関連が見えてこないんだからないのか、もしくは関連が消滅したか。それならまだいいんだけど……」

小橋さんが眉を一層ひそめる。僕は言いたくもないことを、最後まで言う。

「もしかしたら、模倣犯騒ぎとはもう全然関係のないやり方で、犯人はすでに誰かを殺してるかもしれない。もしそうなら俺達は、ずっと思い違いをしてきたことになる」

※

全国で起こった殺人事件を調べていく。

〝コートの男〟の事件が起こる一ケ月前から現在にいたるまで、全国で殺人事件は二十五件起きていた。痴情のもつれ、ストーカー殺人、バーでの言い争い、暴力団・外国人関連など、その大半がすでに犯人が逮捕されている。だがまだ犯人が捕まっていない事件が、〝コートの男〟関連を除くと四件あった。

女子高校生がホテルで殺害された事件、看護師が自宅で殺害された事件、老夫婦が自宅で殺害された事件、そして四件目が奇妙だった。路上で男性が殺されている。

米村の事件の二週間後、奈良県で起きた事件。現場の資料に、気持ちが騒いでいく。

死体の上に、自動車が乗り上げていた。

「この事件、おかしいんです」

奈良まで事件の概要を聞きにいってもらった雪原が僕達に言う。相変わらず寝癖がすごい。目の下のクマも。

「まず、遺体があったのは山林の土手。死体の上に、白のセダンの右側のタイヤが乗り上げた状態で発見されています。今、一条署と奈良県警の捜査一課の特別捜査本部が設置されています。車は盗難車です」

雪原が続ける。

「それで……死体は一度焼かれています」

真田の口内に火の痕。米村は免許証が燃やされている。鼓動が速くなっていく。

「ここからがさらに奇妙で、死体は一度焼かれた後、水をかけられているんです」

「は？」

「それでさらに、心臓マッサージの痕跡が。肋骨《ろっこつ》にそのような形で亀裂が入っています。そしてその後……、自動車で腹部に乗り上げてるんです。でも、でもですよ？　殺害方法は絞殺なんですよ。つまり最初に首を絞めて、その後に火を」

資料の細かな文字の並びが、奇妙に歪んでいくように思えた。

「担当の刑事が言った言葉がまた……、何というか、まるで犯人は、殺した後に、殺すかどうか迷っていいたような感じだったと」

最初の死体は、殺した後に、まるで顔を確認したように首が曲がっていた。

「殺した後に、殺すか迷う……？」

「まだわかりませんが、関わりがある可能性は高いです」

小橋さんと係長は書類をじっと見ている。雪原が息を吐くように続ける。

「この被害者ですが、小竹原満、51歳。無職です。その前は工事現場で働いていたようです。また独身ですね……。犯人の手掛かりはないそうです」

僕はまた真田の事件現場を思い出す。あの死体は引きずられていた。まるで殺した後、死体が車の邪魔にならないように、隅に移動させたみたいに。

「何の確証もないし、何となくでこんなこと言って悪いんだけど」

僕は言う。

「その被害者さ、前科はある？　いや、前科というか、その……、交通事故を起こしていたりしてないか？　何か大きな」

「なぜですか？」

「いや、何となくなんだ。ただ、何か、車、というのが、何か引っかかる」

「調べましょう」

小橋さんが突然言い、部屋を出ていく。何かの毛玉が髪の毛についている。

「一課の方はどうなってるんでしょう」

雪原が聞く。係長が答える。

「あの二人の男女が真田をやってないと確信したら、事件に影響された米村が真田をやったとするシナリオも考えられる。でも米村にはアリバイがあるから難しいよな。……でもやつらが一連の事件、全てに同一人物が関わってるとこだわるのもわかるよ。だって実際、米村はマスコミにも発表されてないことまで、一件目と三件目の概要を知っていたんだだから。公園で見つかった刃物の件もある。……確かに謎だよ。高柳がやって米村に伝えたとした方がすっきりするし」

しばらく待ったが、小橋さんが帰ってこない。僕は様子を見るため部屋を出た。データベースへのアクセスで、パソコンに向かってるはずだった。部屋のドアを開けると、小橋さんがパソコンの画面の前で固まっている。こんな姿勢で寝るのかと思ったが、目が開いていた。

「……どうした?」

恐る恐る聞く。だが小橋さんは動かない。

「……あのさ」

「もう……、これは、大変な事件に巻き込まれてるんですよ私達」

小橋さんが大きく息を吸う。

「落ち着いて聞いてください。まずこの奈良県で殺害されていた小竹原満、過去に何度も飲酒運転で捕まっています。スピード違反も多数。そして……、四年前に、人身事故を起こしています」

「人身事故」

「はい。相手は歩行者で、腕を骨折する怪我を。……そしてこれが、女性なんです」

暗く狭い部屋。事件を映すパソコンの画面が、意志を持ったように光を放っている。

「それでこの女性のことを調べてみました。そしたら……、名前が椎名めぐみ」

僕は小橋さんを見る。考えがまとまらない。あの椎名めぐみ? 本当に?

「二年前、隣の木坂町内のアパートで殺された女性です。大きなニュースになりました。これは捜査一課と木坂署ですでに特別捜査本部がつくられています。私達とは別の班。問い合わせたところ、その一課の班は奈良県の事件の被害者との接点に気づいているそうです。証拠の検証によっては合同捜査本部がつくられるかもしれません。もしかしたら私達と木坂町の捜査本部も合体する可能性が」

椎名めぐみ、無職の34歳の女性が殺害された事件は、不可解な猟奇殺人事件として迷宮入り寸前となっている。

まず、この女性が携帯電話を持っておらず、交友関係もほとんどなく、高校を中退した後どうやって生活していたかが謎だった。各県のクラブを渡り歩いていたという情報もあるが、その足取りがかなり不明だった。強盗に遭って殺された、とされているが、その殺害のされ方が奇妙だった。

小橋さんが概要を改めて調べ始める。

二〇一二年六月十六日。東京都木坂町のアパートで殺害されていた。部屋が荒らされている。彼女は椅子に縛りつけられた状態で、激しく顔を殴打され、動けない状態で毒物を飲まされていた。縛られた彼女の前に、白の器に入れられたシアン化カリウムが、スプーンとともに置いてあったのだった。彼女が苦しげにそれらを吐き出した跡もあり、残酷な猟奇事件として捜査されていた。

強姦の痕はなかった。そうであるから、犯人はただ彼女を苦しませ眺めていたとされていた。彼女と対面するように椅子が置かれ、そのテーブルの前にはチーズの袋があった。まるで死んでいく彼女を、チーズを食べながらくまなく眺め続けたように。

犯行方法から、椎名めぐみに対する執拗ともいえる憎悪が伝わってくる。顔を殴打し、縛り上げる。毒を飲ませていく。

「この憎悪を今回の一連の事件に当てはめていくと、でも奇妙だよね。……犯人は憎悪をもって椎名めぐみを殺害している。でもならなぜ、その椎名めぐみを交通事故に遭わせた男まで殺す必要がある？」

「もしかしてですが」小橋さんが言う。「なぜ腕を折るだけで、殺せなかったかという恨み」

「……本当に？」

「もしそうだとすると、この憎悪は常軌を逸してます。あの時お前が殺していればという恨みですから。この小竹原という男性からすれば、狂気に巻き込まれたとしか捉えようがないです。逆恨みの度も超えています。……もちろんこれは推測の一つですが、この犯人はそれくらいの論理の飛躍がないと理解できないような気がするんです」

パソコンの画面を見ながら、しばらく黙り込む。いずれにしろ、一度木坂署の捜査本部に問い合わせるしかない。

吉原さんを呼び、付き添ってもらう。僕達だけで行っても相手にされそうになかった。こちらの言い分は、奈良の死体が燃やされてるというある意味一般的な共通点と、自動車、そして殺害後の躊躇の跡という、漠然とした理由に過ぎなかった。しかも、その奈良の事件と椎名めぐみの事件との関わりも、まだ明確でない。

出迎えたのは50代くらいの一課の刑事だった。市高署の捜査本部には、警視庁捜査一課殺人犯捜査第7係、第8係が投入されていたが、こちらには第5係が投入されていた。〈管理官〉は一人につき複数の係を統括するが、ここの〈管理官〉は別の人間だった。

「万が一関係があったら」。出迎えた刑事が言う。「うちらは合体することになりますね。それで奈良県の捜査本部とは共同捜査の形に。……膨大な記録になりますので、必要がありそうなのはこっちにまとめましたが……」

資料にあたっていく。犯行現場の写真を見、小橋さんが口を押さえる。見なくていいと僕は彼女を促したが、意志を固めた表情でそれを遮り、彼女は死体の写真に目を凝らす。

顔などが酷く殴打され、腕を後ろに回された状態で縛られ、テーブルの上に伏せるように倒れている。嘔吐の跡。テーブルの上には皿が載っている。毒が運ばれたスプーンも。

「彼女は病的とも言える憎悪を何者かに持たれていました。こちらは報道されていない資料です」

一課の刑事がポリ袋に入れられた封筒を見せる。手袋をはめ、中の手紙を取り出す。

「差出人は不明。何があったのかわかりませんが、警察に連絡して欲しかった。……いや、昨今のストーカー殺人での警察の愚かさを考えれば、無駄だったかもしれませんが」

僕も手袋をはめる。手紙を開く。

〝あなたの脳に植え付けた私の意識はいずれ目覚める。あなたが幸福を手に入れようとした瞬間、あなたを罰するためそれは目を覚ます。それはあなたの脳の細部まで広がりあなたを支配しコントロールし続ける。あなたの鼓動はそこで激しくなり呼吸は乱れどこにもいられなくなり私の元に帰る。あなたはそこで狂う。私と共に狂う。この場所で私はあなたを待つ。人生を犠牲にしながらあなたをいつまでも待つ。私があなたに植え付けた私の意識が目覚めるまで〟

小橋さんと吉原さんを見る。彼らも驚いている。

米村の字だった。

市高町で起きた五件目の被害者、精神科医の米村辻彦の筆跡。僕は口を開く。

「椎名めぐみさんは、心療内科に通ってましたか？」

「……え？　ええ、通ってました」

「どこにですか？」

「ここです」

一課の刑事が資料を見せる。

だがそれは、米村が開いていたクリニックでなかった。所属する医師にも米村はいない。

「彼女は幾度か通ってその後は来なくなっています。もちろんそこの医師にも話を聞いています。当時、彼女が突然来なくなって心配したそうです。……何か、妙なことに巻き込まれていなければいい、いい、いい、いんだけどと」

吉原さんが静かに口を開く。

「この手紙は、市高町連続通り魔事件の被害者、精神科医の米村辻彦の筆跡と同じです」

「本当ですか？」

「正式な筆跡鑑定の後、私達の捜査本部と木坂町の捜査本部は統一することになる」

〝COMPLEX〟


正式な鑑定により、手紙の筆跡は米村のものとほぼ断定された。

木坂町で殺害された椎名めぐみの部屋から採取された指紋の中に、しかし米村のものはなかった。米村が事件と関わりがあるのは明らかだが、犯人である証拠が出るまでは、〈捜査一課長〉の判断で捜査本部の合体は見送られた。

考えられるシナリオは、椎名めぐみを殺害した米村が、何らかの理由で真田（三件目の被害者。スポーツクラブ社長）も殺害し、自殺したというもの。しかし、奈良の事件は発生時すでに米村は死んでいるため、その犯人ではあり得ない。

誰かが、椎名めぐみ殺害への復讐として米村を殺害。しかも〝コートの男〟という汚名も着せて殺害したという考え方もあった。

「でも、椎名めぐみ事件での復讐なら、なぜ奈良の事件まで起こす必要があるのでしょうか。彼女を交通事故に遭わせてしまっただけで殺すなんておかしい」

雪原が言う。

「それに〝コートの男〟の汚名を着せることを復讐の付け足しにすることもどうも……。わからないことが多過ぎます」

「真田と椎名めぐみの接点を調べよう。……木坂署からの情報提供、全然進んでない。こっちが先に犯人捕まえるのを、急に恐れ始めたのかもしれない。一部しか開示してこなかったらかなり厄介だよ」

真田の関係者にもう一度あたる。僕は科原さゆり、小橋さんは真田と交際していた二人、雪原は真田の部下の角浦。

途中まで小橋さんを車に乗せていく。ラジオでは〝枕営業ガールズ〟が自分達の今月の支出と収入と貯金額を発表していた。

「……最近、ある中年男性と、電車で向かい合って座ることが多いんです」

小橋さんが突然言う。

「彼、なぜかいつも、私の顔を見つめながら真剣に鼻をほじるんです」

「……へえ」

「私を見つめながら、ずっとほじり続けるんです。慎重に、丁寧に。まるでそこに、私にとって大切な何かでも入ってるかのように」

「……入ってねえよ」

「私結構困ってるんです。どうしたらいいですか」

「知らないよ。車両かえろよ」

「かえたら負けじゃないですか。あ、ここでいいです」

科原さゆりとの待ち合わせは、前回とは別の喫茶店にした。落ち着いたジャズがかかっている。

彼女は〝コートの男〟が存在しなかったという報道に驚いていた。

「それで私が疑われることになったのですか？」

そう言って微笑んだ。以前会った時より、少し疲れて見える。

「いえ、真田さんの交友関係についてお聞きしたいと思いました。……椎名めぐみ、という女性を知ってますか」

「椎名？」

「……心当たりが？」

「椎名……」

科原は視線を下げた。

「はい。……真田さんの携帯電話に、登録されていたと思います」

やはりそうだ。僕は思う。椎名めぐみは携帯電話を所有していなかったが、クラブの番号などを真田が登録していた可能性はあった。

「気持ち悪い女だ、とお思いですか」

「そんな」

「真田さんは頻繁に携帯電話をかえる。だから今警察のところにある彼の携帯電話では復元しても出てこない。でもあの女は携帯電話を覗く女だったから前の携帯電話を見てるかもしれない。色々関係者がわかるかもしれない。そうお思いになったのでしょう？」

「いや……」

その通りだった。言葉に詰まる。話を逸らそうとする。

「椎名めぐみさんは、二年前、木坂町で起こった猟奇殺人事件の被害者なんです」

「そんなことに興味はありません」

科原が言う。僕を真っ直ぐ見る。

「あなたが予想していた通り、私はそのいくつかには実際に電話までかけていたような女です。よかったですね。私がこういう女で」

「僕は……」

「あなた達の仕事がよくわかりました。人の内面に踏み込んで、恥を暴いて、必要な情報を手に入れて置き去りにしていく」

店内にジャズがかかり続ける。アイドルソングだったら、少しはこの場も和んだだろうか。

「すみません。仕事なんです」僕が言うと、科原は小さく息を吐いたように見えた。

「ええ、そうですね。ごめんなさい。……私も、消費者金融の受付をしています。この人は絶対お金を返せないだろうと思うような人にでも、笑顔で対応する。……同じかもしれません。その女性は、殺されて……？」

「はい。真田さんの事件と関わりがある可能性が高いのです」

「……怖いですね」

「あの精神科医と、真田さん、そしてその椎名さんが繋がってる可能性があるんです」

「同じ犯人……？」

「そこまではわかりません」

「私は大丈夫でしょうか」

「……誰かに恨まれるようなことは？」

僕が言うと、科原は微笑んだ。

「人が二種類あるとしたら、私は恨まれる側の人間というより、恨む側の人間ですね」

科原が僕を見つめる。彼女がテーブルの下で足を組み替えた時、僕の足にふれた。でも彼女は僕にふれたまま足を避けようとしない。僕もそのまま、足を動かさなかった。

「……また会ってください」

彼女のスカートが、以前より短くなっていたことに気づく。

「お願いです。また会ってください。私も、もっと真田さんのことを思い出しておきますから……」


科原を駅まで見送った後、禁煙していた煙草を吸いたくなる。離婚して以来、特定の女性と付き合ったことがなかった。三年前、一年の結婚生活でお互いに疲労し、慰謝料も何もない形で別れた。他人を自分の中に引き入れることにも、自分を他人の人生に関わらせることにも、もう僕は臆病になっている。

「ずっと私に遠慮してたね」

離婚した時、妻だった彼女は寂しげにそう言った。

「でもそれは私への優しさじゃなくて、あなたがつくってる壁なんだよ」

僕は彼女が離婚を告げた時、少しの抵抗もしようとしなかった。

「私は人生をやり直したい。やり直す、という言葉にあなたは傷つくかもしれないけど……。新しい男性は、あなたより魅力がなくて優しくもない。でもあなたよりシンプルなの」

彼女はあの時泣いた。

「私はその人のそばで平凡な主婦になるつもり」


椎名めぐみ事件の関係者の概要が明らかになる。市高町捜査本部の情報と、木坂町捜査本部の情報がようやく混ざり合い始める。

事件の概要は以下のようなものだった。

二〇一二年六月十六日の事件当日、アパートの近隣住民はいずれも出かけており、不審者の目撃情報はない。
椎名めぐみの死亡推定時刻は16時から16時30分の間。
事情聴取を受けた主な人物は、
【吉永《よしなが》いずみ（52・年齢は事件当時、以下同）】椎名めぐみが三ケ月だけ働いていたクラブの経営者。椎名めぐみは印象が薄く、ほとんど記憶にない。特定の客がついたこともない。そもそもホステスの仕事をするのに携帯電話を持たないのはあり得ないことで、人がいないから雇っていただけで、いずれ辞めてもらうつもりだったが、彼女がある日突然、来なくなった。椎名めぐみはなぜか、携帯電話の所有を怖がっていたという。悩み事など相談を受けたこともない。事件当日はクラブの営業準備で店内。テナントが入るビルの防犯カメラだけでなく、店のボーイ、酒屋などの証言もあり、アリバイは立証されている。

【田伏瑞樹《たぶせみずき》（56）】椎名めぐみがたまに行っていた喫茶店『La priére』のマスター。彼女の印象は薄いが、顔は覚えていた。たまに男性と来ていたが、会話が弾んでる様子はなかったという。事件当日は店内におり、アリバイは立証。

【吉高亮介《よしたかりょうすけ》（35）】その喫茶店に椎名めぐみと一度来ていたとされた人物。クラブで知り合い、彼女と一度セックスをしている。しかし途中で泣かれ、それ以来会っていない。事件当日はレンタルビデオ店におり、店の防犯カメラに常にその姿が映っており、アリバイは立証されている。

【倉本恵一《くらもとけいいち》（36）】その喫茶店に椎名めぐみと一度来ていた人物。クラブで知り合い、彼女と一度セックスをしている。しかし途中で泣かれ、それ以来会っていない。事件当日は建築会社の社内におり、同僚の証言などでアリバイは立証されている。

【間島俊《まじましゅん》（34）】その喫茶店に椎名めぐみと一度来ていた人物。彼女をナンパし、彼女と一度セックスをしている。しかし途中で泣かれ、それ以来会っていない。事件当日は出張で大阪に向かっており、駅の防犯カメラにも姿があり、アリバイは立証されている。

どういうことだろう？

これ以外にも、五人の男性が事情聴取を受けている。いずれも彼女と一度セックスをし、途中で泣かれ、それ以来会っていない。しかもその頻度は、およそ一ケ月に一度と続いているのだった。

【桐田学《きりたまなぶ》（39）】椎名めぐみの隣の住人。当初アリバイがなかったが、雑居ビルの防犯カメラに偶然その姿が映りこんでいて、その時間と距離から犯行は不可能とされた。女性が住んでいる、ということ以外彼女について知らないと述べている。

【椎名啓子《しいなけいこ》（70）】椎名めぐみの母。事件当時、愛知県に住んでいた。現在は施設に入居中。

【西原誠一《さいばらせいいち》（58）】医療機器メーカーの社長。椎名めぐみの口座に時折金を振り込んでいた人物。事件当時フィラデルフィアにいたことが立証されている。椎名めぐみとは八年前まで付き合っており、彼には当時から妻子がいた。椎名めぐみはその金に手をつけていない。

関係者のいずれもアリバイがある。強盗でなければ、西原誠一が何者かに殺害を依頼したと捜査本部は推測したが、彼の携帯電話、メール履歴にもそのような跡はなかった。

捜査本部は彼女が所持していた脅迫の手紙も手がかりに捜査した。でも手紙には指紋も消印もなく、恐らく直接彼女の郵便受けに入っていたものであり捜査は難航。市高町の事件でその筆跡が米村によるものと判明したが、米村は死んでいるため、椎名めぐみ殺害事件は何かの怨恨による米村の犯行として事件解決の道筋は見えた。罪の意識に襲われた米村は自殺。

でももし仮にそうだとしても、市高町の事件はまだ終わることはできない。米村が真田を殺したと立証されれば解決したことになるが、その証拠はなかった。真田が殺された時、殺人事件など起こらないこの静かな町で竹林が殺され、横川が襲われ、次に同じ方法で殺された真田も同じ通り魔と考えるのは自然なことだった。しかも目撃情報もあった。たった二人の目撃者で、他二件の目撃者達と違い大分曖昧なものだが、真田が死んだ路上から近いところで、事件当日、コートのようなものを着た不自然な人物が目撃されていた。その人物は痩せており、米村のような巨漢ではなかった。そして米村はなぜか横川が殺した一件目の事件の詳細を知っていた。

　さらに、奈良県の事件がある。奈良県で自動車が乗り上げた状態で発見された絞殺死体は、昔椎名めぐみに交通事故で怪我を負わせた人物で、その椎名めぐみが勤めていたクラブの電話番号は真田の携帯電話の中にあった。米村はもう死んでいるから奈良の犯人ではない。

　つまりシンプルに考えると、こういう推測ができる。

　何者かが、椎名めぐみの「人生」に関わった人物達を殺している。

　理由はわからない。その人物が椎名めぐみを殺した人物と同じかどうかもわからない。

　捜査方針としては、関係者からの聞き込みで、その人物が誰かを特定することになる。

「中島さん！」

　以前美味しかったせんべいを食べながら捜査資料を読んでいた僕と小橋さんの元に、雪原が走ってくる。髪が乱れている。小橋さんがなぜか急にせんべいを勧めると一口食べ、あまりの旨さにそのまま食べ始める。

「……何ですかこれ。……奇跡みたいだ」

「でしょう？」小橋さんが嬉しそうに続ける。

「一口食べれば海が生まれる。まるでお魚達が私の口の中を泳いでいくような磯の香り。そして柔らかな歯ごたえ。まるでプヨプヨした嫌な上司達を歯で噛み潰していくような快楽」

「わか……る。……それに」

「……あのさ、何か用があったんじゃないの?」

「あ、そう……、なんです」

「飲み込んでからでいいよ」

僕が言うと、雪原は水も飲まずせんべいを飲み込み、慌てて言う。

「椎名めぐみに関して、次の定例会議で報告されることですけど、その資料です」

僕と小橋さんはその資料を覗く。胸がさわいでいく。

椎名めぐみは、中学生の時、近所で火事を起こしている。

「……彼女は、物を燃やすくせがあったそうです。元同級生達の何人かが、そう言っています」

煙の匂いを感じ、振り払う。真田の口内には焼けた痕。米村の免許証は燃やされている。奈良の事件の遺体も燃えている。

「まさかですが。いや、あり得ないことですけど、でも」

小橋さんが言う。

「椎名めぐみは実は生きている、とか……?」

椎名めぐみの遺体は、顔が殴打された状態で見つかっている。遺体の身元確認をしたのは彼女の母親だった。肉親が確認した場合、通常日本の警察では遺体のＤＮＡ鑑定まではしない。

「母親は、今埼玉県の施設に入居しています。事件後体調を崩して、認知症の症状があるということに」

「よし行こう」僕は言う。

「他所の管轄だから、つまりこっそり行こう」


施設はこぢんまりとした、清潔な建物だった。警察を名乗るとあからさまに不快な顔をされたが、彼女の部屋に案内してくれた。事件直後、母親は警察に何度も話を聞かれ、体調を崩して入院、この施設にも度々警察は訪れたが、しかしここ一年ほどは誰も来ていないという。

「もう啓子さんが知ってることは、警察の方も全て知ってるはずです。何か新事実でも出てきたのでしょうか」

介護士の女性がそう言う。確かに、資料を読めばもう彼女に聞くことは何もなさそうだった。椎名啓子は椎名めぐみを妊娠中に男と別れ、椎名めぐみは父親の顔も名前も知らず育った。彼女が独立してからはたまに手紙のやり取りをするくらいだった。母子関係はいいとは言えないが、いがみ合うほどではない。椎名啓子は警察にそう何度も言っている。疎遠になっていたから娘の交友関係など知るはずもないと。

「それに……、もう、啓子さんは答えられないと思います。くれぐれも、刺激はしないでください。穏やかに……、お願いします」

介護士の女性が続ける。なぜか顔がぼやけていく。清潔な白い廊下で、車椅子を押された老人達が幾人も通り過ぎていく。

「人には忘れたいこともある。……そうでしょう?」

ノックをし、介護士が白いドアを開ける。ベッドで寝たままの女性を想像していたが、椎名啓子は部屋の椅子に腰かけていた。こちらをぼんやり見ている。

「この人達ね、刑事さん。久しぶりだねえ。啓子さんと、お話がしたいんだって」

椎名啓子は僕達をぼんやり見つめ続けている。なぜか化粧をしている。服も部屋着ではなく、ブラウスにスカートをはいている。美しい老人だった。どこか隙のあるような、わざと隙をつくるような、そんな雰囲気が感じられた。

「あの、椎名めぐみさんについて、お聞きしたいのです」

僕が言っても、反応がない。僕は小橋さんが椎名啓子をじっと見ているのを思い、介護士に言う。

「僕達だけにしてくれませんか?」

「それはできません。啓子さんは」

「新たに殺人事件が起こってるんです」

僕は椎名啓子に聞こえるように言う。小橋さんが反応を見ているはず。

「僕達は止めなければなりません。……おわかりですか?」

介護士は何かを躊躇した後、十分後にまた来ると言い残し部屋を出た。僕は椎名啓子に向き直る。

「すみません。これまでも何回も、警察が伺っていると思いますが……。椎名めぐみさんについてお聞きしたいのです」

彼女はぼんやり僕を見続けている。なぜだかわからないが、僕だけを。

「椎名めぐみさんは、以前火事を起こしたことがありますね」

反応がない。やがて僕達から視線を逸らし、椎名啓子は窓の外を見始める。

「外は雨でしたか?」

椎名啓子が口を開く。思ったより声が若い。昔はホステスもしていた。

「いいえ。晴れています」

「でもね。……雨が降りますよ、きっと」

「……そうですか?」

「雨が降ります。必ず」

僕は彼女の顔を真っ直ぐ見る。

「めぐみさんを殺害した犯人を僕達は必ず捕まえます」

不意に彼女が右腕を動かそうとし、すぐやめる。僕は続ける。

「彼女のご遺体の身元を確認したのはあなたですね」

「今日はね、雨が降りますよ」

「その時の様子を」

椎名啓子が突然笑みを浮かべる。

「……何が聞きたいの?」

僕は驚いたまま言葉を出せないでいた。小橋さんが何かを言いかけ、僕にゆずるようにやめる。

僕は短く息を吸い、口を開く。

「あなたは、認知症の症状があると」

「……何が聞きたいの？」

彼女が僕の目を見る。まるで急にからかうように。僕の目から僕の動揺を把握するように。相手は身体の小さい老人であるのに、僕は微かに恐怖に近い感覚を意識し始める。

「では言います」

「どうぞ」

「単刀直入に。……椎名めぐみさんは生きてるのではないですか」

僕が言うと椎名啓子は目を見開き、突然笑い始めた。椅子に座ったまま、僕を見つめたまま、身体を微かに揺らし続ける。赤い唇の奥に、白い歯が美しく並んでいる。

「あなたは30代半ば、そちらのお嬢さんは20代半ば、あってますか？」

「はい」

「お前達みたいなものにわかるわけがないだろう」

「……え？」

「見捨てられた私と娘の気持ちが」

僕は茫然と彼女を見る。もう彼女は笑っていない。

「今日は雨が降ります」

「やめてください。質問に答えてください」

「今日はね、雨が」

「椎名さん」

「黙れ」

椎名啓子が低く言う。

「……もう話は終わりです。これから何が起こるかおわかりですか？　そろそろ介護士の佐藤さんがこの部屋に来る。私はあなた達にいじめられたと泣き始めるのです。そしてもう二度とあなた達を部屋に入れないようにと言うでしょう。私は幼気《いたいけ》な老人。介護士さんは、いや社会はどちらを信じるでしょう？」

椎名啓子は座ったまま机の引き出しから何かを取り出し、僕達へ投げた。

「これにでも祈れば犯人が捕まるのでは？」

ライターだった。ドアがノックされる。介護士が入ってくる。椎名啓子が泣き始める。

「どうしたのです？　あなた達は何を？」

介護士が駆け寄る。椎名啓子が泣き続ける。

僕達は立っていることしかできなかった。

僕と小橋さんは施設を出る。歩くだけで疲労していくように感じた。

「……もう来れなそうですね」

小橋さんがようやくそう言う。

「新たな殺人事件が起こってるって僕が言った時、彼女どうだった？」

「無反応でした」

「犯人を捕まえると言った時、右腕が微かに動いた」

「ええ。それで、椎名めぐみは生きてるかと聞いた時、突然笑い始めました」

「どう判断する?」

「……わかりません」

車の側で、猫が呑気に二匹たわむれている。喧嘩しているのか、じゃれてるのかわからない。僕達が近づくと不機嫌そうに離れていく。

「そうだ、帰り際、彼女が投げた……」

僕はその黒いライターを取り出す。〝COMPLEX〟という名のバーのライター。黒塗りで白く文字が描かれている。電話番号も。

「でも何でライターを。……かけてみますか」

小橋さんがその番号にかける。不通になっている。スマートフォンで検索をかけると店名が様々に出たが、電話番号から地域を絞ると出てこなくなった。個人のブログでその店を懐かしむ内容のものがわずかにあり、どうやらもう閉店してるらしい。

飲食店であるから保健所に届出をしているはずで、問い合わせて店主の名前と住所を調べる。木坂町にかつてあったバーだった。役所に行くともう店主は病死していることがわかり、その跡地は駐車場になっていた。近くを聞き込みしても誰もそのバーの記憶をもたない。まるで世界からそのバーだけが静かに消えたかのように。

不意に雨が降り始める。椎名啓子が言ったように。

「椎名めぐみの形見の一つ、ということでしょうか。これで彼女はよく何かに火をつけていた」

小橋さんが言い、そのボタン式ライターで火を出そうとする。でももう中身のないライターはその火をつけることができなかった。

何度試みても、火は現れない。

目の前には寂れた駐車場が広がる。過去にバーがあったはずの場所。

ここでボタンを押す度に、代わりにどこかが燃えていく。そんな錯覚を覚えた。

推理

定例会議がある。木坂町の捜査本部と情報を共有しているが、まだ合体もなく、合同捜査本部がつくられる気配もない。三件目の被害者、真田の以前の携帯電話に、椎名めぐみの名前があった。この科原さゆりの証言も報告してるのに。

会議の後、係長に呼ばれる。

「指導しろと言われたよ。科原さゆりの件。お前の聞き込みを確かめに一課の刑事が接触したらしく、彼女の勘違いだったと言うんだ」

「は？」

「さらに、これは伝え聞いた情報だけど、木坂町の、つまり椎名めぐみ事件を指揮する管理官は、捜査一課長の派閥にいる人間らしい。一課長は市高町の事件も、木坂町捜査本部主導で解決するのが理想と見てるようだ」

会議室に残る捜査員の群れがぼやけ始める。霧がかかるような不可解なシステム。僕にはよくわからないシステム。

「だから大人しくしておけと忠告を受けた。遠回しに。……ところで、どういうことだ？」

「……連絡してみます」

電話をかける。二回のコール音で出た彼女に、なぜ証言を変えたのかを聞く。

——……勘違いだったんです。

「そんなはずは」

——……すみません。

「科原さん、あの」

——……本当にすみません。

彼女の声に涙が混ざる。僕は携帯電話を持ったまま、言葉を出せなくなる。

——家に帰って、手帳を確認したら、その名前がなかったんです。でも、記憶にその名前があったような気がしていました。真田さんは、たくさんのクラブの女性やお店の番号も登録していて、その中の一つがそういう名前だったはずなんです。……すみません。……役に立てる、と思ってしまいました。

彼女の声が小さくなる。

――役に立ちたいと、思ってしまいました。……あなたの。

真田の周辺をもう一度洗うとなった時、役割分担で僕は科原さゆりを選んだ。角浦などは雪原や小橋さんに任せて。もう一度彼女に会いたいという感情が、自分の中にあった。彼女が再び口を開く。

――あの、もう一度、会ってくれますか。

「……ええ」

――ちゃんと謝りたい……。

「いえ、勘違いだったのは仕方ないです」

――いつですか?

「……少し事件が落ち着いたら」

――……本当に?

電話を切った後、でも自分はもう彼女に会わないだろうと思っていた。会ったとしても、自分はきっと殻に閉じこもり、彼女を失望させるだろう。

まるで子供みたいだ、と自分を思う。他人の人生に入り込むのを恐れるなら、最初から女性に興味のない態度を取ればいいのに。

係長が興味深く自分を見ている。まるで珍しいハムスターでも見るような目で。視線が嫌になり、トイレに行く。でもトイレから戻ると、係長と小橋さんが僕を見ながら小声で話している。うっとうしい。

「……何だよ」

「恋。……恋ね」

小橋さんが言う。なぜかタメ口で。

「30半ばの冴えない刑事が、恋」

「違うし。ていうか冴えないってなんだ」

「恋だ」

今度は係長が言う。

「30半ばの冴えない刑事が、恋」

「うるさいです。違うし」

僕は鞄をつかむ。

「椎名めぐみの他の関係者にあたろう。大人しくしろと言われても知らないですよ。捜査情報ろくに渡さない方が悪い」

「他所の管轄だから絶対派手にやるなよ。あくまでこの町の事件との関わりを調べるということだから」

係長が言う。でもまだ小橋さんは僕を見ている。口をぼんやり開けたまま。

「恋。……バツイチの恋」

「違うって。ていうか何でバツイチって知ってんだ」

「〝僕は彼女とどうなろうとしているのだろう……〟。久し振りのこの感情を、僕は恐れてはいけない〟」

「人のモノローグ勝手につけるな」

椎名めぐみと関係を持ったとされる男達、その全てにあたることにする。

吉高亮介はスナックで椎名めぐみと知り合い、その後関係を持ったと話している。でも途中で泣かれ、それ以来会っていないと。彼女と関係した男性は全て、彼女は途中で泣いたと証言していた。

吉高は連絡を取るとあからさまに面倒そうな態度を取り、アパートに出向くとしぶしぶというようにドアから出てきた。茶色い髪に、20代の不良のような黒い上下のトレーナーを着ている。喫茶店に行く。今は無職だというが、顔を見れば女にもてそうだった。わざとのようにあくびを嚙み殺している。

「もう大分前だけど、しつこく聞かれてるんすよね」

吉高と僕はアイスコーヒーを頼み、小橋さんは世界平和パフェというのを頼んでいた。

「椎名さんとは、スナックで」

「……まあ、ほら、かわいかったから。……二回くらい通ったかな。それで、なんていうか」

「彼女を部屋に」

「そう。でも、よくわからない子でしたよ。……何て言えばいいんだろ。あんま反応ないんだよね」

「反応?」

「部屋に来るかって聞いた時も、何て言うの？　本当にいいのか、どうなのかっていうか。……でもついてくるからさ、いいのかと思って部屋に入れるでしょ？　それでやろうとするじゃん？　そしたら急に泣いたんだよね」

「それでやめたんですね」

小橋さんが言う。でも吉高は微かに笑みを浮かべた。さっきから、吉高は小橋さんを舐めるように見ている。時折目をこすりながら。

「……やめるわけないでしょ？」

吉高が言う。

「やめないよ。だって女が悪いじゃん？　嫌なら部屋に来なきゃいいし」

「酷い」

「は？　何、俺責められてる？」

雰囲気が悪くなった頃に、世界平和パフェが来る。だがそれは、普通の貧弱なパフェに、無数の紙の国旗が突き刺さってるだけだった。小橋さんが愕然とそのパフェを見る。僕もその酷いパフェに驚く。吉高を見ると、彼も驚いていた。

「……それからは、もう会ってないと」

「……さすがに泣かれたし。もうその店にも行かなくなった。何か難癖つけられるのも嫌だし」

僕達が話す横で、小橋さんがそのパフェに突き刺さった無数の国旗を、一つ一つ引き抜いている。

「彼女が恨まれてる様子は？」

「うーん」

「思い出してください」

「……うん、あのさ、まあ話続けてもいいけどさ、この国旗取ってる彼女はこのままでいいの？」

「このままでいいんです」

僕は断言する。吉高はやや驚きながら小橋さんを見ている。

「そうなの？ まあいいや。そうだね、恨まれるというか、……さすがに嫌な気分にはさせるんじゃない？ 男の部屋来て、やってる最中に泣くんだから。あと……、何ていうか」

「何ですか」

「うん。何か、殺されたって聞いた時、ちょっとわかると思ったよ。人を苛々させるとこあったから。まあでもこんなこと言って疑われてもな」

「仰ってください。大丈夫ですから」

「警察から大丈夫って言われてもさ。はは、まあいいや。ほら、途中で泣いて、でも俺は最後までやるじゃん？ でも終わった後もずっと泣いてんだよ。力ずくでしたわけじゃない。部屋にも普通に来て、ずっと無抵抗だったのに。すげえ苛々してさ。なんか、沸騰させるんだよ。人間の、ほら、何ていうの、悪みたいな部分」

吉高がややうつむき、右の眉を掻く。

「もう一回してやろうかと思ったよ。もし抵抗しても無理やり。……でもまあ帰したよ。あと……、笑わないね、笑ったところ見たことない」吉高は思い出すような表情をした。「うん。ないな。何で携帯持たないのか聞いた時も無反応だったし、なんか、生きてる感じしなかった。仮死状態で生きてる感じ」

やはり彼女には何かがある。

「真田浩二という男性を知ってますか？」

「真田？」

「当時40の手前くらいの男です。以前はバーを、それからスポーツクラブを経営していました」

「知らないな。それがどうかしたの？」

「椎名めぐみさんと関わりがあると推測してるんです」

小橋さんはもうパフェを食べ終えていた。味にも不満だったらしい。テーブルに無数の国旗が並ぶ。

「関わり……。でもどうせ俺みたいにスナック行って、そうなってって感じじゃないのかな。そうじゃないの？」

僕は思いを巡らす。椎名めぐみについて知るには、もっと前の情報が必要のように思えた。彼女が男性とそういう風に関係を持つようになる、その前のことを。

「……米村という精神科医はご存じですか？　やや太った」

「知らない。……精神科医？　通ってたの？」

「それも不明なのですが」

吉高があくびをする。この男から聞き出すことはもうなさそうだった。話を切り上げようとした時、パフェの国旗を眺めていた吉高が不意に口を開く。

「ああ、そうだ。……彼女、神信じてたよ」

「神？」僕は思わず吉高を見る。

「うん。キリスト教？　十字架持ってたよ」

「本人がそう言ってたのですか？」

吉高がうなずく。

「小さい十字架持っててさ、クリスチャン？　って冗談で言ったらうなずいたんだよ。日本人なのに変わってるって言ったら、正式なやつじゃないとか、個人的とか、何か言ってたな」


小橋さんと車に乗る。彼女はまたバックミラーで口元を確認している。

「……どう思った？　今の男」

「嫌な男だと思いました。何か喧嘩になりそうだったから、パフェに集中して気持ち静めてたんです」

「途中から一言もしゃべらなかったよね。パフェに失望し過ぎて」

「中島さんで十分でしたでしょう？　それにずっと私のこと変な目で見てたし。私がしゃべると捜査と関係ないことばかり逆に聞かれそうで、話も逸れちゃうし黙ってたんです」

「そう言われると、何か正論のように聞こえるから不思議だよね」

車を走らせる。雲の奥で日が傾いていく。

「これから会う椎名めぐみの周りの男性、あんな人ばかりなんでしょうか。……気分が重いです。嫌な人でしたけど、孤独な感じもしました。面倒くさがってたのに、結局人とあまり会ってない反動みたいに、ペラペラしゃべってたし。……真田とか米村とか、ああいう孤独な感じの人を、彼女は引き寄せるのかもしれないです」

「正式なやつじゃないキリスト教ってなんだろうな」

「カルトとか……。この辺り、何か新しい宗教団体ありますかね」

「キリスト系はないと思う。仏教系のならあるけど」


次は間島俊に会いに行く。彼も椎名めぐみとセックスをし、途中で泣かれた男達の一人だった。仕事を終えた彼はスーツ姿で、表情が疲れていた。喫茶店に入る。

彼も明らかに面倒そうだった。

「ナンパって言っても……、ちょっと違うんです。バス停のベンチで夜中に座ってる子がいて、もうバスなんて来ないのにと思いながら見てて、何ていうか、その頃僕色々あって変な気分になってて……、声かけたんです」

真面目そうな男に見える。少し痩せているが、彼も女性にもてそうだった。

「下心は、ありましたよ。何か、仕事も忙しくて、報われないし、苛々もしていて。……でも、話してみたら、とても純粋で、いい子で。……泣かれた？　ええ、そうですね。でもあれですよ。無理やりしようとしたわけじゃない。何で泣かれたのかわからないけど、それで途中でやめて、話をしたんです。僕の部屋でした」

小橋さんはさすがにパフェはもう食べず、紅茶を飲んでいた。間島のことをじっと見ている。

「どんな話を？」

「よく覚えてないですが……、携帯電話を持つのが怖いとか言ってました。理由を聞いてもはっきりしなくて。会話はそんなに続かなかったけど、でも……、あんな殺され方は酷いですよ。いい子だった。上手く言えませんけど」

「真田浩二という男を知ってますか？　当時40手前くらいで、以前はバーの経営を、そしてスポーツクラブを経営していた男です」

「知らないです。そういう個人的な話はしなかったし、会ったのも一回だけですし」

「米村辻彦という精神科医は？　当時40を少し過ぎたくらいで、太った男です」

「……知らない」

「彼女はなぜ殺されたんだと思いますか？」

僕が言うと、間島は考える表情をする。会った時からそうだったが、瞬きの数が多い。ストレスからくるチックの症状かもしれない。

「わからないですよ。いい子だったから。……ほら、よくニュースでいるでしょう？　頭のおかしい奴。そういう奴に、狙われたんじゃないかな」

「ということは、つまりあなたのように彼女に声をかけた、そういう男に彼女は殺されたと？」

僕が言うと間島は僕を見る。少し目に怒りがこもっている。瞬きしながら。

「僕じゃない」

「あなたを疑ってるわけではありません。ただ、そういう行きずりの男の一人ということなのかと思いまして」

吉高も間島も、捜査記録にある人間には全てアリバイがある。

夜、バス停に一人でいる女。孤独な男達が彼女に声をかけ、彼女は無抵抗についていく。もしくは寂れたスナックで力なく座る一人のホステスの女。孤独な男達が彼女を誘い、彼女は無抵抗についていく。そんなイメージが浮かんだ。その中の一人の内面の憎悪を、彼女が掻き立ててしまった。まるで何かの必然のように。

ではなぜ強姦の痕がないのだろう。あの殺し方は、もっと長い怨恨の結果のように思える。いや、どうだろう。決めつけるのはまだ早いかもしれない。

「彼女がクリスチャンだったことは知ってますか？」

「知らないです。会ったのも一回だけだし。……正直、嫌な気持ちにはなりましたよ。彼女が殺されたと聞いた時」

間島が目を伏せる。もしそれが自分だったら。そう感じていたのかもしれない。自分がしていても、おかしくなかった犯罪。チックで瞬きをしながら、何度も何度も彼女を殴る男――。

「あの……、もういいですか？　明日も早いんです」

彼はパソコンのソフト開発メーカーの経理担当をしている。スーツがくたびれている。

間島と別れ、小橋さんと車に戻る。僕達のスーツもくたびれている。

「あの人も、何か孤独な感じですね」

小橋さんが言う。

「やっぱり、孤独な人間を引き寄せてしまうのかもしれない。椎名めぐみという人は。……彼女もまた孤独な感じがします。写真がないのも変わってます。高校も中退してます。だから写真は小中学校の卒業アルバムしかない。しかもその日に休んだのか、鮮度の悪い、明らかに別日に撮ったような写真。集合写真にもいない。一人だけ右上に小さく写ってる。写真って、コミュニケーションに比例すると思うんです。友人が多い人ほど写真も多い」

確かに、僕も自分の写真は少ない。

「もっといい写真があれば、聞き込みももっとできたと思います。携帯電話がないのも災いしてます。携帯電話やパソコンから大抵の犯人が絞られるのが現代の犯罪ですから。今はこういうタイプの捜査の対応が上手くいってない」

防犯カメラもだ、と思う。市高町は防犯カメラが商店街以外整備されていない。だから防犯カメラに頼る現代の捜査が機能しなかった。捜査は巨大化し、役割分担化され、刑事の勘のようなものも鈍《にぶ》り始めている。

「椎名めぐみを米村が殺したのだとしたら、もう証明のしようがないですよね」

小橋さんがそう言った時、突然気づく。僕は思わず車を路肩に寄せ停車させる。自分が気づいたことを、もう一度頭で整理していく。慎重に。

「どうしたんですか?」

「……わかった」

どうしてこれまで気がつかなかったのだろう。情報は全てそろっていたのに。一つ一つを結びつければ、もう糸口は見えていた。

「林原だ」

「え？」

「横川の恋人で、目撃証言を偽装した……、署に戻ろう。林原を訊問する」

「今からですか？」

再びアクセルを踏む。鼓動が少し高鳴っていた。

「何でこんな簡単なことがわからなかったんだろう。米村が犯人のはずがない。そして全部が繋がってるんだ。……まず米村について考えてみる。米村の部屋は綺麗に整頓され、パソコンの中のデータまで消されてたんだよね？　ということは、彼は死を意識してたことになる。初川の保険証を提示した何者かの来院の後だろうと思う。そこで問題になるのは、彼が自殺を考えていたのか、殺されることを意識していたのか。あの遺書の内容から考えてみる」

僕は続ける。

「もし彼が殺されることを意識していたのだとしたら、あの遺書は脅されて〝犯人〟に書かされたことになるよね？　罪を着せられる形で。でも考えてみると、それは物凄くおかしいんだ。なぜなら、あれほど太った男に罪を着せるには、目撃証言と食い違って不自然過ぎる。僕が犯人だったら、ああいう外見が特徴的な男に罪を着せようとはしない。それに、改めて考えてみれば、一件目の竹林は横川が殺害した別の事件なのだから、そんな別の事件の罪まで着せるわけがない。そうだろう？　〝コートの男〟事件に触発されて真田を殺してしまいました。これだけでいいはずだ。さらに、もし一連の事件が同一犯だったとしたら、その犯人は奈良で男を殺害してるわけだから、誰かに罪を着せるにはまだ早過ぎる。……だからあれは犯人が脅して書かせたんじゃない。米村が自らの意志で書いたとしか考えられない」

　車が市高署に着く。

「だからあれは本当に遺書だったんだよ。そしてあれが遺書なら、もし米村が椎名めぐみ殺害の犯人だったとしたら、そのことも書くだろう？　一件目、つまり竹林が横川に殺された別の事件の罪まで被ろうとしている人間が、自分の罪を告白しないのはおかしい。つまりあれが本当に遺書であるということは、それはそのまま、彼が椎名めぐみを殺していない可能性が大きいということになる」

「……確かにそうですよね」

「そこで問題になるのは、なぜ米村は一件目の事件まで被ろうとしたのか。そしてそもそも、なぜ彼は一件目の事件のことを詳しく知っていたのか。ここが謎だったんだけど、これがわかると全て見えてくる。米村が一件目の事件を見たとは考えられない。彼は犯行当時アリバイがある。あの死体の第一発見者は巡査だったから、すぐ規制テープとビニールシートが用意され、雨も降ってたから遺体も傷むし現場検証も急がれ朝になる前に終わってる。だから殺害の瞬間、もしくは殺害されてすぐの現場を見てない限り、すぐ回収されたビールの銘柄までわかるはずがない。だから僕は第一発見者は別にいて、それが米村に伝えたという推理を立てた。だってそれしか考えられないから。でも冷静に考えてみると、その何者かが偶然その現場を見たなんてことがあるはずないじゃないか。市高町の住民の中で、よりによって米村に関わりのある、つまり一連の事件に関わりのある人物が、偶然その現場の瞬間を見ていたなんてことが現実にあるはずがない。ではなぜ現場を見ることができたか。しかも横川が周囲に誰もいなかったと供述していたように、なぜ横川に気づかれず見ることができたのか。それはその目撃者が、隠れながら、つまり竹林をずっと見張っていた可能性があるということだよ。そうでなければ、深夜にタイミングよくあの現場に遭遇できるはずがない。ではなぜそんなことをしていたのか。その何者かは竹林に恨みがあり、彼に何かしようとしていたんじゃないだろうか。そんな時、竹林が別の人間に、つまり横川に殺された。その何者かは驚いたろうけど、竹林は強請りを生業《なりわい》にしていた男だから、恨みを抱いている人間はかなり多い。横川に殺されなくても、いずれ誰かに殺されてたかもしれないような男だよ。そして事件からちょうど数日後、米村のところに他人の保険証を提示した不審な人物が来ている。その〝人物〟の登場の仕方をもう一度考えてみると、米村と好意的な間柄ではないはずだ。好意的な間なら電話でもして会えばいい。ということは、その人物は米村にも何かしようとして近づいてきたことになる。受付では自分の存在を隠してるわけだから。米村はその人物の登場にうろたえていたと受付の女性は証言している。つまりそれは何かしらの過去からの使者だったことは間違いない。その間柄がどういうものだったかまではわからない。そこでどういうやり取りがされたのかも。でもタイミング的に、米村はその人物から一件目の事件を聞いた可能性が高い。竹林の事件は自分でないとその人物は言う。

でも米村は信じなかった。その人物がやったと思い込んだ。……ではなぜ米村がそう勘違いしたのか。横川の方じゃない、竹林が自分達と関係のある人物だったからだよ。そして一件目のビールの件が知られているには、その人物が見張ってた可能性が高いのはさっき言ったね？　ではなぜその人物は竹林を狙ってたのか」

「写真ですね」

「そう。竹林が、様々な人間を強請っていたデジカメ。だからもしその人物が一連の事件全てと繋がっているのだとしたら、そこに椎名めぐみが写ってるんじゃないだろうか。林原はそのデジカメを竹林の部屋から持ち出している。処分したと言ってるけど、彼が更生したのは逮捕された後。それまでは横川に歪んだ愛情を向けていた。そんな彼が本当に、横川が他の男に性サービスする写真、そんな『貴重』な写真を処分するか？　彼の自宅から出なかったけど、メモリースティックにでも入れて隠してた可能性がある」

林原は市高署にまだ勾留されていた。僕達が写真データの存在を聞くと初めは知らないと言ったが、別の事件の解決のためと伝えると白状した。

愛情や憎しみから、当時はどうしても捨てられなかったと。でも警察に言えば彼女の姿が他人に見られるから嫌だったとも。ＵＳＢメモリにデータを入れ、フェイクの観葉植物の鉢の底に隠してあるという。

もう夜中だったが林原のアパートに行き、そのＵＳＢメモリを見つけた。持参した小橋さんのＰＣで中を確認する。大勢の女性達の写真の中に、椎名めぐみがいた。

中学の卒業アルバムから推測し、成長した姿としてほぼ間違いないと思われる女性。性行為などの写真ではなく、中年の男性とラブホテルに入っていく写真。相手は西原誠一だった。事件から八年前まで、彼女と愛人関係にあった男。妻子のあった西原は、竹林に強請られていた可能性が大きい。

「やりましたね……。これで全て繋がりました」

小橋さんが嬉しそうに言う。でも僕は別のことが気になっていた。

はっきり写った椎名めぐみの写真には、目の下に小さなホクロがあった。

真田の元交際相手、科原さゆりと同じ位置。

霧

もう一度椎名めぐみの写真を見る。でも明らかに科原さゆりとは別人だった。雰囲気は似ているようにも思うが、骨格が全く違い、整形手術でどうにかなるレベルの変化ではないように感じた。目の下にホクロがあるのは珍しいことではない。いや、しかし——。

翌日、デスク達にこのことを伝え、写真も提出した。椎名めぐみの成長した後の明確な写真。聞き込み捜査は進展するはずだった。犯人はまた誰かを殺害する恐れもあり、各関係者の保護が必要だとも伝えたが、デスク達の反応はなかった。

未だに木坂町の捜査本部との合体の話はない。情報共有のレベルに留まっている。それどころか、こちらの捜査本部の規模が縮小され始めている。

突然会議室で〈理事官〉に呼び止められる。それぞれの班をまとめる〈管理官〉のすぐ上で、全ての班を指揮する〈捜査一課長〉のすぐ下の役職。

――いやぁ。よくやった。大活躍してるね。

笑顔で〈理事官〉が僕と小橋さんに言う。椎名めぐみの写真の件だった。

「ありがとうございます」

――うん。うん。これで捜査は進展するよ。

「あの」

思い切って言う。チャンスだった。〈管理官〉より上の人間と話せる機会など殆どない。

「木坂町の捜査本部との合体はまだでしょうか」

――うん。うん。本当にお手柄だよ。一課長も喜んでいてね。

「あの、木坂町との」

――竹林が椎名めぐみ達を強請っていた。こんな偶然でまさか写真が手に入るなんてな。

「偶然……?　あの、木坂町との」

――……今は俺がしゃべってるんだよ。

〈理事官〉が笑顔のまま言う。僕の目を真っ直ぐ見て。加湿器のスチームが気になり始める。顔がぼやけていく。高そうなスーツの輪郭さえも。

——うん、よくやってくれたよ。今後も米村の身辺調査を頼むよ。

「……米村の？」

——自分の仕事を全うする。全体の指示というものがある。

〈理事官〉が笑顔で去っていく。呼び止めようとし、後ろから刑事に肩をつかまれる。

「わからないのか？　大人しくしてろと言われてるんだよ」

僕の肩をつかんだ刑事が言う。確かこの男は〈理事官〉の運転手だった。他人にふれられる違和感が肩に広がる。その刑事の顔もぼやけていく。

「お前達のは『推理』だ。でも我々が探してるのは証拠なんだよ。裁判に耐えられる証拠。検察を納得させられる証拠」

「……私は」

「木坂町の捜査本部にもこれまで捜査を続けていた意地がある。これほど巨大な捜査本部の様々な刑事達、その膨大な数が動いているこの捜査を、お前達の『推理』でその全体の方向を変えるとでも？　うぬぼれるな」

その刑事の背後までぼやけていくように思えた。会議室の無機質な机や、窓や壁までも。

「警察は全体で一つなんだよ。個人プレーはいらない」

気がつくとその刑事の姿もなくなっていた。軽い耳鳴りがする。さっきまでつかまれていた肩に、まだあの男の五本の指が乗っているように感じた。耳鳴りが遠ざかっていく。小橋さんを探そうとした時、彼女は僕の真横にいた。

「……何だ、今の」

僕は呟くように言う。小橋さんが力なく口を開く。

「多分、木坂町の、椎名めぐみ殺害事件の捜査本部は、奈良での事件の犯人に今注目してるんです。自動車が乗り上げた状態で、椎名めぐみを一度轢《ひ》いたことのある男が殺されていたあの事件。それを、奈良県警から横取りする流れで、警視庁の自分達で逮捕したいと画策しています。よくある話です。膨大な防犯カメラを今調べてるはずです」

小橋さんが続ける。

「そこで犯人を逮捕する。あとは自白させる。推理よりも自白。全てが同一犯となった時、そこで現れる結果はこうなるんです。とてもシンプルな結果。木坂町の捜査本部が、奈良の事件も市高町の事件の犯人も逮捕した。あっちの管理官の手柄です。一課長と同じ派閥にいる管理官の」

「上で今何かの争いがあると言ってたよね」

「……はい。よくあることです。この事件が終わったら、大幅な人事異動があると噂されてます」

意識をはっきりさせなければならない。組織の都合などより、自分のやるべきことを。犯人には確実に近づいてるはずだから。

廊下を出たところで、突然また肩をつかまれていた。さっきの男と同じようなやり方で。目の前に別の刑事がいる。確かこの男は〈管理官〉の側にいつもいる刑事だった。僕達を別の部屋に連れていく。半ば強制的に。

「……さっき理事官に何言われた?」

「……言う必要が？」

僕は思わずそう言う。小橋さんが遮り、代わりに口を開く。

「……写真の件を褒められて、遠回しにですが、大人しくしてろと言われました」

「うん。でも気にしなくていい」

刑事が言う。彼の唇や歯だけがぼんやり見える。

「責任はこちらで取る。好きなように動け」

僕は何も考えることができない。刑事はすぐ部屋を出ていく。小橋さんが息を吐く。

「責任はこちらで取るって言われても、管理官より理事官の方が役職は上です」

「つまりは……」

「こっちの管理官も、このまま引き下がるわけにいかないということです。こっちはこっちで、木坂町の、つまり椎名めぐみの犯人を捕まえようと。でも一課長からは大人しくしてろと言われてる。だから私達みたいなのを」

「……何だそれ」

「ええ、何か問題が起こった時、でも彼らは責任取らないですよ。だから部下に言わせてるんです」

外に出る。慣れ親しんでいたはずの市高署の建物も、彼らが乗り込んできてから霞んで見える。顔も虚ろな彼らが重なり合い、巨大な霧のように。

「今は管理官側につくのが一番いいです。だって結果的に私達は自由に動ける」

「きみはそれでいいの？」

僕は小橋さんにそう聞く。彼女は僕と違い捜査一課で、争いに敗れそうな〈管理官〉につくより、このまま大人しくして〈理事官〉達に気に入られた方がいい。でも小橋さんが力なく笑う。

「色んな人がいて、もうわけがわからないから。そうしないと私が私でなくなる」


ラウンジを通り過ぎ、エレベーターに乗る。白い制服のボーイ達が僕達を笑顔で、でもどことなく不審そうに静かに見送る。ホテルの二十一階。椎名めぐみを愛人にしていた、西原が住んでいるホテル。

深い絨毯の廊下が僕達の靴音を飲み込んでいく。沈黙した高価なドア達が孤独に並び立っているように見える。キーがなければ入れない特別なフロアではないが、どの階でも十分高いだろう。

出迎えた西原はグレーのスーツにシャツ、ネクタイは外していた。ワインのグラスがテーブルにある。

「座ってください……。最近は、ここに住んでるんです」

西原が低い声で言う。落ち着いた切れ長の目。年齢のわりに若く見えるが、表情に力がない。少し酔ってるのかもしれない。

「一応……、手帳を見せてください」

僕達は手帳を見せ身分を名乗る。何気なく小橋さんの手帳を見ると、なぜか目を見開き口を開け、何かに驚いたような表情で写っていた。せっかくの警察手帳なのに、失敗したのだろう。西原がソファに深く座る。そのまま沈んでいくくらい深く。

「椎名めぐみさんと関係がありましたね」

「ええ。……でもそのことはもう警察に」

「……竹林結城という男をご存じですね？」

西原が僕の顔を見る。鋭さと弱々しさが混ざり合う、不思議な表情だった。腕を伸ばしワインのグラスを取り、口をつける。

「調べればわかることです。仰ってください」

「さっき」西原が気だるく言う。

「あなたが名乗った時、それを言われるんだろうと思ってました。市高署。あの事件が起ったのは市高町だから」

「知っていますね？」

「強請られていました。合計で四百万を払っています」

「それで終わりになりましたか」

「いえ」西原はもう一口ワインを飲む。

「きりがないと思いました。それで……、このことは犯罪になるのでしょうか。ある人物に、頼みました。名前は言えませんし、あなた達の事件には関係ない人物です。その人間に彼に接触してもらい、写真は消去させたはずでした」

「暴力団に？」

「言えませんし、言う必要もありません。私はそういった団体のことはよく知らない。ただそういった方々と繋がりのある知り合いがいまして、頼んでもらったのです。……だからもう竹林との関係は終わっている。彼は女性に殺されたそうですね。相変わらず強請りを続けていた。……教えてくれませんか。今捜査はどうなってるんです？」

「教えることはできません。ただ一つだけ言えることは、恐らく全てが繋がってるということです」

西原がまた僕の顔を見る。微かだが、笑みを浮かべているようにも見える。西原が口を開く。

「どうやら優秀なかたのようだ」

「そんなことはありません」

「関係ないことを言ってもいいですか？」

「ええ」

「……あなたはまだ若そうだから。これから、なるべく人生を間違えないように」

僕は思わず笑みを浮かべた。

「大丈夫です。もう何度か間違えてます」

「そうですか」

西原が微かに笑う。細く長い指でグラスをつかみ、ワインを一口飲む。僕達にも勧めたが、勤務中を理由に断った。

「でも竹林を殺害したのはあの女性でしょう？　めぐみと関係があるのですか」

「あると私達は考えています」

「あなたがそう思っているだけだ。なぜならめぐみの事件は木坂署の捜査本部がやっているはず。これはあなた達の個人プレイですね」

思わず僕はうなずく。小橋さんはじっと西原を見ている。

「めぐみさんとの出会いはいつですか」

「あるスナックで会いました。そこで……、すみません、いいですか？」

西原が煙草に火をつける。

「そこで……、別の店で、二人で飲み直すことにしたのです。アフターというやつですね」

そこで西原はしばらく黙った。僕の顔をまた見て、小橋さんにも視線を向ける。沈黙を埋めようと僕が何か言おうとした時、西原が突然言葉を発した。

「そのままホテルに行き、彼女を抱きました。そこで、僕の携帯電話に、恐ろしい電話がかかってきたのです。そこのスナックのママからね」

西原が短く息を吸う。

「その女はあなたの娘だと」

部屋が沈黙に覆われる。僕達が座る椅子や西原のソファ、テーブルや壁などが、全て息をひそめ僕達の話を聞いているかのように。

「そこのママは、椎名啓子。つまりめぐみの母親で、めぐみはその店で働いていた。……僕と啓子はかなり昔付き合っていたのです。彼女が36、僕が24という一回り離れた関係でした。彼女に子供が出来たと聞かされた時、僕は彼女から逃げた。堕ろしてくれと言う勇気がなくて、僕は彼女にただ冷たく当たり続け……、彼女はやがて堕ろすと言ったのです。まだ若く、そして愚かだった私は解放されたように思った。僕達は別れ、その後啓子のことなど知らずに生きていた。でも偶然会うことになったのです。僕が49、彼女が61の時。人生とは恐ろしいものです。でも彼女は僕を笑って迎えた。もう過ぎたことだと。そしてよかったら私の店に来ないかと。……行かなければよかったのです。そこで隣に座ったのがめぐみでした。啓子が、僕の隣に座らせた。……めぐみは無口だった。店での名前しか名乗らず、自分はママの娘とも言わなかった。僕がめぐみを店外に連れて行く時、啓子の奇妙な笑みが不自然ではあった。……恐らく啓子は、めぐみに僕に抱かれろとは言ってなかったはずです。名前を名乗るなとも、自分がママの娘であることを黙っていろとも言ってなかったはずです。啓子は僕達を成り行きに任せていたのです。いや、彼女は確信していた。こうなることを。……なぜかはわかりませんが、彼女は昔から、成り行きに任せながら、でもその結果を確信しているような、そういうところがありました」

西原が煙草の火を静かに消す。

「……電話で啓子は言いました。安心していればいいって。このことは誰にも言わないと。めぐみにも言わないと。だから黙っていればいいと。……眩暈がしました。隣には裸のめぐみが、自分が堕胎させようとし、でも啓子が残し私が抱いてしまった実の娘の身体があるのです。彼女は僕に復讐をしたということになる。自分の娘を犠牲にして。……目を覚ました彼女が、少し部屋が寒かったからでしょう、私の身体にもう一度寄りそってきた。私の身体に悪寒が走った。その艶めかしい、でも自分の娘でもあるその女に再びふれられたことで。僕が彼女に惹かれたのが、自分にどことなく似ていたからということにその時気づいた……、そこでさらに恐ろしいことが起こる。私はもう一度彼女を抱いたのです」

部屋の全てがさらに沈黙していくようだった。

「私は自分の娘であるめぐみに何度もキスをし、その身体を求め続けました。あれほど、誰かを好きになったことは、何かを求めたことはなかった。これ以上の背徳はない。私はそれまで、何かの背徳に憧れたことなどなかった。なのに人生の空間の裂け目に落ちたように、背徳の性を貪《むさぼ》り続けた。三度目に会った時、彼女は自分の本名や、自分の母が店のママであることを私に言ったが、そんなことはもうすでに私は知っていた。彼女が個人的にキリストの神を信じていたことも私を焚きつけた。キリスト教は、いや、全ての代表的な宗教は近親相姦《そうかん》を禁じている。私の背徳はさらに濃く、なぜか赤く染まっていくように思った。啓子が言うのです。あなたは自分のことしか好きでないから、自分の血の入った人間しか本当に愛することができないのだと。……なぜ全ての宗教が近親相姦を禁じているか。それは人間が太古からそう陥りがちだったからです。人間がそのような存在でなければ、わざわざ厳しく戒律をつくる必要もない。恋愛において、どことなく自分の母や父の面影を追うのは普通です。めぐみも私を愛した。これほど惹かれた男はいないと言った。もちろん私が自分の父であるとわかればめぐみもそんなことは言わない。嫌悪と嘔吐の中で拒絶するでしょう。でも彼女は知らなかった。……啓子は私だけでなく、娘のことも憎んでいた。恐ろしい女だった。でももう私も彼女のことは言えない。自分の運命が啓子に握られてることは恐怖だった。何度か啓子を殺害する夢を見た。……啓子は身の危険を察したのかもしれません。めぐみにばらしてしまった。言ってしまえば、もう口封じはされないと思ったのかもしれない。いや、それも私と娘への憎しみのスパイスだったのかもしれない。めぐみは私に妻子がいたことも知らなかった。それを知らされるだけで相当な衝撃だったはずですが、さらにもう一つ、父だったことまで知らされたわけです。……それから彼女とは会っていない。会えるわけがない」

西原が僕達を見る。ぼんやりと。

「私は今酔っている。……だからあえて言いますが、でも、あのめぐみとの日々が、私の人生の中で最も素晴らしいものだったのですよ。……あの日々に比べたら、全ては色褪せて見える。自分でつくって成功した会社も、今の家族も、このワインの味も、明日目が覚めた時に見る風景も全て」

「……なぜ今になって急にそのことを言うのですか」

黙っていた小橋さんが静かに言う。

「今の話は、木坂署の捜査本部の資料にない。あなたがずっと隠していた事実です。なぜそれを今になって……。あなたは、……今の人生を放り出す気では」

西原が小橋さんの顔をまじまじと見る。

「賢い女性だ。その通りです。私は人生を放り出そうとしている。でも安心してください。会社の従業員を、家族を見捨てることはありません」

「自分の意志では、ですよね？　あなたは誰かに殺されようとしている。あなたは……」

小橋さんが続けて言う。

「犯人を知ってますね?」

沈黙が続く。僕も小橋さんも、途中からメモを取ることを忘れている。壁にかけられた四角い時計の秒針が、少しずつ動いていく。

「知らないです」

「嘘です」

「仮に知っていたとしても」

西原が微笑みながら言う。

「言うことはできない。あまり私を追いつめると……。明日、ニュースであなた達は私を見ることになるかもしれない。ここから飛び降りた私を」

「あなたからは」

僕は口を開く。

「椎名めぐみさんを殺害した犯人についての、その怒りが感じられない。なぜです」

「ああ、鋭いですね」

「椎名めぐみさんは生きているのですか」

西原が僕達を見る。

「……面白いことを言う」

笑おうとして顔を歪め、上手くいかず、改めて笑みを浮かべた。

「もしめぐみが生きていて彼女に殺されるなら、私の最後に相応《ふさわ》しい。そう思いませんか」

「ごまかさず、仰ってください。僕達はこの事件を止めなければならない」

「……ある意味止めなければならない。でもある意味では」西原が独り言のように言う。

「止めない方がいい」


デスクの刑事達に、全てを伝える。

犯人はまた誰かを殺害するかもしれないと。殺害されるのが、この事件の一連の関係者の誰かになる可能性が高いと。事件の関係者達に、警察の保護が一刻も早く必要だった。

デスク達は、何か聞き取れない言葉を僕と小橋さんに言い、報告は終わった。定例の会議も終わった後、〈管理官〉に呼び止められた。脇に〈理事官〉がいる。それぞれ一課の捜査員達も、僕達を取り巻いて見ている。

――個人的な行動はよせ。

静かな声で〈管理官〉が言う。〈理事官〉が見ている。自由に動けと言ったのはその〈管理官〉のはずだった。いや、今目の前にいるのが〈理事官〉で、見ているのが〈管理官〉なのかもしれない。〈捜査一課長〉なのかもしれない。窓から入る日の光が、辺りに反射して白く膨らんでいく。

――捜査は、指揮系統に従ってもらう。以後勝手な行動を起こした場合……。

視界に薄い線が入るようで、目がかすんでくる。

――我々も何らかの処分を君達にしなければならなくなる。

僕は視線を〈管理官〉の顔に合わせようとする。僕達に密かに指令を与え、それを恐らく〈理事官〉に気づかれ、自分は知らなかったという風に装い、その〈理事官〉の前でわざわざ僕達に注意を与える〈管理官〉に。弾力のある、何か透明な壁が目の前にそびえ立つように思う。小橋さんももう、言い返す力を失っている。僕達はただその場に立っていることしかできない。

——お前達の仕事は真田と米村の身辺調査を続けることだ。

「私達は」

僕はようやくそう言う。だが、それを〈管理官〉に言えばいいのか〈理事官〉に言えばいいのか〈捜査一課長〉に言えばいいのかわからなくなる。僕は相手のわからない誰かに対して言う。

「彼らを保護しなければなりません。保護して、監視しなければなりません。そうすれば、おのずと犯人も」

「それはお前の意見だろう？」

誰かがそう言う。頭痛がする。

「自分の役割をやれ。目立とうとするな」

その誰かが、僕に近づき耳元で言う。

「……お前は〝あの時の子供〟だろう？」

僕は振り向く。相手の顔が見えない。鼓動が痛いほど速くなる——。

「本当に事件性はなかったのか？　……大人しくしてろ」

気がつくと会議室には誰もいなくなっていた。

人間の不在を示す空席の椅子が膨大に並ぶ。椅子は厳粛に、それぞれ孤立しながら集団として、不在を主張しているように見える。小橋さんもいない、と思った時、彼女が少し離れた椅子に一人だけ座っているのが見えた。彼女もうなだれている。

「……さっき聞いたんですけど」

小橋さんが小さく言う。

「間島俊が、姿を消したそうです」

間島は、椎名めぐみと一度セックスをしようとし、途中で泣かれた男の一人だった。チックのため、瞬きの多かった男。

「木坂町の捜査本部が、その行方を追ってるそうです」

「殺された可能性が高い。そうやって、次々殺されてくの待ってるみたいだ」

「……木坂町の捜査本部も、米村の筆跡の件があって以来、関係者に尾行をつけ始めていたそうです。でも人数が足りず見失って」

「……うちの雪原も一度見失いそうになったし、尾行には最低三人欲しいからね」

「ただ、その情報も詳細はなくて、私達の捜査本部は蚊帳の外に置かれてるのが現状みたいです」

市高町の捜査本部の刑事達が、ただ職務を続けるためだけに、動いている姿が脳裏をよぎる。何も情報が期待できない場所に行き、何も情報が期待できない相手に会い、何も情報が期待できない話を聞く。疲労の中で。泥濘のような靄の中で。

一課の連中は、僕の過去を知っている。いや、あれは幻聴だろうか。

「……やれることをやろう。こっちの範囲内で。……科原さゆりの卒業アルバムを見たい」

「いくら恋だとしても、それってもうストーカーですよ」

「違うから。彼女には目の下にホクロがあるんだ。椎名めぐみと全く同じ位置に」

科原が卒業した学校に当たり、保管されていた卒業アルバムを見る。高校の卒業アルバム。

髪が今より長く、憂鬱な顔の科原が写っている。

その写真にはホクロがなかった。

過去

「……え？」

小橋さんが驚く。

「本当に、今の科原さゆりにはホクロがあるんですか？」

仮に、椎名めぐみが生きているとして、科原さゆりに成りきっていると仮定する。でも現在の科原は、この高校の卒業アルバムの彼女そのものだった。ただ少し年を取り、化粧をしただけだった。

椎名めぐみとは、全く別の顔。整形手術で似た顔にするといっても、これほど顔の輪郭、つまり骨格が異なる人間同士を似せるのは現代の形成医療では不可能のはず。万が一可能だったとしても、なぜホクロだけ残したのか、意味がわからない。それに現在の科原が科原そのものだったとしても、なぜなかったホクロがあるのかわからない。

「椎名めぐみは二人いた、という可能性は?」

小橋さんが言う。僕は意味がわからない。

「どういうこと?」

「わかりません。わかりませんけど、えっと、椎名めぐみは高校を中退してるから、高校生の時の写真はありません。いや、えっと……、では、竹林が強請りに使っていた写真は誰ですか?」

僕は混乱していく。

「科原さゆりにあたりましょう」

「いや。……見張ろう。聞いても正直に言いそうにない」

※

頬にアスファルトのざらつきを感じる。

僕は血を流し倒れていて、逆さになった僕の視界に、誰かが近づいてくる。僕は自分のこの惨めな姿を誰にも見られたくないと思っている。でも動くことができない。誰かが近づいてくる。誰かが恐る恐る僕に近づいてくる。

僕だった。あの時の僕が、僕に近づいてくる。僕は恐怖に囚われる。その先の映像を見たくない。僕が笑みを浮かべる。心底安堵した笑み。これから続く、醜い人生にしがみつく笑み。声が頭に響き続け、僕は起き上がる。目の前に小橋さんがいて、僕に何かを言っている。ここはどこだろうと僕は思っている。ここが科原のマンションを見張るために借りた部屋であるとわかっているのに、僕はここはどこだろうと思い続けている。

「大丈夫ですか」

小橋さんが僕にペットボトルの水を渡す。暗がりの部屋。眠るつもりはなかった。

「……何か、言ってた?」僕は恐る恐る聞く。だが小橋さんは答えない。

「そうか。……一課の連中から聞いたんだね。やっぱりあいつらには知られてたんだ」

僕は起き上がり、小橋さんから水を受け取って飲む。鼓動が治まっていく。

カーテンの隙間から、微かな外灯の明かりが漏れている。蜘蛛が捨てていった古い蜘蛛の巣に、小さな羽虫が捕えられている。

「彼らが言ってることは本当だよ。僕は二十数年前、市高町で起こった大きな火災で燃えた家に住んでた」

気がつくと、そう話していた。自分でもなぜかわからないまま。

「少年が少年を利用して自宅を燃やした。……そういう噂はずっとあった」

その蜘蛛の巣は、漏れた光に照らされいつまでも揺れ続けた。

「だってそうだよ。都合が良すぎたんだから。自分はその日わざと出かけ、その間に別の少年が火をつける……。火災現場付近で不審な少年の姿が目撃されていた。その後まもなく虐待で死んだ子供の死体が発見されて、その子供の遺体の顔が目撃証言で上がっていた少年の顔と一致した。焼け出された父が僕に言った。僕の目を怯えたように見て。『あの火事は本当はお前がやったんだな?』。

……父は恐らく、ずっと僕に怯えていたんだよ。父親として最悪だった自分に、いつかこいつが復讐するかもしれないって。ずっと目つきの悪かったこいつが。……ある人がこんなことを言った。虐待でもうすぐ死ぬかもしれないような子供を利用すれば、証拠が消えて犯人には都合がいいと。あの出かけていた少年はこの世界で最も気の毒で同情すべき存在を利用して悪を成したんじゃないかって。……小学生だった僕はそういう噂の中で、隣町の児童養護施設に預けられることになった」

「……でも、中島さんは事件とは関係なかったんでしょう？」

「いや」僕は言う。もう恐らく、自分が全てを言ってしまうと思いながら。

「僕が犯人だった」

遠くでサイレンの音がする。何かを捕まえるためのサイレン。誰かが誰かをまた捕まえに行くサイレン。

「初めにその少年を見た時……、なぜか、とても気の毒に思ったんだ。普段そんなことは思わないんだけどね。クラスの隅にいて、放課後、虫を執拗に見つけて殺したりする少年だった。僕は近づいていって、声をかけた。そういう彼に声をかけると自分もクラスから外れてしまうから、周りにはバレないように近づいたんだけど……、本当にそういう理由で周りにバレないようにしたのかはわからない。でも、彼が僕を慕うようになってから、僕は彼に対する優しさとかが、急になくなったんだ。彼を自分のコントロール下に置いたらすぐに。自分でも不思議だったよ。僕は彼に、自分の暗部を話し続けた。僕はニュースでよくあるような猟奇事件を熱心に見る子供だった。今日はあんな事件があった、これからはこういう事件があるかもしれないと、その少年に語り続けた。僕に何かの目論見があったかどうか。それは僕にもわからなかった。ただ、彼にそういう話をする時、僕は彼をまるで何かに急かすようだった。……自分の家庭の事情も隈《くま》なく話した。やや大げさにね。あいつらが死ねばいいと、何度も少年に言ったよ。少年はそれを熱心に聞いていた。その少年の熱心な顔を見ている時、僕はなぜか高揚していくようだった」

僕は深く息を吸う。続けるために、身体が深い呼吸を必要とした。

「僕は少年が虫を殺す時、少年を褒めた。君は勇気があるねと。そんなことができれば、何だってできると。僕は彼に自分の家を燃やして欲しかったんだろうか。はっきり、そう自覚したことはないんだ。……本当に。でも、僕は少年が虫を殺せば殺すほど、僕の境遇に同情してくれればくれるほど、僕達のやっていた火遊びに彼が夢中になってくれればくれるほど、……気持ちよくなっていた。僕は彼を自分のコントロール下に置いておくととても安心していた。父親に殴られたある日……、頭に血が上った。僕を助けてくれる人間は誰もいないと、その少年に言った。頭の中で、いや僕がいるじゃないかと彼が言ってくれるのを期待しながら。でもその期待が、彼の同情だけを期待したのか、それ以上のことを期待したのかは、僕にもわからない。ある日、僕は彼に、何度もキャンプに行くと言った。自分が帰ってくる時間も、何度も言った。でもその日は、キャンプの日じゃなかった。僕は間違えていたんだ。

キャンプは明後日の木曜日だった。でも僕はその木曜日を、明日だと思い込んだ。明日は、父の部屋に愛人が来る日だった。……その頃、僕は気がつくと胸がドキドキしたり、頭も重くて、身体が妙な状態だった。少年の部屋から帰った時、自分がライターを彼の部屋に落としていったことを思い出した。少年の部屋で僕のライターを見た時、あ、いつの間にか落としてた、と思ったんだ。でも、僕はそれを拾うことをしなかった。今拾わなくても、帰る時拾えばいいと思っていた。まだ拾わなくていいと、ずっと思っていて、そのまま帰っていた。なぜあんなことをしたのだろうとベッドで思った時、意識がぼやけていくみたいになって、胸がドキドキして、僕は考えられなくなって眠ってしまった。まるで自分を守るみたいに。目が覚めて、僕はずっと緊張していた。一瞬、今でも覚えているのだけど、彼が何かするかもしれない、と思った。確かに、僕はそう思った。でも、そんなはずはない、と思い直したんだ。僕は自分でも混乱したまま、キャンプの待ち合わせ場所に行った。誰もいない。普通なら、そこで間違えたことに気づくだろう？　でも、あの時僕は、皆が先に行ったと思い込んだ。そんなはずはないのに、僕はそう思い込んで一人でバスに乗った。キャンプ場に着いても誰もいない。僕はずっと胸が苦しくて、頭が重くて誰かに会いたいと思った。まるでそこで誰かに会えれば、全て夢にでもなるような気持ちで。僕は混乱したまま、帰ろうと思った。でも帰るのが酷く怖かったのをよく覚えてる。僕は帰るためにバス停に行こうとし、自分の財布がなくなってるのに気づいた。僕は慌てて戻る。どこか安堵しながら。財布は僕が座っていた土手にあった。僕はそれを拾った時、急に絶望したような気持ちになった。僕はまたバスに乗って帰った。だってもう帰るしかなかったから。何も忘れ物もしていなかったから。バスの中でなぜか急に眠くなった。揺れては起きて、起きるとまた不安になった。バスから煙が見えた。人の動きが、僕の家の方へ向かっていた。バス停に着いて、僕は急いで家に走った。……少年がライターを手にして僕を待っていた」

僕はまた一度大きく息を吸っていた。

「少年はそれから、僕に少年の家に火をつけろと迫るようになった。次は君の番だと。僕を助けてくれと。……僕は怖いと思った。人の家に火をつけるなんて怖いと。少年はそう言う僕を驚きの目で見た。あの時の彼の目は今でもよく覚えている。僕を見捨てるのかと彼は呟くように言った。君は最初から僕を利用していたんだと。あの時の僕は、ただ怯えていただけだ。火をつけたのがこの少年ともしバレて、原因が僕にあると皆に知られたらもう学校で生活できなくなると怯えていた。夜、預けられていた施設からこっそり抜けて、僕は少年に会いに行こうと思った。会って自分が何をしようとしてるのかはわからなかったけど、少年が僕のコントロールの外にいる状態で野放しになっているのが怖くて仕方なかったんだ。少年のマンションの前まで来た時、何かがアスファルトの上に落ちていた。汚れたTシャツを着た何か。酷く濡れていた何か……。少年だった。少年の両親が、彼をマンションのベランダから落としていた。彼が足を踏み外して死んだことにしようとしていたのか、虐待が一線を越したのかわからなかったけど……、あの時ね、いいかい？　僕の中にあった心配や怯えが、全て、すっとなくなったんだ。身体の中に、温かな何かが広がった。ずっと重かった頭が急に軽くなった。僕の顔には笑みが浮かんでいたんだ。目の前には、初めて見る人間の死体が、しかもその少年の死体があったのに。〝助かった〟。これが僕の脳裏に浮かんだ最初の言葉だった。信じられるかい？　でも本当にそうだったんだ。その時、僕は全部理解した。僕がずっと、彼にこういう役割を期待していたことを。僕を助け、消えてくれることを。身体がどんどん軽くなっていった。自分は自由だと思った。そして僕は足音を殺すみたいに醜い歩き方をして、その場を離れた。自分が関わったと思われたくなかったから。公園にまで戻った時……、僕は自分が泣いているのに気づいた。何で泣いてるのかわからないと思った時、僕は吐いた。何度も、何度も吐いた。自分という存在が、あまりにも醜いことにようやく気づいたのかもしれない。吐いている時、目の前に、さっき死体で見た少年がいた。いるはずがないのに、彼が目の前にいた。少年は僕に向かって、君を永遠に許さないと言った。……君がこれから幸福を感じようとした時、僕はいつでも現れると」

小橋さんが暗がりの部屋で僕をずっと見ている。僕は壁にもたれたまま、動くことができないでいた。

「……自分を悪く判断し過ぎでは」

「そう思いたいけどね。……でも、あの少年が言ったことは本当なんだ」

「子供は残酷なものです」

「確かにそうだよ。でも僕は、そういう子供時代の暴力性を、実際に現実にしてしまった。僕は彼に、もう用の済んだ彼に、ずっと消えて欲しいと思っていたんだ」

「昔、何かで読んだことがあります。外国で5歳の子供が、2歳の弟が母親の愛情を独占しているのを嫌だと思って、その弟がアレルギーだったピーナッツを食べさせて殺してしまったという話。5歳の子供に殺意があったかどうかわかりませんけど、弟を苦しませようと思ったと話したそうです。でもまだ未発達の精神において、それはどれくらいの罪なのでしょうか。私にはわかりません」

「それは気の毒な事例だよ。その子供が大人になった時、ずっと苦しむことになるかもしれない。……僕は卑怯だ。きみに自分の話をしても、きみは僕を否定しないと思った。だから話したんだよ。どうやら僕はどこまでも自分が可愛いらしい」

煙草を探し、また自分が禁煙していたのに気づく。でも今目の前に煙草があったら、自分は間違いなく吸うだろう。

「刑事の仕事を選んだのも、犯罪者の近くにいると安心するからなんだ。自分と似たような人間達の近くにいると安心できる。……逮捕する度に、自分を捕まえてるように思った。自分の代わりに、誰かを捕まえて罰を与えていくみたいに」

「……前に、中島さんが言ったことがあります。警察は、本当は未然に事件を防がなければいけないって。……この事件を追ってる時も、やめさせたい、という感じがします。人間が悪を持つのは仕方ない。だから、その人間が内面の悪を表に出してしまって、つまり何かの犯罪をしてしまって、その人間の人生をある意味規定してしまう前に、やめさせたい。そういう感覚があるのではないでしょうか。だから中島さんは多分……、自分を救おうとしてるんですよ。犯人を捕まえることで。犯人がこれ以上罪を重ねる前に、まるで犯人を途中からでも救うみたいに。……それは単純に犯人を憎むことより、悪というものと本当の意味で向き合ってる気がします」

「……情けない。慰められるために言ったみたいだ」

「いいえ、違います。前に少し言いかけましたけど、私……、織田宗孝《おだむねたか》の孫なんです」

「織田？　織田ってあの？」

「警視庁の捜査一課長で退職して、保護司になった人です」

小橋さんが暗がりの中で水を飲む。織田宗孝は保護司になった後、自分が相談に乗っていた元少年に殺害された元刑事だった。

「おじいちゃんは、……私達には、そんなに優しい人ではなかったんです」

微かに声が震えている。まだ言う覚悟のないことを、無理やり言うかのように。

「いつも仕事ばかりしていて、退職の後も保護司になって、刑期を終えた元少年の面倒を見ていました。……厳しい人だったけど、その根底には愛情がありました。周りが色んな警察関連の法人に天下りしてく中で、自分の楽しみや人生を犠牲にするみたいに、犯人に尽くしてたような人でした。……お金を貸して欲しいと元少年に言われて毅然と断って、しっかり働けと助言してその少年の働く先を探すため奔走している最中……、おばあちゃんと共にその元少年に刺されて亡くなってしまった。……私は当時12歳で、意味がわからなかった」

小橋さんが水を飲む。

「捕まった元少年は、かっとなってしまったと号泣していました。私には、ますます意味がわからなくなった。どうして、善意に溢れ、熱心に犯人と向き合った人が殺されなければならないんだろう？　12歳という年齢は、いいことをすればいいことがあって、悪いことをしたら悪いことが起こるという世界観の中にいるものだと思うんですけど、私もそうだった。だから、全然わからなかった。それから、学校に行けなくなったんです。……そんなに深刻な精神状態ではなかったはずなんですけど、クラスの子達が私の噂をしていて、それが嫌で、雨が降った時に何となく休んで、それから……。外に出るのが怖かったわけではないんです。買い物には行けた。でも何ていうか……、日常の中に入っていくのが怖かった。あんな理不尽なことが起こったのに、日常が続いていくことが。自分がこのことを忘れて、昔みたいに活発な子供に戻ることが。私がしっかり受け止めなければいけないとか、そんな高尚な気持ちではなかったんですけど……。中学も数日しか行けなくて、フリースクールのような所にたまに行く感じでした。高校に入学したんですけど、何ていうか、私のコミュニケーションの仕方や発言が変だってことになって、女子高というのもあっていじめられて……。ほら、男の子で、小さい頃にあまり外で遊べなかった子が、上手くボールを投げられなかったりすることあるじゃないですか。あんな感じで、上手く人と話せなくて。また行かなくなって……。でもその間、本を読んでました。勧善懲悪じゃない、正義が報われるとは限らない世界が、ちゃんとそこには書いてあった。無責任な綺麗事じゃないことが。そういう理不尽な場所で、でも人はどうやって生きていけばいいのかを、ずっと考えるようになりました。高認を受けて大学を受験して、そこからなんです。私が普通に日常で生活することができるようになったのは。大学は息苦しくなかった。私の発言が変なのも、面白がってくれる人がいて。……警察官になると決めたのは、結局祖父の影響です。あの出来事を、まだ自分でどう処理すればいいのかわからないですけど、日常を生きながら向き合おうと思ったというか」

小橋さんが笑う。

「捜査一課に配属された時は物凄く驚きましたけど、これも実力じゃなくて、結局祖父のことが大きいんです。祖父が元々一課長で、ああいう亡くなり方をして、それを継ぐ女性刑事というのを、警視庁のイメージアップに何かで使おうとした結果だと思います。……だから私は頑張らなければいけないいんです。妬む人がいるから」

「小橋さんはとても優秀だよ」

「……知ってます」

小橋さんはそう言って笑おうとしたが、目に涙が溜まっていた。もう一度水を飲む。

「時々怖くなる時があります。強くならなければいけないと思う時もあります。刑事なのにまだ死体も見たことなくて、そんなの怖くないってちゃかしたりしてみたんですけど、……米村のを見た時、吐いてしまって」

「それでいいんだよ。強さと鈍感さは違う」

「……中島さんはだから、うなされることを気にしなくていいんです」

彼女の持つペットボトルの水は、全てなくなっていた。

「大事だと思う人がいたら、その人の前で思い切りうなされてやればいいいんです。全部見せてしまえばいいいんですよ」

「事件」の終わり

科原さゆりを見張って五日が経ったが、目立った動きはなかった。

職場に行き、仕事が終わるとカフェでコーヒーを飲み、夕食の品をスーパーで買って帰宅する。明かりは12時頃で消え、6時30分にまたつく。孤独な生活だった。

「吉原さんから電話があったんですけど」

僕が車の中で目覚めた時、小橋さんが言う。いつの間にか十五分ほど眠っていた。科原の仕事先、その脇にある細い路地。

「失踪していた間島が、防犯カメラに映ってたそうです。……奈良で起こった事件の被害者のキャッシュカードが使われたのがわかって、そこのATMのカメラに。映ってたのはホームレスの男だったんですけど、外の防犯カメラに待っている間島が」

「金目的で、間島が奈良の事件を起こしたってこと？　何だよそれ。どういうことだよ」

「わかりません。あと、椎名啓子が入所する施設に、初老の男が見舞いに来たそうです。……特徴が、椎名めぐみの父だった西原と酷似」

鼓動が速くなる。

「……他には？」

「わかりません。この情報も、でも正式に市高町の捜査本部に入ってきたわけじゃないんです。奈良県警の捜査本部から、吉原さんが聞き出したことで。……木坂町の捜査本部と奈良の捜査本部は、今間島を追ってます」

「俺達は蚊帳の外？」

「そうみたいです。事件解決は時間の問題だって、木坂町の管理官は言ってるそうです。でも……」

「うん。何かおかしい。殺した相手のキャッシュカードを使うなんて無防備過ぎる。そんなあっけなく解決する事件か？　間島が全部やったとでも？　どうして？」

「もうわけがわからなくて……」

自分達ではもう感知できない場所で、虚ろな靄の向こうで様々なことが起ころうとしている。

「遠いですね」

小橋さんが静かに言う。

「事件が遠い」

雑居ビルから、科原さゆりが出てくる。僕は息を吐く。

「もうさ、こうなったら、無理やり聞き出そう。科原さゆりに。ホクロの件と、真田の携帯電話の件をもう一度。そこから何も出なかったら、もう一度西原をあたろう。奴に無理やり吐かせるしかない」

僕達は車を降り、科原が入った喫茶店に向かう。ドアを開け、科原の姿を見つけようとした時、不意に小橋さんに腕を引かれる。

「何？」

「いいから」

広い店内、隅の席に座る。見ると科原が男と会っている。

吉高亮介だった。椎名めぐみと一度セックスをした男の一人。

「……は？」

「どうしましょう？　どういうことでしょうか」

吉高と科原が会っている。接点のないはずの男女が。鼓動が乱れていく。

「嫌な予感がする」僕は言う。「様子を見るんじゃなくて、もうこの場を押さえよう。重要参考人で聴取する。強引だけど、そうしなければいけない気がする」

「はい」

「……黙って見てろ」

立ち上がろうとした時、前から歩いてきた男が不意に小声で言う。身体の大きな男。一瞬警察手帳を僕達に見せる。

「お前は？」

「捜査一課だよ。木坂町の捜査本部。大人しく見てろ」

「何で俺の顔を」

「有名だよ君達。俺達の現場荒らしてるから」

男は一瞬科原達に視線を向け、僕達のテーブルに座る。

「俺達は今吉高を見張ってる。間島が失踪したから、念のため関係者を全員見張ることにした。……邪魔するな」

「俺達は科原を見張ってる。市高町連続通り魔事件の被害者とされた真田の元恋人だよ。こっちの事件だ」

「……お前達の都合などどうでもいい」

目の前の刑事の顔がぼやけていく。

「今からうちの管理官に電話しようか。それで一課長に進言してもらう。お前達二人を停職にしてもいい。上の力関係は理解してるだろ？　いいから黙って見てろ」

「しかし」

「いいか。冷静に考えろ。お前達が今騒ぎ立てる。彼ら二人を重要参考人か何かでお前達の署に連れて行くとしよう。そうしたらどうなると思う？　俺達の場を荒らしたお前達は捜査から外され、彼らは釈放。お前達は結局何もできない」

声がぼやけていく。彼の背後の風景も全て。

「俺達はとにかく吉高を見張れと言われてる。無駄だろうが、そうやれと言われてる。俺は言われたことをとにかくしなければならない。万が一あいつが殺されても犯人がわかる」

「殺されるのを待つのか？　まさかエサにするのか？」

「……言い方だ。とにかく俺はお前達に静かにしていてもらいたいだけだ」

科原が席を立つ。吉高はまだ座ったままだった。科原がレジで会計しようとしている。

「小橋さん。科原を追って。なぜ吉高と会ったか聞き出して」

「わかりました」

「勝手なことはするな」

「科原は俺達の事件の関係者だ。俺達の自由だろ？」

科原が店を出ていく。小橋さんが追う。

「今から、吉高を訊問しよう」

僕は男に言う。

「現場を見られたことにあいつが動揺するなら、それを利用するんだよ。嫌な予感がする。逃げられないうちに早く」

僕は立ち上がる。刑事が押さえる。僕は刑事をじっと見る。

「離せ」

「……何を格好つけてる。所轄の刑事だろ?」

突然グラスの割れる音が聞こえる。振り返ると吉高が椅子から崩れ落ちている。

店内から悲鳴が上がる。僕は吉高の元に駆け寄る。口から血を吐いている。

「おい!」吉高の身体を揺する。「何飲んだ、おい」

吉高は僕の顔を不思議そうに見、やがて誰であるか気づいたかのように驚きの表情を浮かべ、そのまま動かなくなった。遅れて駆け寄ってきた刑事が電話で救急車を呼ぶ。僕は携帯電話を取り出す。

「小橋さん!」僕は電話に向かって叫ぶ。

「科原を捕まえてくれ。彼女だ。吉高が殺された。早く」

「どういうことですか?」

「説明は後。とにかく確保してくれ!」

「私は！」

小橋さんが叫ぶように言う。

「喫茶店のすぐ側にいます。木坂町の刑事に捕まって」

「は？」

僕は喫茶店を出る。小橋さんが三人の男に囲まれてる。僕は声を上げる。

「おい」

「お前らもういい！」

いつの間にか後ろに来ていたさっきの刑事が叫ぶ。

「今出ていった女を追え。吉高が殺された」

「は？」

「どうでもいいんだよ！」僕は叫ぶ。

「面子《メンツ》とかそんなのはどうでも。協力してくれ。さっきの女性を追う。方向は？」

「あっちです」

小橋さんが指さす。

「タクシーを拾って行きました！　緑の」

「急ごう」

僕と小橋さんは車に乗り込む。

「ナンバーは木坂５２０、う、12－73」

「さすが。緊急手配」

無線で捜査本部の面々に伝える。道路を封鎖し、全員でタクシーを追う。

「吉高が？」

「うん。死んだ。何かを飲まされていた。最悪だ。俺の目の前で」

気がつくとハンドルを叩いていた。

「では科原は……」

「多分椎名めぐみだよ。生きてたんだ」

「でも顔が」

「うん。わけがわからない。あんな見事に整形できるはずがない。でも捕まえればもう吐かせるだけだよ」

無線が入る。五百メートル先の交差点で、科原のタクシーを確保したという連絡。現場に向かう。科原が警官達に囲まれている。僕は近づく。

「科原さゆりさん……、いや、椎名めぐみさんと呼んだ方がいいのかもしれないですが……」

科原が僕をじっと見ている。

「署にご同行ください」

市高署の建物の四階。科原さゆりを取り調べる。だが科原は吉高が死んだことも、何も知らないという。長期戦になると覚悟した時、西原と椎名啓子が共に消えたという連絡が入った。

「科原さゆりのＤＮＡですが」

小橋さんが力なく言う。

「健在だった科原の両親のと比べて、親子であるのがほぼ間違いない結果が出ました」

市高署の会議室。市高署の刑事も、捜査一課の刑事もまばらに集まっている。

「……じゃあ」

「はい。彼女は椎名めぐみではありません。科原さゆりです」

「ではなんであんなことを？」

「……ずっと黙秘を続けてて……。あと、西原と椎名啓子の行方はわからないそうです。間島も依然逃走中です」

あと一日経てば、科原を正式に逮捕する予定だった。彼女が口を割れば、逃げている連中の関係性も見えてくるはずだった。だが、彼女が椎名めぐみではないということに、僕は違和感を感じざるをえなかった。

「……椎名めぐみの墓に行こうか」僕は言う。

「まさか、骨を？」

「場合によっては。取りあえず行かないか？」

国道を通り、狭い道を抜けると大きな霊園が見えた。日常から切り離されたような、静かな場所。緩く風が吹いている。

無数に並び続ける墓。当然のことながら、それらは全て死者の跡だった。僕達は近くで花を買い、車から降りた。

「……どの辺でしょう?」

「えっと、確かこの辺りに」

鼓動が速くなっていく。僕は意味がわからなくなる。

何かが焦げた跡がある。近づくと、そこは椎名めぐみの墓の前だった。

「……どういう?」

花を持ったまま、僕は動けないでいた。掃除をする老人が通りかかる。老人が口を開く。

「もうね、こんなとこで火事起こそうとする奴いてね……。怒鳴って追い返したんですよ」

「あの」僕はバッグを開く。捜査資料を出す。

「その、ここで何かを燃やしていた人物ですが……、この中にいますか?」

「ん?」

老人が資料を覗き込む。鼓動が速くなっていく。僕達は老人の顔をじっと見る。

「ああ」老人が写真の中の一つを指す。

「こいつだよ」

胸に痛みが走る。身体の何かが落下していくようだった。

「そんなはずが……」

第三部

これまでの加害者・被害者・重要参考人・関係者

竹林結城　一件目の被害者。
横川佐和子　二件目の被害者とされていたが、竹林を殺害。
真田浩二　三件目の被害者。スポーツクラブ経営。
高柳大助　四件目の加害者。被害者は軽傷。現在勾留中。
米村辻彦　五件目の被害者。精神科医。遺書に自分が〝コートの男〟であること、一件目と三件目について、犯人しか知り得ない情報を記す。
初川綱紀　重要参考人。真田の知人。現在フィリピン。
林原隆大　横川の知人。目撃証言を偽証。
石居・栗原　横川の知人。目撃証言を偽証。
科原さゆり　真田の元恋人。
椎名めぐみ　自宅で殺害される。
吉高亮介　椎名めぐみと知り合い、関係を持つ。
間島俊　椎名めぐみと知り合い、関係を持つ。
椎名啓子　椎名めぐみの母。
西原誠一　椎名めぐみの父で元愛人。
小竹原満　奈良県での被害者。車が乗り上げた状態で発見。

右の角

《椎名めぐみの墓の前で燃えた手記》

後戻りができないようにしよう。

これから、どのようなことがあっても、もう戻ることができないように。僕はこの手記を書くことで、僕の未来の幸福を封じることになるのかもしれない。元々、もう得ることのできないとわかっている幸福であっても。僕はこの手記で、僕の未来を呪う。

きみとの出会いを書く。きみがあのようになってしまった後で、これを書くのは苦しい。だけど僕はもう後戻りを自分に許すわけにいかない。僕がきみにしてしまったことを書くことで、僕は逃げ道をなくす。

僕が深夜、いつも散歩する道。そこにきみがいた。だからきみはもしかしたら、僕の人生に入り込んだことになるのかもしれない。アパートから出て坂を上ると、小高い丘に小さな教会がある。教会の屋根の上に立つ十字架。もちろん夜だから閉まってるし、辺りは暗い。でも外灯の光に照らされたその十字架を見るのが僕は好きだった。

あの光景を、どう書けばいいだろう。外灯の光にほのかに照らされた十字架、その下のベンチに、女性が座っていた。白いワンピースの女性。それはまるで、十字架に頭上から光を照らされているかのようで、守られているようで、僕は立ち止まってそのきみをぼんやり見ていた。きみも僕を真っ直ぐ見ていた。きみの方が先に僕を見ていたのかもしれない。僕はあの時、何か声をかけなければならないと思った。なぜだろうか。そうしなければ、取り返しのつかない何かを逃がしてしまうかのように。

「あの……」

確かあの時、僕は初めにそう言ったと思う。

「いや、僕はただ歩いていただけで、よくこれを見上げてたから」

僕はただ、自分が怪しい者でないと証明しようとしていた。でもきみはこちらを真っ直ぐ見るだけで、僕の言葉を聞いてなかった。きみを綺麗だと思ったのはその時だった。きみが少し痩せ過ぎてることに、あの時はまだ気づかなかった。

きみは何も答えず、やがて怯え始めた。僕はさらに言葉を続けなければならなかった。

「違う。ただ僕はよくここを歩いてるだけで、たまにそのベンチに座ってたから。人がいて驚いただけで」

「……ごめんなさい」

きみが僕に向けて初めに言ったのは、謝罪の言葉だった。

「いやそうじゃなくて。ごめん。あの、もう行くよ」

でもその場を離れなかった。離れられなかった。

「その、えっと」

僕は言葉が、この関係が途切れるのを恐れた。

「この時間は危ないよ。もっとあっちに、……駅の方へいったほうが」

深夜の二時。辺りに誰もいない。通り過ぎていく車さえも。

「駅の方まで、送るよ」

僕はそう言い、きみに近づいた。きみが逃げていったらどうしようと思いながら。だけどきみは逃げなかった。ただ僕を見ていた。

「……八人目」

きみが呟くように言う。

「……え？」

でもきみはもう言葉を繰り返さない。何かを言う代わり僕に近づいた。

二人でゆっくり歩く。駅に近づくにつれ、やがて車が通り、人の姿も見え始める。このまま駅に近づいたら。僕は思っていた。徐々に増えてくる人の中に、きみが紛れ消えてしまう。鼓動が高鳴っていた。もう僕はすでに、あの時きみを好きになっていたのかもしれない。

「家は、どこ？　送るなら家の方がいい？」

でもきみは答えない。ただ僕の歩く速度に合わせていた。

これはナンパなのだろうかと僕は考えていた。僕はそういうことをこれまでしたことがない。こんな風に、知らない女性に声をかけるなんてことは。鼓動が速くなっていた。僕は今、自分らしくないことをしている。でもそうせずにいられなかった。僕は緊張で一度唾を飲み、とても言えそうにないことを無理に言っていた。

「僕の家は、ここから近いんだけど。……何か、飲み物でも」

真っ直ぐ行かず、この右の角を曲がれば僕のアパートがある。僕はその角で歩く速度をさらに緩め、恐る恐る右に曲がろうとした。細い路地。この土地を知らなくても、その道が駅に続かないことくらいわかる。なぜかいつもより薄暗く感じた。でもきみは、僕と一緒にその角を曲がった。

その時初めて、きみが一体どういう女性かを考えた。深夜に一人教会のベンチに座っていた。男に声をかけられ、ついてくる。普通じゃない。でも僕は途中で考えるのをやめた。なぜか、自分が運命のような何かに入り込んでいるように思っていた。

勤めていた会社を辞め、失業保険をもらいながら一ヵ月が過ぎた頃だった。会社に勤めていたら、あんな時間に僕は外を歩いたりしない。人生のエア・ポケットの中で、きみに出会ったように思っていた。僕のアパートに着いてドアを開ける。恐る恐るきみを見る僕の前で、きみは躊躇なく部屋に入った。

「ごめん、……今片づけるよ」。言いながら、僕はどうすればいいかわからなかった。だからきみに本当に飲み物を出そうとし、でもコーヒーは夜だから眠れなくなってきみが迷惑するかもしれないとか、何だか色々なことを考えていた。僕はきみに紅茶を出した。でもきみは飲まなかった。

「今日は遅いから。……もう寝よう。そっちのベッド使っていいから」

電気を消し、絨毯の上できみに背を向け横になった。自分が何をしてるのかわからないまま。明日、きみがいなくなったらどうすればいいだろうと思いながら。ベッドで寝ているきみの姿を想像しようとした。女性を抱いたのはいつ以来だろう。きみを抱いていいのだろうか。いや、でも僕達は会ったばかりだ。そんなことはできない。ではなぜ自分は彼女を部屋に？

きみの姿を少し見るだけでも。一時間くらい経ち、僕は寝返りをうった。目を開けた時、僕はとても驚くことになった。きみが裸で立ち、僕を見下ろしていたから。きみがベッドから出て服を脱いだなら音がしたはず。だからこの光景はおかしい。でも僕は窓から漏れる微かな外灯の光に照らされたきみの美しさに、何も考えられなくなった。

「……ずっと我慢してたね。可哀想」

きみは、微笑んでそう言ったのだった。驚く僕を見ながら。

「……我慢しなくていいよ」

僕はきみを抱いた。

目が覚めた時、昨日のことが信じられなかった。まだきみが隣にいることも。自分の人生が、昨日までのものと違っているように感じた。

行為の最中、きみは時々不思議そうな表情をした。僕をそう見るのではなく、自分の何かを確認し、それを不思議に思うかのように。「八人目なのに」。終わった後、きみはまたそう不可解なことを言った。「八人目なのに、何でだろう」

目が覚めてからも、きみはぼんやりしていた。お腹が空き、きみも空いてるだろうと思った。何を食べたいか聞いても、何も言わない。僕はトーストをつくった。あれから、きみが何度も僕につくることを頼んだエッグ・トースト。スクランブル・エッグじゃなくて、卵焼きのように薄く焼く。キュウリじゃなくてレタス。卵焼きは少し甘めにして、その分マスタードをかけ微かな辛みを出す。

「美味しい」

きみはそう言ってくれた。

「家は、どこ？」

ようやくしゃべったきみにそう聞いたけど、またきみは黙ってしまった。

「あのさ、……よかったら、ここに住まない？　狭いけど」

きみは僕を驚いたように見た。それからまた黙ってしまったけど、そのきみの沈黙はでも、次に何かの言葉を予感させるものだった。

「……大丈夫。うん、……あなたはきっと私を捨てるから、そうなっても大丈夫」

「……は？」

「うん。今日もここにいていい？」

妙な言い方だったけど、あの時僕は、それを同意と受け取った。

「番号は？　携帯とか」

「ないの」

「……そう。うん、なくてもいいと思う」

「嫌なことは」

きみは小さく呟いた。

「いつも携帯電話からくるから」

僕はあの時、その言葉を深く考えなかった。

「なんか聞く順番が変だけど、……名前は？」

僕が言うと、でもきみは少し微笑んでくれた。

「椎名めぐみ」

「いい名前だね。僕は吉高亮介」

僕達はそれから僕の部屋で暮らした。僕は毎日のように彼女を求めた。僕ばかり求めているようで不安になったけど、やがてきみの方からも求めてくれるようになった。

よく二人で映画を観に行った。人が多い時間が好きでなかったから、観に行くのはいつもレイト・ショウだった。僕は観終わる度、まるで評論家のように語った。そんな僕のことを、よくきみは微笑んで眺めた。僕は自分が、映画を欠点を探すように観ていたことに初めて気がついた。きみは逆だった。きみはその映画のよい部分を積極的に観ようとしていた。

でも一度、何をどう読み取っても、いいところのない映画があった。きみは物凄く困った顔をした後、映画館のポップ・コーンの味を褒めた。

「映画も好きだけど、映画館にいることが好きなの」

きみはある時、そう言った。

「一切の物事から遮断されて、私達は映画を観る。まるでそうすることを、誰かから許されたみたいに」

僕は曖昧に頷いた。

「でも終わる時、いつも悲しくなる。終わらない映画はないから」

きみは〝COMPLEX〟と書かれたライターを持っていた。もう火がつかなくなったライター。

きみは昔、それでよく紙を燃やしていたと言った。

「願い事を書いて、燃やすの」

紙が、そこに書かれていた言葉が燃え、煙となって空へ昇る。きみは、そこに神がいると思っていた。

「子供の頃、そうすれば上にいる神様が私の願いを聞いてくれると思ってた。いつも聞いてくれなかったけど、いつかは聞いてもらえるとか、もしくは、聞いてはくれていて、叶えてくれないだけで、ちゃんと届いてるのかなって。……届いてる、と思えることが重要だったのかもしれない」

きみは小さい頃、母親が部屋に男を連れてくる度壁から聞こえてくる、母の声が嫌だった。その声が響く中、きみは頭の中で、以前テレビで見た映画のシーンを思い浮かべたり、実際にそのシーンを絵に描いたりした。でも薄い壁から聞こえる母の声は大きかった。子供の想像力と集中力では、その声を消すことはできない。

きみはやがて男が来る度部屋から出されるようになった。でも外にいても、なぜかその声は男が帰るまできみの耳元で響き続けた。きみはそれから、神に祈るようになった。

神の知識などないから子供が浮かべるシンプルなものだった。〝あの声が消えますように〟でも神はその願いを叶えようとしない。届いてないと思ったきみは、それを文字に書き、錆びたアパートの脇の小さな公園で燃やそうと思った。そうすれば言葉が空に届く。

黒地に〝COMPLEX〟と銀色に書かれたライター。母がどこかのバーでもらってきたものだと思ったが、もしかしたらそれは見たことのない父のものかもしれず、その〝COMPLEX〟の〝X〟の字が綺麗な銀の十字架に見えた。ライターのボタンを押すと、赤い綺麗な火が灯った。きみはその火を、願いを書いた紙に近づけた。火は紙に移り、紙が、文字が燃えていく。

小さな靴を履いてしゃがんでいる小さなきみの前で、その言葉は煙となって空へ昇った。きみはその煙がしっかり空まで昇るように見届けた。声は止まなかった。神は聞いてくれなかったと思ったが、もしかしたら、叶えてくれないだけで、聞いてはくれている、届いていると思うようになった。


きみは学校でいじめを受けるようになった。クラスメイトとしゃべろうとせず、絵ばかり描く子供がいじめられないのは難しい。以前は、担任だった体育教師が目を光らせ、親身に彼女を気遣ってたからいじめはなかった。だがその担任が辞めた後、新しく来た教師の下でいじめが再開した。

「その前の担任の先生は、高校生と関係を持っていたことが学校にばれて、辞めさせられたの。でも私には関係なかった。その先生がどんな恋愛をしてたかなんてどうでもいい。私を守ってくれて、いい先生だったたから。……新しく来た先生は、とても真面目だったけど、私のいじめをずっと巧妙に見て見ぬ振りをしていた。私さえ黙っていれば、まるで問題そのものがないみたいに。……ああいう人が、いい先生、になるの」

だからきみは、学校の帰りもよく公園に寄り、身体にはやや大きいランドセルを背負ったまま、紙に文字を書いて燃やした。〝じゃまされずに、絵をかけますように〟。〝この間やぶられてしまった絵が、もとに戻りますように〟。

でもいじめは止まなかった。

きみの話を聞きながら、僕は自分のことを思った。

父親がいなかったせいかわからないけど、小さい頃、僕は架空の存在をつくった。自分のことを、いつも見ている存在。何か悪いことをした後悪いことがあると、僕はよくその存在による罰だと思った。たとえば文房具屋で、三色ボールペンを落として壊してしまったのに、それを買わずそっと元に戻した時。僕は転んで、軽い捻挫をした。そんな些細なことも、僕はその存在によるものだと考えた。

母は、お酒に頼る人だった。台所で飲み始め、そのままテーブルに移り、ずっと飲み続ける。酔いが深くなると、母は僕に関心をなくしていくようだった。お酒とは何だろう、とあの頃よく考えた。人の本性が出る、とすれば、母は内心では、僕を邪魔に思ってることになる。でも人を悪い方へ変えてしまうものだとすると、悪いのは母ではなくお酒ということになる。後者であればいい、と僕は思っていた。母が勧めるクラブに、僕はよく酔って帰れなくなった母を迎えにいった。彼らが母にお酒を飲ませるからだ、と僕はよく思っていた。お金がなくて身体の細い母にお前らがこんなにもお酒を飲ませるからだと。

クラブ活動でバスケットボールを始めた時、練習すればするほど自分が上達するのも、僕はその架空の存在のお蔭ではないかと思うことがあった。この存在は僕を見てくれて、僕が頑張った分だけ、それを僕に返してくれる。試合でシュートを決めた時、僕はその存在も喜んでいるように思っていた。

小学校の卒業を控えた頃、母に恋人ができた。ただでさえ自分に関心の薄い母が、誰かに獲《と》られてしまう。そんな風に思っていた。僕は真剣に、一人で生きていく方法を考えた。コンビニエンスストアで、アルバイト雑誌を眺めたりした。でもそのどれもが十六歳以上と書かれている。四年足りない。

僕は母の恋人の死を願うようになった。今振り返れば、その恋人はそれほど嫌な奴じゃなかった。ただ、目つきの悪い子供を前にして、うろたえていただけだ。僕は、僕の態度にうろたえるその男がうっとうしくてならなかった。彼がうろたえる度、悪いのが自分の方であると思えたからだった。

ある日目が覚めると、ベッドが冷たかった。その冷たさで、目が覚めたのかもしれない。僕はおねしょをしていた。小学六年生は、もうおねしょなどしない。僕は恥の中で、冷たいベッドの中でいつまでも動けなかった。今思えば子供のストレス反応なのだけど、当時そんなことはわからなかった。自分は恥ずかしい存在なのだと思った。母は恋人と出かけていて、その日は帰ってこなかった。おしっこでもすれば、母が帰って来ると思っていたのだろうか？　僕にはよくわからなかった。

僕は母の恋人の死を願った。自分で殺そうとまでは思わなかったけど、何かの事故で死んでくれればと思っていた。架空の存在に祈った。彼が死ぬことを。彼が死んで、できれば母がお酒をやめることを。

毎日僕は祈ることになる。近所にある神社の階段の下を通る度、お地蔵さんの脇を歩く度、何かの交通事故現場で花が手向けられているのを見る度に。なぜだかわからないけど、そういった場所が、僕と僕の架空の存在の通路であるように思っていた。

そうしたら、その恋人が死んだ。

僕は驚きと共に、物凄い恐怖に囚われた。

今考えれば、その恋人の死は不思議なことでなかった。アルコール依存症で、肝臓がもう随分悪い状態だった。だから当然僕の願いが届いたわけではなかったけど、僕は自分が彼を殺したと思えて仕方なかった。

風景が、一変したように感じた。見る風景の全てが、人殺しとしての僕を拒絶してるように。通学路の電信柱が、道路が、空き地の脇にいつも止まっていた、放置された古びた自動車が、猫が、公園の遊具が、空までもが、僕を拒絶しているようだった。風景から、親しみが消えた。

このことをクラスメイトが知ったらどうなるだろう。自分の人生が、もう決定されてしまったように思った。僕の願いは、あの恋人が死んで、母のお酒が止むことだった。でも母は、より一層お酒を飲むようになった。つまりは僕のせいで。

罪は、誰かに告白すると少し薄れる。罪とは秘密であり、誰かに言うことで、秘密を抱えるストレスから解放される。僕は母に言うことになった。自分が母の恋人を呪ったことを。死ねばいいと、ずっとあらゆるものに祈っていたことを。でも僕は、それを意図的に言ったのではなかった。学校からの帰り道、クラブへ出勤していく母とばったり会った。母は派手な化粧をし、少し短いスカートをはいている。それを同級生に見られることが恥ずかしく、僕は母の顔を見ず通り過ぎようとした。母も、そのような自分の格好を思い、そして僕の脇にいる同級生の存在を意識し、僕に声をかけなかった。その夜、僕は謝ろうと思って、ランドセルを背負ったまま、ずっと母の帰りを待った。そうしていれば、さっき知らない振りをしたことをやり直せるとでもいうように。玄関の鍵が開く。帰って来た母に謝ろうとした時、僕は突然泣き出し、なぜか自分の呪いのことを気がつくと話していたのだった。

ランドセルを背負ったままの息子に、そんなことを言われた母親の気持ちはどういうものだろう。母は泣いた。母は僕を抱き締め、あなたのせいじゃないと言った。化粧とお酒の寂しい匂いがした。あの人は元々身体が弱く、私と出会った頃から、もうその兆候は出ていたのだと。あなたが呪ったせいで死んだわけではないと。子供だった僕は、解放されたように思った。そして母が自分を抱き締めたことを、身勝手にも喜んでいた。

母はそれから、生まれ変わったようにお酒をやめる、それが僕が、そして世の中の人が求める姿だろうと思う。でも母はお酒をやめることができなかった。むしろ、僕が告白したことで、より一層飲むようになった。そんな自分が——息子に恋人の死を祈らせるような事態を招いた自分が——辛かったのだと思う。告白しなければ、と僕はよく思った。自分の弱さで、母を傷つけたのだと。母はそれから、幾度か男をつくるようになった。もちろん、今度は僕にわからない形で。でも僕は、母が不自然な時間に出かけると後をつけたり、母のバッグを夜中に開けたりするようになった。後をつければ母の先には男性がいて、バッグを探ればコンドームが出てきた。コンドームがどのようなものか、もう僕は知っていた。

なぜ僕達は一人でなかったのに、お互いに寂しかったのだろう。

でも、僕は母を恨むことをしなかった。どうやって母を恨めというのだろう？　母も人間だった。寂しい時は男性といたいはずだ。辛い時はお酒を飲みたいはずだ。

僕が悪いのだった。なぜなら、その頃の母はちゃんと隠そうとしていたのだから。子供に隠す自分と、子供の前の自分を分け、何とか日々をやっていこうとしていたのだから。なのに僕は自ら動き、母の行動を暴き、傷ついていた。隠そうとしていた母の努力を僕は踏みにじったのだった。人の弱さを暴くように。あんなことをするべきではなかった。そして僕はあんな風に傷つくべきではなかった。

僕はそれから自分を責めるようになる。自分に価値がないから、母はあのようになるのだと。だけどそんな時、僕はまた架空の存在にすがった。僕の呪いと告白は、その架空の存在が僕に与えたメッセージだと思った。人を呪えば、それが自分に返ってくると。

中学に上がり、僕はちゃんとした人間になろうと架空の存在に誓った。どういう人間がちゃんとした人間かよくわからなかったので、取りあえず勉強をし、バスケを続けた。そうしていれば、僕は「ちゃんとした人間」になれると思った。自分を律しようとした。自分を律すれば、つまり善の行いをすれば、母もよくなるのではないかと。クラスメイトを気遣うようになり、正義だと思うことを実行した。クラスのいじめを止めようとしたり、相手を傷つけないよう慎重に言葉を選んだり、時間表を書き、向上するための運動や勉強のスケジュールを作った。中学生が「自分を律する」のはその程度のことだった。僕はいつの間にか架空の存在を神と名付けていた。駅でもらった新約聖書をきっかけに、旧約聖書も読んだ。全体的に僕の神とはイメージが違ったけど、強い衝撃を受けた一文があった。旧約聖書、エゼキエル書の一節。

《あなたの生まれた日に、あなたはきらわれて、野原に捨てられた。わたしがあなたのそばを通りかかったとき、あなたが自分の血の中でもがいているのを見て、血に染まっているあなたに、『生きよ』と言い、血に染まっているあなたに、くり返して、『生きよ』と言った》

僕の受け取った意味は違ったかもしれないが、この一節が僕と架空の存在を表す言葉であるように思った。生まれてすぐ父が消え、母がクラブで男達に酒を飲まされている時一人で部屋にいた僕を、架空の存在が見つけたのだと。『生きよ』。そう言ったのだと。

後に、衝撃を受けた事件があった。少年が殺人をしてしまった事件で、その少年は、自ら神を創り上げ、その神に対し大人になるための儀式として、殺人をしていた。

あの時の自分が、一歩間違えていたら。なぜあの少年の神がそのようなもので、僕の神がそのようでなかったのだろう。僕は考え込むようになった。十三歳で、つまりは思春期の暴力的ともいえる性に明確に目覚める前に、自分の神をキリストのそれと一体化させたことがよかったのかもしれない。僕は洗礼も受けてなく、家は浄土真宗の檀家に入っていたが、自分をキリスト教徒だと思っていた。あれほど嫌だったはずなのに、母が男性を部屋に連れてくるのを願うようになっていた。そうすれば、大人のセックスが見られるという理由で。性に目覚めると同時に、僕のそれは歪んでいった。昔母の後をつけていったように、知らない女性の後をつけることもあった。でもその度に、キリストと一体化した僕の神は僕を正した。僕は表面的には、何事もなく思春期をやり過ごすことができた。

そのことを話すと、きみは真剣に考え込む表情をした。そして、「あなたの神と私の神は同じ?」と聞いた。

シンプルだけど、難しい質問だった。僕は中学を経て高校に上がると、もうあまり神を意識しなくなった。というより、母がお酒が原因の病で死に、遠い親戚からの仕送りでは足りず、学校から許可を得てアルバイトをして学校に行く日々で、神を意識する余裕がなかった。十字架を見るのが好きで、自分がキリスト教徒だというぼんやりした自覚だけはあったが、あまり神について深く洞察することをしてこなかった。お金を稼げるようになれば、もう大人を頼る必要はない。だから、何かにすがる必要もなくなったのかもしれない。

「わからない。でも神なら……、一人だよね?」

きみの質問に僕はそう言った。きみはまた考え込む表情をして、口を開いた。

「でも世の中にはたくさん神がいる」

「確かに。……どういうことだろう」

あの時、僕はそう言うしかなかった。

僕はその頃、神の問題を少しロマンチックにしか捉えてなかったのだと思う。そこにあれほどの因果があったことにまだ気づかず、子供の頃、頼るものがなく神を思い浮かべた少女と少年が、今こうやって出会ったという風に。散歩の途中で見えるきみと出会ったあの教会を通り過ぎる度、僕はそういったセンチメンタルな感情に覆われていた。時折きみが見せていたはずの暗い表情に気づくこともなく。

だけどまだ僕達の生活は表面的には続いていた。きみは微笑ましく思うほど料理が下手だった。なぜ下手だったかというと、味見をしないから。ちゃんと料理の本を見て、準備をして、時間をかけ丁寧につくるのに、味見をしない。なぜ味見をしないかきみに聞いても、何となくしたくないのだと漠然とした答えしか返ってこない。

しょっぱいか、薄いか、どちらかだった。時々僕が褒めると、それは買ってきた惣菜だった。売ってる惣菜ならすぐわかるが、きみはなぜか、それを自分がつくったように器を替えたり形を崩したりと、微笑ましい誤魔化しをした。

一度、きみが親子丼にゴーヤを混ぜた時、なぜゴーヤを混ぜるのかとさすがに聞いた。

「ゴーヤは身体にいいのだ」

きみは得意げに言った。身体にいいものは、料理に合わなくても全て正しいというように。

「それはそうだけど、なら、ゴーヤはアクセントとして別の器に入れればいいじゃないか。なぜ混ぜる必要がある?」

僕が言うと、きみは〝そうだ、その通りだ〟という顔をした。僕達はしばらく無言でそのゴーヤ入り親子丼を食べたが、あまりにも不味く、やがて可笑《おか》しくなって二人で笑った。

それから僕が食事をつくり、きみはその間寝転んで待つようになった。僕は環境のせいか料理は得意だった。きみが寝転んでいるのを見ながら料理をつくる時間が僕は好きだった。

きみはテレビが好きでなかったから、その時間、時々の会話と、僕の料理の音が響くだけだった。でも音など必要なかった。ただきみがそこにいればそれでよかった。

快楽物質

失業保険はいつまでももらえるわけじゃないから、働かなければならなかった。職安に行くと言った僕を、でもきみは責めた。

「私といるのが気づまりになったんでしょう?」

僕としては、きみの反応は予想外だった。

「違う。いつまでも貯金切り崩してるわけにいかないじゃないか。働かないと」

「ならアルバイトでいい。私がクラブかどこかで働けばやっていける」

「アルバイトより常勤で働いた方がお金がいいだろう?」

でもきみは納得しようとしない。

「あなたは私から離れようとしてる」

恋愛における面倒を久しぶりに思い出した。でもきみの場合それと少し違っていた。明らかにおかしかった。

「あなたは私との生活とは別の生活を持とうとしてる。私から逃げようとしてる」

「冷静になって考えてくれよ。……仕事探すの間違ったことか？」

「間違ってるかどうかは関係ない。アルバイトだっていい。二人の時間が減る」

きみが泣いてるのに気づいた。そしてきみ自身も、自分の言葉が正しいとは思っていないことに。

「……どうした？」

「あなたは私が嫌いになった」

「どうしてそうなるんだよ。俺は」

今思えば、きみは僕が働きに出ることで、ずっと同じサイクルで過ぎていた生活の「途切れ」を恐れていたのだと思う。映画が終わる度悲しくなるときみは言ったことがあった。でもこの生活のサイクルが終わっても、僕ときみの生活は続くはずだった。きみ風に言えば、似てるけど新しい第二幕が始まるはずだった。

なのに恐れたということは、原因はきみの内面にあった。きみは僕との日々を「許された時間」と思っていたのだった。でもそれは後で全てがわかってから気づいたことだ。僕ときみの日々は、きみにとっては終わらなければならない束の間の許された時間であったことに。終わる何かのきっかけを、きみが恐れていたことに。

でもあの時の僕は、ただきみの前で困惑した。目の前で動き始めていることの意味を、何も知らなかった。

職安に行った。きみは初めの問題を脇に置き、今度は僕が自分の意見を押し通したこと、それ自体を責めるようになった。

でも就職活動は上手くいかなかった。僕は元々、専門的にやれる仕事はタクシー運転手以外ない。どこかに勤めても、人員整理で辞めることになるか、倒産するか、身体を壊しかけ辞めるかのどれかで、長く続かなかった。高校時代はアルバイトで、卒業後すぐ働き始めたので、何というか、自分のやりがいと仕事を結びつける感覚が僕にはなかった。仕事はあくまで生活の手段だった。しっかりと、自分の特性を見極め、何かの職種を続けていたら。僕はよくそう後悔しながら、でも自分がどんな仕事に向いてるかわからなかった。

タクシーは、事故を起こすかもしれないストレスに、耐えられなくなって辞めていた。規制緩和でドライバーが増え、思うように収入が得られなくなったのも原因の一つだった。

何十社と受け、ようやく住宅メーカーの契約社員の職にありついた。給料は安かったけど、元々アパートの家賃も安く何とかやっていけそうだった。僕の就職が決まるとすぐ、きみはクラブで働き始めた。当てつけのように。

僕が初めに任された仕事は、モデルルームの場所を示す看板を持つことだった。〝○○モデルルーム・フェア開催中・この角50メートルすぐ〟。看板を立てられない場所で、いわば人間が看板となる、人間広告のような感じだった。

それなら別にいいのだけど、なぜか僕は、頭からすっぽり被る、いわばサンドウィッチのように表も裏も看板になる派手なものをつけられた。おまけに不揃いの風船までフラフラつき、フェア内容を節《ふし》をつけてまるで歌うように言えという。僕は意味がわからなかった。看板なら手で持てばいい。持つ手を長くして地面に届かせて支えれば楽だ。何もこんな恰好をする必要はない。歌う必要もない。僕が言うと、上司は僕を蔑むように見た。

「それくらいやれ」

「手に持つ看板ではなぜ駄目なのですか」

「働きたい奴なんていくらでもいる。嫌なら辞めろ」

「そういう意味ではありません」

「それくらいできなくてどうする。甘えるな。そんなんじゃ社会でやっていけない」

社会の厳しさ、のようなことを、よく言われる。でも社会の厳しさとは何だろう？　看板を手に持つことと、看板を被ることを比べ、実際に、集客力が変わるとでもいうのだろうか？　歌うように言うことで？　非論理的過ぎると思った。

簡単に言えば、これは新しく入った者がする通過儀礼だった。新人をそういう扱いにすることを、彼らは望んでいた。「社会の厳しさ」は結局人がつくるものだ。

こういう細部は社会に溢れている。たとえば昔コンビニで働いていた時、客が入ってくる度「いらっしゃいませこんにちは」と大声で言わなければならなかった。なぜ「こんにちは」まで言うのかを聞くと、そっちの方が親しみが出るという返事だった。でもコンビニに客として行く時、あっちは「いらっしゃいませ」で、こっちは「いらっしゃいませこんにちは」だから、「こんにちは」をつけてる方へ行こうなどと誰が考えるだろう？　むしろマニュアル臭く親しみは減るんじゃないだろうか。元気よく「いらっしゃいませ」と言うだけで十分じゃないだろうか。

これが僕の悪い癖だった。その行為が論理的でないと、どうも改善の気持ちが湧いてしまう。だからと言って仕事を辞めればまた職安に行かなければならないから、僕はそれを被って町に立った。馬鹿みたいだ、と思いながら。

恐らく、こうやって客に無理やりへりくだる文化は日本だけだ。僕は町で看板に挟まれて立ちながら、自嘲気味に笑った。でも、きみがいれば何でもできると思った。今度こそ、長く続けようと。そして正社員になって、部下が出来た時こんなどうでもいいことは終わらせようと。

家に帰るときみは料理をつくって待っていた。あれほど僕の就職を嫌がってたのに「お祝いだよ」と笑顔で言った。ハンバーグに、手製のドレッシングをかけたサラダに、コーンスープ。僕達にとって、それはご馳走と言ってよかった。食べて驚いた。美味しかった。

「美味しい」

「でしょう?　味見もしたの」

僕達はふざけて笑い合いながら、その料理を食べた。何でもできる。僕は改めて思っていた。社会がどれだけ滑稽でも、そんなことはどうでもいいと。

翌日きみは僕の部屋から消えた。

目が覚めた時、きみがいなかった。眠りが浅い僕は、普段ならわずかな物音でも気づくはずだった。でもきみは、出会った日いつの間にか服を脱ぎ僕を見下ろしていた時と同じように、音もなく僕のベッドから消えた。

クラブに勤め始めてはいたけど、こんな朝早く出勤するはずがない。置き手紙もない。何かの用で出かけてる、と思うことも可能だった。でもそうでないと漠然と感じた。

僕はスーツに着替え職場へ行った。看板を被り立ちながら、繁華街を歩く人の流れの中にきみの姿を探した。仕事を終え、微かな期待を抱き部屋に帰る。やはりきみはいない。

携帯電話を持たないきみの番号は当然知らなかったけど、住んでる場所は漠然と聞いていた。高台の、コンビニエンスストアの近く。僕はきみを探しに部屋を出た。

坂を上り、コンビニエンスストアの明かりを見る。でもその付近にはいくつものアパートがあった。この建物のどれだろう？　この建物のどれで、何号室だろう？　きみが表札など出してるわけがない。僕は建物の群れの前で茫然としていた。

きみがどこかを歩いてるかもしれない。付近のいくつもの角を曲がった。目の前に現れる分かれ道に直面する度、つまりどちらに進むかできみを失う可能性が増えてしまうような選択を迫られる度、追いつめられていく気がした。きみが消える兆候のようなものを、一つ一つ思い出そうとした。遠くに見えたバス停のベンチがなぜか気になり、近づいたがきみの気配すらない。どれくらい歩いただろう、駅の方へ向かおうとした時、きみの後姿を見た。隣に男がいた。

突然母のことを思い出した。小学生の頃、母の後をつけていた記憶。隣にいる男が、母を奪って行くと感じた記憶。僕はしばらく背後を歩き、耐えられず、彼女の前に出た。きみが僕を見て驚く。

「……何で？」

僕はようやくそう言った。隣の男が「知り合い？」ときみに聞いた。きみは答えない。僕はきみの表情が、教会のベンチで声をかけた時と同じ無表情であるのに気づいた。

「ああ、いや」隣の男が小さく言う。

「俺知らないんで。そういうんじゃないんで。声かけただけだし……、じゃあ」

男が去っていく。きみは僕の顔を見、無表情のまま突然泣いた。

きみは泣きながらきみの全てを話した。中学生の頃、母親の愛人から性的な行為を受けたことがあること。自分が黙ってれば済むと我慢したこと。母が気づいた時、母は愛人を責めるのでなくきみを責めたこと。自信がなくなったこと。自分には価値がないと思うようになったこと。自分に価値があるとすればそれは女としての性であると思い、誰かを好きになったことはなく、求められる相手と付き合うようになったこと。誰かに求められれば、過去の記憶が薄れるのではないかと思い、また、自信のない自分が求められたことに安らぎを覚えたこと。でもそれはいつも好きでもない男と付き合う罪悪感に終わったこと。その度に、愛人に性的な行為を受けている事実を知った時の母の目が浮かぶこと。まるで自分を女として憎むような目だったこと。

それでも母の愛情を求め、叶わなかったこと。誰でもいい、私を認めてくれと、恐れを抱きながらも見知らぬ男性を求めようとしたこと。そんな時、ある男性と出会ったこと。これまでの全てを覆い尽くす愛情の中で自分が生まれ変わったように感じたこと。でもそれが自分の父だったと知ったこと。

それからの記憶が途切れていること。貯金を切り崩しアパートの部屋で一人でずっといたこと。男性をただ恐怖の存在と見るようになったこと。お金がなくなり、クラブに勤めるようになり、求められると断れなかったこと。恐ろしいのに断れない自分がいたこと。

「自分は汚れてる」。きみはそう言った。だからあなたもこんな女から離れた方がいいと。

汚れてる？　僕は怒りが湧いた。汚れてるとは、何だ？　世の中に、この世界に、汚れてる人間など誰一人存在しない。それはきみの思い込みに過ぎない。その人間の価値は、その人間が出会う人間によってそれぞれ変化する。誰かはきみにあまり価値を感じなかったかもしれない。でもいずれ出会う誰かにとってはきみの価値は凄まじく高い。いずれ出会う誰か、それが僕だ。

僕は言った。きみは何も悪くない。きみは汚れてなんかいない。男がきみを抱いたってそれが何だというのだろう？　僕は今のきみが好きだ。過去に何があろうとそんなことはどうでもいい。今から始めればいい。僕と始めればいい。僕がきみの全部を受け止める。

きみは僕を驚いた目で見た。きみが何かを言いかける。きみの目から新しい涙が流れようとした時、でもきみは突然胸を押さえた。

きみの呼吸が激しくなり、その場で倒れた。僕は意味がわからなかった。

「駄目なの」きみは喘ぐように言った。「わたしはまだやらないといけないことがある」

意味がわからないまま救急車を呼んだ。病院できみは落ち着きを取り戻した。僕はずっと気になっていたこと、きみが言う八人目という言葉の意味を聞いた。きみは苦痛に顔を歪めながら、そうすれば良くなるのだと僕に言う。良くなる？　何が？　僕が聞くと、医者がそう語ったと言うのだった。

過去の記憶を薄れさせるために、荒療治だが、月に一度のペースで男性と会わなければならない。

医師がそんなことを言うだろうか？　言うわけがない。どこのクリニックだと聞いてもきみは何も言わない。全てを語ったはずのきみが、病院のベッドで横になりながら、頑なに言おうとしない。

僕は問いただそうとした。何度も、何日も。僕はきみのバッグの中を見た。昔母のバッグを探った時のように。

きみが所持していた薬の袋を見た。聞き覚えのない心療内科のクリニック。

何かがおかしいとずっと思っていた。原因はここにある。僕はそう思った。

三日後、入院中のきみを残し、会社を休みそのクリニックへ行った。雑居ビルの中の一室。まだ新しいのに、飾り気がなく、寂れてるようにも見え、人をよせつけない雰囲気がした。

ドアを開けたが、待合の椅子には誰も座っていない。化粧気のない中年の女性が僕を見、何も言わず保険証を受け取る。誰も患者がいないのに、がらんとした椅子の並びの中で随分と待たされた。

いつの間にか受付の中年の女性が消えていた。どういうことだろうと思った時、その女性が再び現れ、こちらですと言い正面のドアを指した。僕は近づきドアを開ける。

部屋に白衣を来た大きな男がいた。米村辻彦という精神科医。長めの机の向こうに、背もたれのある椅子に座っている。「どうしました？」男は顔に笑みを浮かべそう言った。だがその目の奥は少しも笑っていない。僕をじっと見ていた。

「実は」僕も彼の目をじっと見た。「彼女のことで悩んでるんです」

長いテーブルを挟み、精神科医の米村と対峙《たいじ》する。身体が大きく、威圧感があった。

「……彼女のことで？」

「ええ。妙なクリニックに通うようになりました」

　僕が言う。米村の表情に一瞬何かがよぎったように思ったが、それは捉えられないほどの小さな動きだった。

「なるほど、妙なクリニック」

「ここですよ」

「なるほど」

　米村は笑顔のまま僕を真っ直ぐ見ていた。動揺する素振りがない。僕はそのことで逆に不安になった。鼓動が乱れ始めた。

「あなたはそう思うのですね？」

「そう思う？　そうじゃない。僕は事実を言いに来た」

「ええ。あなたにとっての事実」

「は？」

「……大丈夫です。あなたもよくなりますよ」

　僕は茫然と米村を見た。

「何を言ってるんです？　僕は患者としてここに来たんじゃない。あなたを糾弾するためにここに来たんだ」

「ええ。ええ。大丈夫です。あなたもよくなる」

「僕は」

「どういう時にその症状が？」

「は？」

「つまり、どういう時に、あなたはそう思うのです？　その……、彼女が、妙なクリニックに行って苦しんでるという風に思うのです？」

「僕は事実を」

「他に症状は？」

僕は怒りが湧いた。椅子から立ち上がろうとした時、米村が不意に言う。

「あなたは父がいない」

僕は、ずっと米村の顔をぼんやり見ていたと気づくのに、少し時間がかかった。

「……何を？」

「あなたは父がいない。そうでしょう？」

「何を言ってる？」

「それで……、ここからは推測ですが、片方に重心の置かれたあなたの安心感、つまり母親までも奪われる恐怖に小さい頃囚われていた。そうですね？」

米村がじっと僕を見ていた。笑顔で、しかし目だけは無表情に保ったままで。僕は息苦しくなっていく。

「苦しそうだ。申し訳ない。今お水を」

米村が席を立つ。大きな身体を動かし、部屋の隅のウォーターサーバーの前まで行こうとする。

でも僕はその動きを仕草で止める。ここで何かを言わなければならないと思った。

「僕のことはどうでもいい。椎名めぐみのことですよ。あなたの患者だ」

「ほう」

「あなたは内面に性の傷を持っている彼女に、滅茶苦茶な治療をしてる。十人の男と寝る？　あなたがやってることは」

「なるほど。あなたの彼女は椎名めぐみと言うのですね」

「誤魔化すな」

僕は叫んだ。なぜだかわからないが、僕が叫んでも受付の女性はどんな反応もしないと思った。

「あなたの患者だ。僕も少し調べてみた。過去に性的な被害にあってしまった人がどうなるか、それはもちろん人による。幸福になった人もいるし不幸になってしまった人もいる。特に症状のない人もいるし、色々症状がある人もいる。症状がある人の中の一部に、性依存というのがあることは僕も知っている。不特定多数の男性や女性と過度に関係を結んでしまうことだ。中にはそれに苦しんでる人もいる。本来医師はその症状を改善させるため努力するものだろう？　そんなことを奨励する医師など聞いたことがない。やってることが逆じゃないか」

「きみの妄想は」

「いい加減にしろよ」

「はは、はははは」

米村が突然笑う。心底可笑しいというように。でも無表情な目は僕から動かない。米村が右腕を、空中に何かを張り付けるようにゆっくり動かす。

「この部屋は殺風景でしょう？」

「は？」

「殺風景でしょう？」

「だから何だ」

「ここは私の地獄なんだよ」

米村が僕を真っ直ぐ見る。食い入るように。

「そしてめぐみは私にとってこれ以上ないほど重要な存在なんだ。私と彼女は長い。きみ達が出会うずっと前から」

僕と米村の視線が合う。

「……僕のことを調べたな」

「ええ。見ただけで父がいないなんてわかるはずがない」

「なぜだ」

「悪い虫がついたと思ったので。でも」

米村がまた笑顔を向ける。親しげに。

「あなたの不安定さは、見た瞬間に気づきましたよ。私も医者ですから」

「お前は」

「……なぜ彼女が他の男と寝るのだと思いますか？」

「は？　それは」

「内因性オピオイドです」

米村が僕に近づく。

「……人間とは本当に不思議な存在です。内因性オピオイドは、脳内の物質です。ストレスを感じた時、それを軽減させるため放出される快楽物質。虐待を受ける時、それは自己保存的に放出される場合がある。もちろんそこに快楽はない。ただ苦痛を弱くしようとするだけだ。でもそれがまれに過剰供給されてしまうケースがある」

「過剰？」

「まるで癖のように。それが過剰供給されてしまえば、その個人は同じようなことを繰り返すことになる。恐ろしさを感じながら、その恐怖やスリルに取り込まれていく。……たとえば不特定多数の男性に抱かれるというような」

「そんな馬鹿なことが」

「ええ、もちろん、性依存でもそれが原因でないことだってありますよ。ちゃんとした愛情を求めようとするケース、自身の体験を薄れさせるために不特定多数との性行為を望むケース、愛情のないセックスをすることで、男性に復讐しているケース、異性を惹きつける性そのものに力を感じるケース……。色々あるでしょう。ですがめぐみの場合は内因性オピオイドなのです。彼女は自ら吸い寄せられるように男性達の誘いに乗っていく。なぜなら」

米村が笑みを浮かべる。

「私がそうしたから」

「は？」

「私が彼女をそのようにしたから。長い時間をかけたカ、ウ、ン、セ、リ、ン、グ、と薬の投与で。彼女は私のコントロール下にあるのですよ」

「お前が？」

「そうです」

医師という立場を利用し、患者に不穏な影響を与え続ける男。医師として、絶対にやってはならないことをする男。

「ではあなたのことを警察に言いましょう」

「無駄です。証拠がない」

「僕が証拠です」

「ははは。あなたは患者として私の元に来てる。医師を中傷する患者などたくさんいます。何の問題もない。めぐみとのカウンセリングも録音してある。私にとって都合のいい部分だけ。あなたが何を言っても無駄です。しかもめぐみは無償で診てるのでここに通院してる記録はない」

米村がまた僕に近づく。

「私は彼女を初めて見た時、愛に落ちました。恋に落ちたのではない。愛、に、落、ち、た。……私は彼女を求めましたが、彼女は拒否しましてね。私の中に憎悪が生まれたのです。様々な薬を彼女には投与してある。本来の彼女には強すぎる薬を。彼女がおかしくなるのに十分な薬を！　私は彼女が体験した男性達とのことを、彼女にここで話させるのです。……私と彼女は、肉体ではなく精神で深く深く繫がっている。私は彼女の話を聞く度傷つき彼女を憎悪する。そしてもっと彼女を窮地に陥れる！　私はマゾヒスティックな快楽に溺れ同時にサディスティックな快楽にも溺れている。これは愛ですよ！　愛！　わかりますか！」

　叫ぶように米村が言う。

「ここが私の地獄なんだ。お前などに邪魔させるわけにいかない」

「もうめぐみはここに来させない。他のクリニックに連れていきます。僕が彼女を治す」

　僕の言葉を聞くと、米村はさらに身を乗り出すようにこちらを凝視した。頰を痙攣《けいれん》させ始める。

「無駄ですよ」米村が囁くように言う。

「彼女は絶対ここに戻って来る。どんな治療をされようが、誰が何を彼女にしようが必ず最後には」

　僕の目を真っ直ぐ見る。見開いた、狂気的な目で。

「彼女はここに戻って来る」

　また米村と僕の視線が合う。実際には数秒のことだったが、もっと長く感じた。

「……でも、あなたも気をつけた方がいい」

　米村が小さく続ける。

「精神医療的に、共依存という言葉がある。……これは職業医師としての、私からの忠告ですよよ」

共依存

きみを他のクリニックに行かせた。

カウンセリング中、僕が横にいるわけにもいかない。だからどのような治療が為されていたかわからなかったが、別の薬を処方されたきみは安定したように思った。

仕事を休んだことを詫び、また会社に行き始めた。休んだ僕に上司はやはり冷たかったが、悪いのは僕だった。

きみは時々笑うようになり、またクラブに勤め始めた。でもある日目を覚ますと姿が消えていた。僕は慌てて外に出てきみを探す。僕はきみのアパートをすでに聞き出していた。向かっている途中、バス停に座っているきみを見つけた。ただ何となく座っていただけだときみは笑った。

翌日、きみはしばらく自分のアパートに戻るけど心配しないでと僕に言い、夜に僕の部屋を出た。だけど、僕は落ち着くことができず、きみのアパートに向かってしまった。窓の明かりを見て安堵し、しばらくその明かりを立ったままぼんやり見ていた。

部屋に戻ると、動悸が激しくなっていた。子供の頃、母が出かけて行った時にも似たような症状があったのを思い出した。めぐみが米村のクリニックに行く姿が浮かび、他の男と歩く姿が浮かんだ。自分が正常の範囲内で彼女を心配してるのか、異常に心配してるのかわからなかった。翌朝、僕は眠ることができず会社を休み、きみのアパートへ行った。電気がついていない。まだ朝だったから当然かもしれないが、僕の動悸は治まらなかった。気を落ち着かせるように歩き、僕は米村のクリニックへ行った。だが中の様子はうかがえない。携帯電話も自宅の電話もないきみに連絡を取る術《すべ》はなかった。僕は何をしたらいいかわからず自分の部屋に戻り、また落ち着かなくなり部屋を出た。また米村のクリニックに行く。そこできみを見てしまった。クリニックから出てくるきみを。

僕を見つけたきみは、恐怖を顔に浮かべていた。見られてはならない場面を見られてしまった顔。僕はその時も、母の顔を思い出していただろうか？　僕はきみの手を引き、自分のアパートに連れて帰った。僕はきみが新しく通い始めたクリニックに電話した。電話の相手は、もうきみがずっと来てないと僕に告げた。

「いいか？　あの医者はおかしい。あんなところに通ってはいけない。そんなことくらいわかるだろう？」

僕が言うときみは頷くのだった。

「もう行かない。もう絶対に行かない」

「なあどうしてだ？　どうしてきみは？」

「もう行かない。そう言ってるでしょう？」

僕ときみは、そのような不毛なやり取りを繰り返した。米村に何を言われ、何を飲んだのか聞いてもきみは頑なに言わない。だが僕は問いただす。やがてきみは泣いた。

母のようになる。そう言われたというのだった。ずっと、そう言われ続けていたというのだった。あなたがもし今、誰かを好きになればきみはきみの母のようになると。その言葉はきみにとって重いものだった。

きみが陥っていた症状は、病ではなく、宗教によるマインドコントロールに近かった。カルト宗教や占い師によるマインドコントロールの治療を専門とする医師がいる。だから僕はそういう医師を探し相談に行くべきだった。症状が重ければ治療に何年もかかることもある。だけど僕は最もしてはいけないことをきみにしてしまうことになった。きみを監禁したのだった。

手足を縛るとか、そういうことではない。僕は会社を休み、ずっときみの側にいるようになった。解雇されるまで長い時間はかからなかった。

僕はきみがクラブへ出勤している最中、ずっとその店の前にいることになった。きみが客の男に連れ出されないように、出入口を見張った。客の振りをし店内に入ったこともあった。きみをまた別のクリニックに連れて行き、時々泣くきみをなだめ、取り乱すきみの身体を押さえた。胸に圧迫を感じるようになり、頭が重く、目が覚めると時々天井が揺れるように目眩を感じた。共依存、という米村から言われた言葉を振り返ることになったのは随分後のことだ。何かの依存症の人間の横にいる人間が、それに自ら巻き込まれることを望むようなケース。駄目な男に惹かれてしまうことも、それが社会生活を破綻させるほどの異常さまで発展してしまえば、心理学上それは病理となる。でもしかし、心理学上のどのような病理も持っていない人間など、この世界にいるのだろうか？大小の差があるだけではないだろうか？　誰だって、何かに依存するし、誰かに依存する。要は程度の問題だった。僕達はその程度が過剰になってしまった。

心理学は、よく分類する。でも人間は多様だから、必ずしも生きている人間がそれにちょうど当てはまることはないようにも思う。きみのような「性的嗜癖・性依存」と関わる僕のようなパートナーを具体的には「共嗜癖者」というらしい。概要はこんな感じだ。

①過度の合理化によって現実を否認する。
②もし何かひどい失敗をしたら、その責任は他人にあると感じる。
③嗜癖者の問題に深く没頭して、相手の行動をコントロールし、それによって自分の寂しさ、痛み、脆弱性を脇においておくことができる。
④嗜癖者をカバーしたり、保護したり、沈黙を守ったりして、嗜癖者を支える。
⑤家族の秘密にヴェールをかけ、現実からのフィードバックを遮断して、秘密を守り通す。

ほとんど当てはまっていない。そうは思ったが、③の文章を読んだ時目を凝《こ》らした。まさに僕だった。自分が母の姿をきみに見、母の恋愛をやめさせるようにきみを監禁しようとしたこと。止めることのできなかった母の行為を、その時の無力感を、きみを使って埋めようとしていたこと。

そう言えば、心理学的にも、内面描写的にもわかりやすいように思う。でも、それだけだったたろうか？　今になって思う。人間の内面はもっと混沌としていてわかりにくい。僕の中に、きみへの憎悪はなかっただろうか。母を恨むように。もしかしたら、僕はこうしたいがために、きみを好きになったのでは？　女性を恨み、こうやって苦しませ、自分も苦しむために。そう言い切れない理由があるだろうか？

僕はやがてきみの仕事を辞めさせた。きみは僕に無理やりクリニックに連れて行かれる度体調の不良を訴えた。夜、僕が触れるのを拒否するようになった。でも僕は側から離れようとしない。僕はさらに苦しくなり、きみはもっと苦しくなった。金がなくなっていき、生活ができなくなる。きみから目を離せない僕は働きになど出られない。どうすればいいかわからないまま、狭くなっていく視界の中外に出、消費者金融に行った。疲労の中にいた僕は一人の女性から目を離せなくなっていた。科原さゆり。受付の女性だった。

あの時のことを、どう表現すればいいだろう。自分の意志を、無理やりなぎ倒されるような感覚。抵抗するのに、その抵抗など有無を言わさず引き剝がされてしまうような感覚。自分が変わってしまう恐怖、存在が、根底から揺さぶられる恐怖。僕を失う恐怖。

僕は科原さゆりを見ながら、茫然と立っていた。これほど誰かに惹かれたことは、これまでになかった。

そして奇妙なことに、科原さゆりも、僕を茫然と見ていたのだった。目が合ったまま、数秒が過ぎたように思った。他の従業員の姿が視界に入り、僕は辛うじて体裁を保つように、震える声で彼女に自分のキャッシングの要望を伝える。彼女も時折指先を震わせながら、僕に手続きのための段取りを説明し始める。

なぜ僕達があのように突然惹かれ合ったのか。その理由に行き着いたのはでも随分後のことだった。消費者金融を後にし、僕はただ混乱した。

何ということだろう？　僕にはきみがいるというのに。でも頭の中では、さっきの女性の姿ばかり、まるで病理のように浮かび続ける。僕はおかしくなってしまったのだろうか。意味がわからない。何ということだろう？　これは、何ということだろう？

部屋に戻り、やつれたきみを見た時、僕は目を逸らしてしまった。そして外に出た。自分が何をしてるのかわからないまま、僕は空を見上げていた。そうすることしか、思いつくことができなかった。

僕は、約二十年振りに、神の姿を探そうとしたのだった。まるで聖書に書かれている無力な個人がそうするように。どうしていいかわからず、困惑し、苦痛の中で空を見上げた古代の人間達と同じように。神を、つまりはあなたを、僕は見上げたのだった。

僕はどうしたらいい？　子供の頃、生きる指針だったあなたに、僕は問いかけている自分に気づいた。僕の脳裏には病的にさっきの女性の姿が浮かび続けている。これはどうしたというのだろう？　なのに、そうであるのに、もしきみを失ってしまったら僕の精神は壊れるのだ。

悪魔

そして僕は驚くことになる。大した偶然でないことでも、当事者はそこに意味を感じてしまう。自分が望んでる場合は特に。翌日、めぐみをクリニックに連れて行き、終わるのを待つ間喫茶店に入った時、その科原さゆりを見たのだった。店の隅の席で、一人コーヒーを飲んでいる。

店を出ることもできたはずだった。そうすべきだったと思う。でも僕はその偶然に吸い寄せられるように、何かの意味を強く感じたように、科原さゆりに近づいていった。彼女が僕を見て、驚く。僕は立ったまま、何かの言葉を探した。

「……どうも」

僕はそう、ただ状況の違和感を埋めるためだけの言葉を言う。僕がこの偶然に意味を感じることで、自分の行為を正当化しようとしてるのに気づきながら。まるで「運命」という言葉で自分を許すように。

こういう日常に出現する機会が、全て幸福の門であるとは限らないのに。

「でもあれですね」

僕はまた状況の違和感を埋めるためだけに言葉を続ける。僕が現れたことに、彼女が緊張しながらも嫌がってないのに勇気を得ながら。

「何か恥ずかしいです。消費者金融でお金借りてるのに、コーヒー飲もうとしてるとか思われてる気がして」

「そんな」

科原さゆりが首を振る。彼女が笑ってくれると期待した自分の言葉に、嫌悪を感じた。きみという存在がいるのに、女性に気に入られようとした自分の冗談に。

「よかったら、……どうぞ」

科原さゆりが下を向いたまま言う。まるで彼女にとって精一杯の言葉を何とか口にしたように。

目の前の椅子を見た。テーブルを挟み、彼女と向かい合う位置に置かれた椅子。彼女と、正面から向き合う形に置かれた椅子。

僕は座った。

沈黙が続いたが、少しずつぎこちない会話を繋いだ。時々僕は科原さゆりの顔をぼんやり見つめていて、彼女はそれに気づくと下を向いた。お互いの飲み物がなくなっても、新しく注文する勇気が湧かなかった。それでも喉が渇き、半ば習慣のように水のグラスを取り、何も入ってないと改めて気づく。僕のその仕草に彼女も気づく。時間が過ぎ、僕達は帰るべきタイミングの中にずっとい続けた。

店員が何度目かの水を注ぎにきた時、姿勢を変えた僕の足が彼女の足にふれる。僕は咄嗟に足を離そうとしたが、彼女は動こうとしなかった。ふれたまま、僕も動かさなかった。彼女の体温を足に感じる。彼女は下を向いている。僕は苦しくなる呼吸のなか口を開いていた。

「あの、また会ってくれますか」

それを言うだけで、長い時間を必要とした。彼女がうなずく。携帯電話のメールアドレスと番号を交換した。

彼女をマンションまで送る勇気はなかった。喫茶店で別れ、ぼんやりしたまま歩いた。足にまだ残る彼女の体温を感じた時、きみのカウンセリングを待つ途中だったと気づく。時計を見る。もう時間は過ぎている。

慌ててクリニックへ向かったが、もうきみの姿はなかった。二時間前に帰ったという。部屋に戻ったが、きみはいない。

僕はベッドで仰向けになりながら、久しぶりに自分がこの部屋に一人でいることを思った。そして、自分がきみを軟禁していたはずなのに、きみを軟禁しないでいられることの安堵を、もっといえば、解放の感覚を覚えていた。

何をしてるのだろう？　天井を見ながら思っていた。自分は今、血相を変えきみを探さなければならないのに。

もう外は暗い。時間が過ぎるほどきみが遠くへ行くように感じた。空腹に気づき、エッグトーストでもつくろうとした時、涙が出た。僕は部屋を出てきみのアパートへ向かった。きみの部屋の電気はついていていない。

僕は町の中を歩き続けた。駅前のベンチ、ショッピングモール、バス停。やみくもに歩き続けた。自分でも何がしたいのかわからないまま。きみと出会った教会にも行った。でもきみはいない。どれくらい時間が過ぎただろう。辺りが薄く明るくなり始めていた。もう一度きみのアパートへ行った時、きみの部屋から男が出てくるのを見た。

僕は茫然とその男を見続けていた。そう見えるだろうか、と思った時、自分の予想を裏付けるように、母が会いにいっていた男達の姿と重なった。男が茫然と立つ僕を不思議そうに見る。僕のすぐ横を通り過ぎていく。

きみの部屋に向かった。ドアを開けたきみは、まるで僕の登場を予期していたようだった。きみが消えてからすぐきみの部屋に行った時、電気はついてなかった。あの時から今にいたるまで、電気を消した状態できみがあの男といたことに思いを巡らした。

「あなたが知らない女性といるのを見た」

きみは僕にそう言った。誤解とは言えなかった。

「嬉しい」

きみはそう言って泣いた。

「私を裏切ったあなたを裏切ったことが嬉しい」

僕はただ立ったたままきみを見ることしかできなかった。

「あなたは優しくて細かいだけで物足りない。私は……」

きみはそれから続く言葉を言ってすぐ、静かにドアを閉めた。

「私は、慣れ親しんだ場所に帰る」

閉じたドアを背に、僕は歩いた。携帯電話を見ると科原さゆりからメールが来ていた。控えめなメール。僕は食事に誘うメールを科原さゆりに送った。彼女からすぐ返信が来る。

夜になり、僕達は食事をし、ホテルに行った。だけどその時、恐ろしいことに気づいた。科原さゆりを抱きながら僕が果てようとしていた時。快楽の終わりを予感していた時。

でももう、僕にはどうすることもできなかった。

全てを終え、彼女の隣で横たわりながら、僕は自分の予感が形と重さを持って自分に迫るのを感じた。

自分が、科原さゆりを本当は愛していないことに。

いや、こう言い換えた方が正確だった。自分が、めぐみから離れるために、彼女を好きになったことに。

彼女が僕に寄り添う。幸せで怖い。彼女はそう言って泣いた。


僕はタクシー運転手の仕事についた。

科原さゆりは優しく寄り添ってくれた。彼女は小さい頃両親が離婚し、母親に引き取られたが、母親の再婚相手から性的な行為を受けていた。僕は恐怖に似た不安を感じた。めぐみの境遇と似ている。なぜ自分は、こういう女性に惹かれるのだろう？

思い返せばいつもそうだった。虐待などに限らず、内面に深い傷を負った女性に惹かれる傾向があった。科原さゆりを自分が本当に好きかどうかはわからなかったが、少なくとも僕の内面は安定していた。そしてそのような自分の内面の安定に、違和感を覚え続けた。あるべきものがない欠落の不安。まるで罪悪感のように。きみを捨てたことで、自分は今の安定を得ているのだと。きみは今も、米村のクリニックに通い別の男と寝ているのに。

僕は小さい頃に意識した神をまた思うようになっていた。自分に罰が下るのでは？　たとえば、高速道路を、雨の中タクシーを走らせている時。背後のトラックが車線を変え、僕のタクシーを追い抜こうとしていく。今、あの運転手が急にハンドルを切ったら？　雨でスリップしたら？　よくそんな想像をした。僕はめぐみを捨てたことで罰を受けたことになるのではないかと。

でも不可解なことに、僕は恐怖を感じていないのだった。トラックが僕のタクシーに激突する瞬間、僕はそのあまりの相応しさに笑みを浮かべるのではないかと。やはり神は、あなたはいるのだという思いで、僕は死んでいくのではないかと。身体に染み入る温かな感覚の中で。時々道路に、自分が通るべき道を見るようになった。事故へ続く道。自分が罰を受けるための入口に続く道。道は真っ直ぐ、誘いながら、時々僕の前に出現した。たとえば強引なトラックの右折を見た時。僕のタクシーからそのトラックの側面に向かい線のような、矢印のような道が見えた。今僕がスピードを緩めなければ、その矢印の道は消えず持続し、僕はそのトラックの側面に激しく衝突し巻き込まれることで、その入口に入ることができるという風に。

でも僕はその入口に入ることができなかった。科原は優しく、僕の内面は安定し続けていく。いつの間にか涙が流れていた。

あの時のことを、正確に思い出すのは難しい。僕は気がつくとタクシーを降り、雑居ビルに入っていった。ドアを開けた。米村のクリニックのドアを。別の入口に入るように。

静かに僕を見る受付の女性を無視し、米村の診察室に入っていった。他の患者の姿はない。机を挟み椅子に座っていた米村は、部屋に入ってきた僕を見て一瞬驚いた様子だった。でも彼は何かを了解したように表情を戻し、やがて小さく、唇の端に笑みを浮かべた。

「これは……、驚きましたね。どうしました」

「めぐみを」僕はそれが自分が言いたかったことかわからないまま、この場面ではこう言った方が違和感が少ないという風な、奇妙にも体面を保つ言葉を吐いた。

「めぐみを正常に戻してください」

米村は僕の顔をじっと見る。彼が手を動かし、僕に椅子を勧める。僕は座った。何かの抵抗を感じることもなく。

「しかしあなたも、また同じような女性を選びましたね」科原さゆりのことだった。やはりこの男は僕を調べ続けていた。恐らく狂気の中で探偵を雇って。

「共依存。恋愛とは不思議ですね。……人間の恋愛感情の根本の核には、一体何があるのでしょうか」

米村が続ける。

「人間の感情の核には、と言った方がいいかもしれない。あなたは今混乱の底にいる」

雨が降り始める。米村のいるこの簡素な部屋が、徐々に湿り気を帯びてくるように思う。

「あなたはもう、私を恨んでいないようだ。それはそうでしょう。**私がめぐみを洗脳してなければ、あなたがめぐみと付き合うこともなかったのだから**」

雨が強くなる。

「洗脳という字は、脳を洗うと書く。恐ろしい言葉だと思いませんか」

米村の視線は僕から動かない。

「あなたは私の所に来た。なぜだかわかりますか？　来ざるを得なかったからです。私はあなたがめぐみと同じようにまた来ると思っていました。教えてあげましょう。今めぐみはとうとう十人目の男と会っています。恐ろしい男です。彼女は最後に恐ろしい男に吸い寄せられてしまった。真田という、昔幾つかバーを経営して潰し、今は知人のバーを手伝いながらスポーツクラブを始めた男です。でも安心してください。めぐみは必ず帰って来る。最後に私の元に。いや……、私達の元に」

「私達？」

「ええ」米村が僕を親しげに見つめる。

「……あなたの望み通りにしてあげましょう。あなたが本当に望んでる通りに。あなたは今混乱の底にいる。でもいいですか？　その混乱にはもっと底があるのです」

「もっと底……？」

「そうです。……一緒に暮らしませんか」

僕は米村を茫然と見る。一緒に暮らす？　この男は何を言ってるのだろう。

「私の闇は、私一人では行き着くことができないから」

米村の声が囁きとなり低くなる。急に内面の暗い層へ降りていくように。

「私達は三人で暮らすのです。あなたはもう気づいてるでしょう？　あなたは同情できなければ女性を愛することができない。その女性がずっと気の毒な状態でないとあなたは愛することができない。あなたはだからめぐみを愛し、でもめぐみの症状に耐えられなくなり科原さゆりを好きになった。正確に言えば、限界だったあなたの無意識の底が、あなたに科原さゆりを好きにさせた。でもどうです？　科原さゆりも結局めぐみのコピーだった。あなたはその繰り返しの螺旋《らせん》の途中にいる。そしていいですか、あなたはただ女性を同情するだけじゃ飽き足りないのです。嫉妬して憎んで苦しませなければ。同情して、母に感じたように嫉妬して憎んで、苦しめた結果また同情する。**それ**

があなただ。その感情のサイクルの中にい続けるのがあなたの人生だ。あなたのその本当の望みは私の望みと一致する。一緒に暮らしましょう。そして二人で、めぐみを損ない続けるのです。私はあなたに嫉妬し、あなたは私に嫉妬しながら。毎晩、一日交代で！　そして交互に嫉妬の憎悪をめぐみに浴びせ続ける。私達は苦しみながら全身でめぐみを愛し続けることになる。嫉妬のない愛など意味はない。狂気と愛が完全に混ざる、その瞬間の快楽をあなた御存知ですか？　これが私が望む地獄なんだ。私一人では完成しないんだ」

「……あなたは、狂って」

「ええ、ええ、でもそれが何だというのです。あなたも同類だ。そうでしょう！　もうすぐめぐみは完成された形で帰って来るのです。真田という悪魔の手によって。二人で待ちませんか。二人で待ちませんか」

懇願のように顔を近づけてくる。

「十人目の悪魔の真田を経ためぐみを待ちませんか。きっとあの男が彼女を私達の元に運んでくる。その時の彼女は」

米村が熱に浮かされたように言う。

「間違いなく息を飲むほどに美しくなっている。私達が茫然と見惚《みと》れてしまうほどに。私達に私達の本当の狂気を許すほどに」

僕は茫然と米村のクリニックを出た。タクシーを営業所の車庫に返し、電車で自分の部屋に戻る。

上着と靴下を脱ぎ、ベッドに横になろうとする。仕事を終え僕を待っていた科原が、台所から僕を見ていた。

「あれは、癖なの？」

「……何が？」

「運転で、よく狭い道選ぶの。……その方が、お客さん見つけやすいの？　でも普通逆だよね」

レンタカーを借り、彼女と遠出したのは一週間も前だった。今話す会話じゃなかった。

「いや、どうだろう」

「自覚ない？」

「いや……。自覚はある」

会話はそこで止まった。でも彼女は僕をじっと見続けていた。僕は目を閉じようとする。少しも眠たくないのに。

日常から逸脱する時、人は急に落ちていくのではない。これくらいなら大丈夫、まだ大丈夫と思いながら、少しずつ落ち、もう取り返しのつかないところまで来ているのに、本人はまだ大丈夫だと思おうとする。そういうものではないだろうか。だから僕が米村にまた連絡を取り、真田という男が手伝うバーを突き止め、その周りをタクシーでうろつき始めた時も、僕はまだ大丈夫だと思っていた。

きみは真田という男と付き合っている。でもバーに姿を見せる気配はない。きみの部屋もずっと電気がついてない。どこで会ってるのだろう？　真田の部屋だろうか。どんな風に時間を過ごしてるのだろう？　真田を調べている米村に住所を聞こうか？　真田のバーの前でタクシーを停めていた深夜、店から真田が出てきた。

米村から聞いていた姿と特徴が一致していた。細いが逞《たくま》しい身体。目が鋭く、アゴのしまった精悍な顔つき。

僕は驚くことになる。その真田が、僕のタクシーに近づき手を挙げたのだった。

鼓動が速くなる。深夜、終電のない時間、店の前にタクシーが停まっている。真田からすれば、わざわざ大通りに出ることなくタクシーを拾えたに過ぎない。

僕は緊張していく腕で、タクシーの自動ドアを動かすレバーを引いた。真田が乗り込んで来る。

「ちょうどいいところにいて良かった」

真田が言う。思ったより低い声だった。

「目白通り沿いを練馬方面に。近くなったら言うから」

僕は狭くなる視界の中で、ハンドルを意識的に強く握る。

住宅街を裂くように伸びる直線の道。僕はバックミラーで真田を見ることなくただ前を向いた。

「……ん？　おい、その道じゃないだろ？」

窓越しの風景が次々過ぎていく。

「おい、ここどこだよ。おい」

僕はアクセルを踏む。信号が変わる寸前の横断歩道を突き進む。スピードを上げる。

「何してんだ！　おい止まれ！」

タクシーが、僕も知らない道に出る。僕はスピードを上げ続ける。

真田からすれば恐怖だったろう。何気なく停まっていたタクシーに乗った瞬間、運転手が言うことを聞かずスピードを上げ、知らない道へ向かう。真田はやがて叫び始めた。

「お前ふざけんな。おい！」

「……真田浩二」

僕が言うと真田は叫ぶのをやめた。

「……は？」

「……真田浩二。三十九歳。最近スポーツクラブも始めた」

真田が、急に落ち着いたように、バックミラーに視線を向ける。僕の顔をじっと見る。

「……お前誰だ？」

「……あなたは椎名めぐみと付き合ってる」

僕が言うと、真田は何か悟ったように、唇の端に笑みを浮かべた。僕はその笑みに微かな驚きを感じたが、真田はそのままシートにもたれ始めた。

「……なるほど」

タクシーの速度はもう九十キロを超えている。

「お前あれか。めぐみが寝てた男達の一人」

真田が明確に笑みを浮かべる。車のスピードと合わないほどゆったりと。

「そうやって俺を脅してるんか？　でもつまらんな。そんなシートベルトで自分を守ってスピードで脅すなんて。ほら」

真田が自分のシートベルトを外す。

「お前も外せよ。どうせならもっとスピード上げろ。その状態で話す。どうだ？」

僕は驚きながらバックミラー越しに真田を見る。僕は一度息を意識的に吸い込み、シートベルトを外した。

「それでいい。お前、いつでもどっかに突っ込めると思ってるよな？　いつでも俺を巻き込んで死ねる。でもお前だけその選択肢があるのちょっと嫌なんだよ」

真田が後部座席から、僕が外したシートベルトをつかんで後ろに伸ばす。

「これで俺はいつでもお前の首を絞めたりできる。これで立場は同じだよ。これでいつでもお互いを巻き込んで死ねる。ははは！」

外灯の明かりがまばらになっていく。

「おい。スピード落ちてるぞ。自分がシートベルト外したらそれか？　おい」

「……お前は」

「ははは！　退屈してたんだ。最初びっくりしたけどな。今俺は酔ってる。いい気分だ！」

真田が僕のシートベルトをさらに後ろに引っ張る。

「……で、お前の望み何なの」

「めぐみと別れてくれ」

「だよな。断る」

真田が笑う。

「あいつは最高の女なんだよ。やっと出会えた。最高の女なんだ」

車がスピードを上げるほど、彼は興奮していくようだった。そして自らの言葉に酔いながらかなり早口になっていく。

「ネズミの快楽実験、知ってるか？」

「は？」

「昔大学の授業で見せられた。俺はあの様子が忘れられなくてね」

真田が続ける。

「脳に電極が埋め込まれたネズミの実験。ボタン押すと、脳の性的な快楽中枢が過度に刺激される仕組み。するとどうなるか。ネズミはそのボタンにその作用があると気づくと、永遠にそのボタンを押し続ける」

真田が笑う。

「透明なガラスケースの中で、ただひたすら前足でボタンを押し続け、快楽に悶《もだ》え続けるネズミ。ネズミは死ぬまでそのボタンを自ら押し続けることになる。あのネズミの様子には、この世界のあらゆる価値を侮蔑するものがある。そう思わないか？　俺の理想は」

さらにシートベルトを真田が引っ張る。

「それを人間でやることなんだ」

僕の脳裏に、巨大なガラスケースに入った美しい裸の女性の姿が浮かぶ。その女性が声を上げながら、ボタンを手で必死に押し続ける。身体を悶えさせながら。

「昔はね、自覚的じゃなかった。女と付き合うと、なぜかその女も、俺も不幸になっていく。不幸の底にまでいって別れる。また別の女と付き合う。……気づいたのがいつだったか忘れたけど、でもようやく自覚した。俺は、その女の暗い欲望を刺激してるんだって。……たとえば、駄目な男にばかり惹かれる女っているだろ？　そうするとね、俺はまるでその女を満足させるために駄目になってくんだよ。男にも女にも、程度の差はあれ危うい恋愛に惹かれる傾向がある。どういう種類の危うさかはそれぞれ違う。本人もまだそれに気づいてない場合だってある。俺はね、どうやら女のそういう隠れた部分を引き出してしまうらしい。……駄目な男にも種類がある。たとえば金遣いの荒い男。中には、男に対して母性本能が全開になり、私でなくてはこの男を救えないとかいう気持ちの中で、男に金を貢いでしまうような女がいる。俺がそう女を刺激してるのか、女が俺にそうさせるのか、恐らく両方だと思うんだが、俺はそういう女と付き合うと、より一層金遣いが荒くなるんだ。女は過労死寸前まで俺のために働くことになる。女は当然不幸になってくんだが、俺にはどうも、女が進んでそうなっていくように思えてならない。激しい恋愛を相手が望むなら俺もそうなっていく。男がいないと生きていけない女、俺という欠落のボタンを必死に押し続ける女。……そしてね、気づいたんだ。俺は、そうやって不幸になっていく女を見るのがたまらなく好きだって。……どうだ？　女の横にいつの間にか現れて、その女が不幸のどん底へ落ちた時いつの間にか消えている存在。それが俺なんだよ」

真田が笑う。

「俺は心底女というのが嫌いなんだろうな。実は性欲もそんなにないんだ。女に頼まれて拒否したことなどないがね。そして俺には中身がない。俺はどのような存在にもなることができるらしい。どのような欠落を持った男にでも。女がそれを望むタイプ通りに。……前の女は若干アル中でね、俺も酒を随分飲むようになった。そして俺の酒を止められないことの辛さにまた自分も酒を飲むように懸命になった。そうすると、その女は自分もアル中の癖に俺の酒を止めようとするようになった。女はげっそり痩せていき、仕事も友人関係も滅茶苦茶になっていった。ははは。こっちも命がけだよ。自分の身体も駄目にしながら相手も駄目にしてくんだから。でもたまらないんだよね。そういう関係性の中で、べったりと一人の女にひっついてることが。俺はだから浮気はしない。その女が決定的におかしくなるまで、俺は絶対に自ら離れないから！」

この会話から約半年後、真田はその時の後遺症もあり本当にアル中となり、断酒を余儀なくされたことを僕は知った。

「なら、……めぐみは」僕は口を開いた。

「ん？」

「めぐみは一体何なんだ。めぐみはお前に何を求めてる」

僕が言うと、真田は身を乗り出すように僕に近づいた。

「わからん」

「……は？」

「わからないんだよ。ただ、あいつは誰かに殺されたがってるように思えてならない」

僕はスピードを上げることを忘れていた。信号が変わり、僕は車を路肩に停める。

「そんな馬鹿なことがあるか」

「……本当なんだよ」

真田が声を落とす。その表情から笑みが消えている。

「あいつは自分に価値がないと思っている。そんな価値がない自分を自ら虐げることに暗い喜びを覚えている。まるで、価値のない自分自身に、その価値のなさを徹底的に自覚させたいみたいに。俺は十人目だから運命の存在と思ってるらしい。妙な精神科医のカウンセリングも受けてんだろ？　全てが恐らくあの女の中で入り組んでる。八人目の男には浮気されたらしい。その男に対しての腹いせもあるかもしれない。お前のせいで私は不幸になったと、その不幸さをその男に見せつけるみたいに。……ん？　なるほど」

真田が囁くように言う。

「その八人目がお前か」

心臓に鈍い痛みを感じた。

「なら俺はめぐみの復讐に協力するために、もっとめぐみを損なわなければならない」

「……やめろ」

「俺はね、この間めぐみを殴ったよ。初めてだ。俺が女を殴るなんて」

「……お前」

「違う。俺があいつを殴って喜んでるとでも？　そんなはずないだろう。俺はね、恐れてるんだ。

めぐみによって、俺の中の何かが起動されてしまうんじゃないかって。しかも恐れてると同時に俺は多分望んでる。……周りを見てみろ」

真田が手を動かし、窓から見える風景を手で指す。

「この世界をお前好きか？」

「は？」

「この退屈な世界。クズのような人間達がうごめく世界。何よりこんなどうしようもない自分という存在がいる世界。時々風景がね、ふっと色が抜けたみたいに、徹底的に無機質に見えることがあるよ。そんな時、俺はどうしようもない気持ちになる。生物である俺が、弾かれてるというかね。風景の全てが、自分を拒絶し続けているような感覚。……ちょうどいい、と俺は思ってるんだ。めぐみはきっと俺の最後の女になる。俺はあいつを殺してしまう気がする。それをあいつも望んでる気がする。刑務所になど行きたくない。人でも殺せば俺もやっと自殺するだろう。ずっと俺が望んでたこと。もううんざりだ。この違和感は」

「ふざけるな。死ぬなら一人で死ねよ」

「やだね」真田が笑う。

「言っただろ？　俺はずっと最後まで一人の女にひっついてるって」真田が笑い続ける。

「人間の内面は人間の思い通りにならない。ガキの頃、寺とか神社とか行くと、何か知らねえけど罰当たりなことが頭に浮かんで、それをすぐ打ち消して神みたいなもんに謝ったりしたことなかったか？　そう思っちゃいけない時に限って、そう思ってしまったりする。人間の内面には、自分では思い通りにならない部分がある。……俺は今でも寺とか神社に行くとそうなるよ。もう謝ったりはしないがね」

「……めぐみと別れてくれ」僕はただ、そう繰り返すことしかできなかった。

「お前浮気したんだろ？　……そんなこと言える義理か？」

沈黙が続く。真田は突然しゃべり疲れたように、酔いからくる急な睡魔に襲われたように、また座席に深くもたれた。真田が僕のシートベルトを手放す。

「まあいい。……こっから出せ。まさか送ってくれたりはしないだろ？」

真田がバックミラー越しに僕をじっと見る。

めぐみが小さい頃、神に、つまりはあなたに向けて書いた言葉を燃やしていた、その煙が脳裏にちらついた。めぐみがもし、今自分を真田から遠ざけてくれと願ったなら。そう紙に書き、あなたに向け書いたのだとしたら。

僕が今真田を殺せば、めぐみからすれば、それはあなたが願いを叶えたことになるのではないだろうか。小さい頃から自分を無視し続けてきたあなたが、ようやく自分のことを見てくれたという風に。

喉が渇いていく。殺すならシートベルトだろうか。指が震えていく。

でも僕の身体は動かなかった。真田を殺すという行為は自分からあまりに遠かった。その間には、途方もない距離があった。さらに速くなる鼓動が、僕の行為を拒否していく。殺すつもりもないのに、わざとらしくそう考えるのはやめろ。言葉が浮かんでいた。後で、あの時真田を殺していればよかったと、もっともらしく後悔すればいいじゃないかと。

「……きっと」

「ん?」

「めぐみは不幸にならない。何かが……」

バックミラー越しに真田が僕をまじまじと見、やがてまた笑った。

「何だ? 神頼みか? 気づいてるぞ、ちょっと今、俺を殺そうと思っただろ? でも勇気がない。そうだろう? 自分はこいつを殺す勇気はないが、誰かがもしかしたらこいつを殺してくれるとでも? おいおい、お前マジかよ。もういい、……早く出せ」

僕は自動ドアを動かすレバーを引いていた。彼を殺すという行為と自分との距離の遠さを感じながら。身体から力が抜けていく。

「まあとにかく」真田が言いながらドアを自分の手でさらに開ける。放たれていく。こんな男が。

「お前、めぐみを受け止めることができなかったんだろ。めぐみを捨てたいと思ったんだろ。……なら善人面するな」

「書く」という罪

僕は米村のクリニックに電話をかけ、真田のマンションの場所を聞いた。

真田が出かけていくのを確認し、マンションに入った。オートロックのエントランスにあるインターフォン。部屋番号を押す。しばらくの沈黙の後「はい」という声がした。

それは久しぶりに聞くきみの声だった。でも僕が名乗るときみは通話器を置いた。何度押してももうきみは出ない。

僕は真田のマンションを見張り続けることになる。きみが出てくるのを待つために。また胸の圧迫や、頭に重さを感じるようになった。周囲から見れば、怠惰なタクシー・ドライバーに見えただろう。時々客が近づき乗せてくれと言われた時は、急いで目的地まで送り届けすぐ戻った。真田の灰色のマンションを見上げながら、ふと、自分がきみの部屋の中に入ったことがないのに気づく。真田もこうやって、きみの部屋に行かず、自分の部屋にきみを入れている。まるで自分の人生の中に、無理やりきみを入れていくみたいに。

見張ってから、何日目だったろうか。夜、きみが出てきた。コンビニでも行くのだろう、サンダルを履いていた。きみの頬に痣を見た時、胸に重い痛みを感じた。僕はタクシーを近づけ、驚くきみに構わず無理やり車内に入れた。

きみは初め咄嗟に抵抗したが、一度車内に身体が入ると大人しくなった。運転席に座りアクセルを踏む僕を、バックミラー越しにじっと見ている。

「裏切ったくせに」

「あの男と別れてくれ」

僕が言うと、きみは声を大きくした。

「あなたにはもう関係ないでしょう?」

「関係あると言ったら？」

「は？　何が？　あなたは私が好きなんじゃない。ただ捨てた女が不幸なのを知って罪悪感に苦しんでるだけ。馬鹿みたい！　私はあなたみたいな男が」

「遠くに行こう」

僕はようやくそう言った。そう言うことだけを、考えていた。胸がまた圧迫されていく。

「遠くに行こう。米村も真田もいないところに。誰も俺達を知らないところに。そこで静かに暮らそう」

「私はまたおかしくなる」

「いい」

僕はタクシーを路肩に停め、運転席からきみの方へ身体を向けた。

「きみがおかしくなったらもう俺もおかしくなる。それでいい。俺は残りの自分の人生を全部きみに使う」

きみは僕を茫然としたように見た。でも何も言わなかった。

「返事はすぐじゃなくていい。でも一つだけ願いを聞いて欲しい。きみを今から真田のマンションじゃなくきみのアパートに送る。いい？」

きみは口を閉じ続ける。

「それでもう真田には会わないで欲しい。米村とも。いや……、もし会ったとしても、俺がきみを連れ出す時同意して欲しい。俺にもまだやらなきゃいけないことがあるから」

脳裏に、科原さゆりの姿がずっと浮かび続けていた。彼女と話し合い、別れなければならなかった。身勝手にも、別れなければならなかった。僕は科原さゆりを傷つけ幸福を手に入れるのではなく、恐らく科原さゆりを傷つけ自分も不幸になろうとしていた。きみと一緒になって遠くへ行っても、きみはまた米村の元へ戻ろうとするかもしれない。何かのきっかけで、またどこかの男性についていってしまうかもしれない。でも僕はそういうきみとい続ける。

きみのいない人生で幸福になるより、きみのいる人生で不幸になることを選ぶ。そう思っていた。自分が正常な判断をしてるのかわからなかったが、正常な判断などもういらなかった。

きみをアパートまで送り届けた。きみが部屋を出ないか見張る。きみは病的に外にい続ける僕を意識したように電気を消した。まるで、僕の狂気に気を遣うかのように。

翌日きみのアパートに行ったけど、きみは部屋に入れてくれなかった。行きつけの喫茶店があると言うので二人で向かった。知らない店だった。不機嫌な男が黙々と不機嫌なグラスを洗っていた。狭い店内に客の姿はほとんどない。きみは頰の痣を化粧で隠していた。

「やっぱり駄目なんだよ」

飲み物が運ばれた後、きみが細い声で静かに言う。

「何が?」

「罰。……腕がそう言うの」

腕? 意味がわからない。

腕がずっとしゃべってる。きみはそう言うのだった。僕と出会うずっと前、きみは交通事故で腕を骨折したことがあった。その腕がしゃべると言うのだった。

「その時、私は少しだけいいことがあった。自分を救ってくれる、そんな男性に出会った気がしてた。……そう思って、気分が何だかとても楽な感じになって、道路を挟んだ向かいのケーキ屋さんでケーキを買おうと思った。何かキラキラしてるお店だったからそれまで入る勇気がちょっとなかったけど、その時は行こうと思った。信号が青になって、横断歩道を歩いた。そしたら、急に左折してきた自動車に轢かれてしまった」

相手の運転手は、過去に何度も事故を起こしてる男だった。

「信号が青になったということは、渡っていいということだよね？　……それから私は部屋からまたしばらく出ることができなくなったんだけど、部屋にいる間、痛む腕が時々しゃべってるような気がした。眠れない夜なんかに。浮かれてるからだって。お前にそんな楽な気分は不似合だって。ちゃんと誰かが見てて、お前の気分が楽になる度に、こういう罰を与えるんだって。他の人は青になれば道路を渡っていいけどお前は駄目なんだって」

「考え過ぎだよ」

「また腕が痛み始めたの。……身の程知らずだって。腕がずっとそう私に言うの。小さい声、でも、何だかとても早口な声で言うの。お前にまともな恋愛なんてできるわけないって。お前はまた轢かれるつもりかって。身分不相応なことをすると罰を受けるんだって。……もう腕のことなんて忘れてたのに」

きみが僕を見続ける。きみは明らかに正常でなかった。きみは悪化していた。

きみがおかしくなったら僕もおかしくなる。そう言ったくせに、僕はきみの様子にたじろいだ。あの時、きみはそんな僕の態度に気づいただろうか。頭が重くなり、時々こめかみを押さえていただろう僕に。

喫茶店から出てきみをアパートまで送った。建物を見上げ、隣の駐輪場の前を歩いていた時、後ろから呼び止められた。四十手前くらいの男。見た瞬間、関わらない方がいい人間と感じた。服が所々擦り切れ、目が不自然に落ち窪んでいた。彼は僕に写真を見せた。

「あの女こういう女なんだよ。知ってた?」

写真には、きみと五十代くらいの男が写っていた。きみと男が、ホテルに入っていく何枚もの写真。

「ほら、な? あの女、椎名めぐみ。あなたという存在がいながら、こんなことしてる女なんだよ」

僕はすぐ、この写真に写ってる男は、例のきみの父親だった男なのではないかと思った。

「ほら。よく見て。この相手の男、妻子いるんだ。こんな女別れた方がいい。それで」

男が僕に顔を近づける。元々整った顔だと思うが、生活が荒《すさ》んでるのか、がっちりした骨格なのに随分痩せていた。

「あの女に言ってくれよ。早く金渡さないと、俺はこうやってお前が男つくる度この写真見せ続けるって。俺はずっとお前に付きまとうって。……いい?」

男はそう言うと、顔を歪めた。何かの発作かと思ったが、それは奇妙な笑みだった。下唇だけ下げたように開き、まるで嘔吐のように下を向いて笑った。

「一枚やるよ」

後からわかったが、やはり写真に写っていたのは、彼女を愛人にしていた彼女の父親、西原だった。西原が暴力団関係の人間に頼み、自分への強請りをやめさせていた。だから代わりに、この男はきみのところに来ていたのだった。

つまりその写真は随分前のものだった。そもそもきみの姿が若過ぎた。だがあの男がこの写真のことできみに接触する度、きみの傷口が開くことになる。それはきみにとって相当な苦痛のはずだった。

早くきみをこの場所から、木坂町から連れ出さなければならない。米村からも真田からもさっきの男からも遠くに。きみは、こういう人間達を引き寄せてしまう。もしかしたら僕も〝こういう人間達〟の一人かもしれないのだが。

でもその前に僕はやることがあった。科原さゆりと話さなければならない。

科原さゆりにメールを送ると、会いたくないと返事が来た。ここ数日の僕の様子で、どういう話になるか彼女も感づいていた。

二日後、科原さゆりから手紙が来た。

《会えば別れ話になることは私にもうわかっています。理由を聞かなければいけないとは思うのですが、聞く勇気がありません。私は今、それほど強い精神状態ではないのです。ですから、その

話はしばらく待ってもらえないでしょうか》

彼女からの手紙を読み、僕は考え込むことになる。メールではなく手紙だったことに、僕は少なからず動揺した。

なぜ僕は、彼女の手紙に対し、あんな手紙を書いたのだろう。僕はおかしくなっていく精神の中で、その精神の混乱のまま書いていた。念のために書くけど、これはあの時の、僕の混乱した精神の本心であって、今の僕の本心じゃない。ただの、一時的なことなんだ。今の僕は、もう死んでしまったきみのことしか考えていない。そのことはわかって欲しい。

《さゆりさんが知ってるように、僕はさゆりさんと会う前一人の女性と付き合っていました。身勝手ですが、僕はその女性と離れることができないのです。

彼女とのことで苦しんでいる時に出会ったのがさゆりさんでした。さゆりさんとの日々は、僕にとって幸福でした。それは嘘ではありません。本当に幸福だった。でも僕は、その幸福に落ち着かないのです。

さゆりさんと別れたい、と思っています。でも僕は、恐らく、彼女のことが好きで一緒になろうとしているのではないのです。これはもう、きっと恋愛ですらない。僕はただ苦しむために、彼女と一緒になろうとしているのかもしれません。僕には、どうやらそういう傾向があるのです。

彼女は、さゆりさんと同じような過去を持つ女性です。僕はそういう女性に惹かれるのかもしれません。あなたと彼女は似ているのですが、あなたとなら僕は幸福になれたけど、でもきっと彼女とは無理だと思います。彼女と一緒に、僕は破滅するのかもしれません。でもそれが僕の生き方なのです。

身勝手な言い方ですが、幸福になってください。一度、どこかでちゃんと話しませんか》

めぐみのことが好きだから別れる、そうすっきり書けばよかったのだ。こんな手紙では科原さゆりは納得しない。

自分が誰を求めどうなりたいのか、もう僕はよくわからなくなっていた。僕自身が僕の内面に酷く混乱しているのに、その混乱をそのまま科原さゆりに伝える必要はないはずだった。あの頃の僕は、様々に雑になっていた。自分が自覚していたよりも、僕の精神状態は愚かだったのだと思う。

（繰り返すけど、今の僕は、もうきみのことを完全に愛している。もうきみは死んでしまったけど、完全に、おかしくなるほど愛している。これまでのこの手記の中には、きみが傷ついてしまう内容のものが様々にあると思う。でも、僕は今、あの時のことを全部正直に書きたいと思っているんだ。……なぜだろう。書く、という行為には、不思議な力があるね。嘘をつかずに、正確に書きたいという欲求を、抑えることができなくなっている。書くという行為は、一種の罪なのかもしれない。僕も死んで向こうに行ったら、全部きみに謝るよ）

僕はきみと会おうとしたけど、きみは中々会ってくれなかった。「怖い」きみはインターフォンの前でそう繰り返した。一度、きみのアパートの前で真田を見たこともあった。季節じゃないのに、彼が手袋をしていたのが気になった。僕は動揺したが、あと少しのことだと思った。科原さゆりと別れたら、もう無理やりきみを連れ出すつもりだった。

手紙を出して数日後、科原さゆりからメールが来た。外で会うのは嫌だけど、私の部屋ならいいという内容だった。僕は彼女の部屋に向かった。身勝手にも彼女と別れるために。

自分の部屋を出て、角を左に曲がって彼女のマンションに向かった。角を曲がりながら、この角を向かいから逆に曲がって、僕はきみを部屋に入れたことを思い出していた。マンションに着く。ドアを開け、科原の姿を見て僕は驚くことになった。彼女が笑顔で僕を迎える。

彼女の目の下にホクロがあるのだった。きみと同じ位置に。

「似合うかな」科原が笑顔のまま言う。

「簡単な手術でつけられるの。ねえ、他には何をすればいい？　他には何を？」

僕は茫然と科原さゆりの前に立っていた。

「笑い方も変えた方がいい？　ねえ教えて。あの女の人はどんな風に笑うの？　どんなしゃべり方を？」

僕はこれほどしゃべる彼女を見たことがなかった。彼女の口からは、濃いアルコールの匂いがした。

「手首を切ったりする女性？　なら私も切った方がいい？　それならあなたも同情してくれる？」

「落ち着けよ」

「落ち着け？」科原が叫ぶように笑う。

「落ち着いた方がいいの？　ならそうする。私はしゃべらない。しゃべらない方が好きなら私はしゃべらない！」

彼女の目から涙が流れる。

「私を捨てるの？　ねえ、私を捨てるの？　私を捨ててあなたは幸せになるの？　いつもそう。いつも人は私を捨てて幸せになろうとする。でもいい？　他人を捨てて得られる幸福になんの意味があるの？　馬鹿みたい！　ねえ！」

「だから、俺は幸福には」

「何言ってるの？　馬鹿みたい！」

肩を押そうとする手を僕はつかむ。でも彼女は僕の手から無理やり腕を引き、僕の身体を手で押す。

「私に不満なんだよね？　他のみんなと同じように！　彼女と一緒に破滅する？　何言ってるの？　なら私と一緒に破滅すればいいじゃない！　私は彼女が羨ましい。私がもっとおかしくなったらあなたは私を見るの？」

彼女が僕の目を見ながら服を脱ぎ始める。

「どんな風に脱げばいい？　どんな風にしたら気に入られる？　して、ねえ、抱いて。お願い。今抱いてくれないと死んじゃう」

脱ごうとする彼女の腕をつかむ。彼女はそれを振り払って自分のブラウスのボタンを外そうとする。

「服を脱いだ女を抱かずに帰れる？　男の前で抱いて欲しくて服を脱いだ孤独な女をあなたは捨てられる？　あなたが来ると思って短いスカートで待ち構えてた女を、ねえ！」

僕は彼女をやめさせるために抱き締める。彼女がもがく。

「冷静に話そう。これじゃ話もできない」

「冷静に話す必要なんてない！」

確かにそうだった。冷静に話す必要はない。

「冷静になんて話したくない。論理的な話なんて聞きたくない。私は好きって言ってもらいたいだけ。こんな風じゃなくて、私を求めて抱いて欲しいだけ」

僕があんな手紙を出さなければ、こうはならなかっただろうか。同じだろうか。もうわからなかった。わかるのは、自分が間違っていることだけだった。自分は泣くべきじゃないのに、目からは身勝手な涙が出るのだった。

「別れよう。もう終わりにしよう」

「勝手じゃない。人の弱みにつけ込んで、ドカドカ土足で入って期待させて捨てる。私がどうやって心を開いたと思ってるの？　昔のことがあってセックスが好きじゃなかった私をあなたは変えてくれた。もう私は怖くて恋愛なんてできない」

「帰るよ。今までありがとう」

茫然と立つ彼女の姿を見た。ブラウスがはだけて、髪も乱れていた彼女を。なぜ最後に、彼女の姿をちゃんと見ようとしたのだろう。自分をそれで罰しようとでも身勝手に思ったのだろうか。僕は彼女の部屋を出た。

気がつくと、教会のベンチにいた。きみと出会ったベンチ。僕は頭上の十字架を見上げながら神を、あなたのことを思った。

信仰に生きればどうだろう？　そう思っている自分がいた。漠然と思い浮かべるのではなく、めぐみと一緒に、正式なキリスト教徒になれば。混乱した僕と彼女には、圧倒的な、大きな何かが必要なのではないだろうか。科原を捨てて自分はぬけぬけと信仰？　そう言葉が浮かび続けたが、僕は何をどうすればいいかわからなくなっていた。日本では珍しいかもしれないが、海外ではむしろ神と共に生きる人々の方が多い。この世界で何に手を伸ばせばいいかわからなくなった時、人はこの世界を越えた何かに手を伸ばそうとするのだろうか。小さい頃の僕がそうだったように。多くは望まない。僕は内面で呟いた。ただ、めぐみと、普通の生活ができれば。

僕達は問題を抱え過ぎている。めぐみの方は、これまでもずっと神に、あなたに祈り続けてきた。もう、彼女は幸福にならなければいけない。彼女の人生の悲劇は、もうこれで十分だった。科原さゆりをあれほど傷つけた今、もう僕は揺れることはできない。もう、そんなことはできない。

十字架を見上げる。内面に起こる抵抗を解き、完全に、あなたに身を委ねることができるだろうか。小さい頃の感覚を思い出そうとした。自分一人でこの世界に放り出されているのではないという感覚。不意に視線を感じた。自分の存在を照らす強烈な視線――。だがそれは一瞬で消えた。

僕はいつの間にか眠っていた。どのような夢か思い出せなかったが、温かな感触があった。めぐみをこの場所から連れ出す。新しくやり直す。信仰というものを、しっかり考える必要があった。自分の過去からの神との経験を、牧師のような存在に話してみようかと考えた。牧師のような存在なら、そこに何かの意味を見出してくれるかもしれない。遅過ぎることなどないのではないだろうか。いつか、めぐみを幸福にすることが、できるのだとしたら。

昼を大分過ぎていた。僕はきみの部屋に向かいインターフォンを押したが出ない。ドアには鍵がかかっていた。たった一枚のドアなのに、それは強固に、関わりを遮断し続ける。中に人がいる気配がなく、出かけていると思いレンタルビデオショップへ行った。DVDを借り、きみの好きな映画を一緒に観ようと思った。昔の自分達を思い出そうと。あの幸福だった時間を。それから僕達は出かければいい。突然また胸の圧迫を感じたが、僕は気にしないように努めた。遠くへ行けば、きっとこの症状も治る。

吸い寄せられるように、また教会のベンチに行った。頭上の十字架を見上げる。昨日の感触を思い出しながら。その十字は僕達が見ていなくても、ずっとそこにあるのだった。

再びきみの部屋に向かった。インターフォンを押してもきみは出ない。ドアをこじ開けようか、と思った。きみが留守なら、きみの部屋に入ってきみを待てばいい。もう強引でも、僕はきみに会いたかった。

試しにドアノブに手をかけると、今度は鍵が開いていた。僕はドアを開け、きみの部屋に入った。

「つまり、あなたは犯人を知っていた」

僕が言うと、科原さゆりは弱々しくうなずいた。

市高署の四階の取調室。僕の横で、小橋さんが科原をじっと見ていた。

「でも、私は全てを知ってるわけじゃないんです」

「つまり……、椎名めぐみの墓の前で燃えた、そのノートの中に？」

「……そうかもしれません。彼はずっと、何か書いてましたから」

「なぜ黙ってたのですか」

「言えなかったのです」

科原さゆりは、そう言うと泣いた。

「つまり……」

僕は口を開く。

「あなたの目の下のホクロを見た後、それがめぐみさんにもあるとわかった時、せめて僕達は気づかなければいけなかった。あなたと椎名めぐみが同一人物であるみたいな、まるでミステリーのようなことを考えずに。実際のあなたの悲しみに、気づかなければいけなかった」

「そのホクロはでも……、取ることができます」

小橋さんはそう言ったが、科原さゆりは黙ったまま下を向いた。

「では、椎名めぐみを殺害したのは……」

言いながら、僕は気づく。

「そうか。……そうだ」

小橋さんが僕を見ている。彼女も気づいただろうか。

「これも〝コートの男〟と同じなんだ。……椎名めぐみを殺害した犯人は存在しない。椎、名、め、ぐ、み、も吉高亮介も、一応クリスチャンだったから」

あなたが消えた夜に

《椎名めぐみの墓の前で燃えた手記の二冊目・改訂前》

書く、という行為は難しい。

物事を正確に書こうとすることで、きみを傷つけてしまうことになる。だから少し考えた。まず僕は、自分に起こったことを、ここに正確に書く。そして、燃やしてきみに届ける時には……、文章を微調整しよう。

それに、これはきみにだけじゃなく、神に、つまりはあなたに届けるための手記でもあるのだから。でも僕は——書くという行為は本当に不思議だ——正確に書きたい欲求を今抑えられない。燃やしてあなたに届ける時にも、この手記は改訂しなければいけない。あなたにもバレてはいけないことがあるから。でもここには、まずは正確に書く。

神は全てを見てる。そういう言葉がある。でも本当だろうか？　見てるなら、なぜ世界は悲劇にまみれてる？

きっと、あなたは今よそ見をしてるのだ。神のよそ見は、神からすれば一瞬かもしれないが、恐らく数千年の長さだろう。あなたは聖書時代にこの世界に現れてから、ずっと今までよそ見をしている。だから僕は、よそ見をしてるあなたにもちゃんと届くように、この手記を書く。僕は今狂ってるだろうか？　それでもいい。もうそんなことはどうでも。

きみとあなたを使い分けるのは難しい。こうやって文章を書くのは初めてだから慣れない。これからはひとまずきみのことはめぐみと書くよ。

僕は鍵が開いていためぐみの部屋のドアを静かに開けた。整頓されてるわけでも、汚れてるわけでもない簡素なダイニング。奥へ続く白いドアが開いている。鼓動が速くなり、めぐみの名前を呼んだが返事がない。周囲がやけに静かだった。ダイニングを通り、ドアの向こうの部屋を見た。

めぐみが目を見開き、倒れていた。殴られた痕があり、でも低いテーブルに小さい瓶が転がっていた。僕は立っていることが難しく、部屋の壁に手をつこうとしたが上手くいかなかった。鼓動がさらに乱れていく。めぐみが死んでいる、その事実が目の前にあったが、僕は拒否するようにめぐみの名前を呼ぼうとし、でも漏れる息のような声しか出すことができなかった。「違う」と呟こうとした。「違う」。「これは違う」。視界が狭くなっていく。駆け寄ろうとし、めぐみの姿を見失った。僕は自分がいつの間にか、座り込むように倒れていたのに気づいた。転がっていた瓶がもう一度視界に入った。

テーブルの上に封筒が三つあり、僕は何かにすがるように近づいていた。一枚目に僕、二枚目に母親、そして三枚目に知らない名前が書いてあった。その名前の下は「様」でなく「先生」だったから、めぐみの学生時代の教師の名前かもしれなかった。

僕の名前の書かれた封筒を開ける。めぐみの字でこう書いてあった。

《こんな姿を見つけさせてごめんなさい。私はいない方がいい。幸せになってください》

僕が昼過ぎに部屋に行った時、めぐみは中にいたのだと思った。ドアの覗き穴で僕を確認していたのだと。これが僕を見る最後だと思いながら、ずっとそうやって見ていたかもしれないと。めぐみの死など、耐えられるわけがなかった。この事実は、絶対にあってはならないし、絶対に耐えられないことだった。耐えられないことであるのに、でもそれはそこにいつまでも存在し続けるのだった。

めぐみはきっと、度重なる真田の来訪に怯えていた。めぐみを殴ったのは真田だろう。化粧が痣の上にのっているから、殴られたのは昨日か、その前かだろう。部屋の低いテーブルの隅に、何かを燃やした跡があった。その周りには、紙が散乱している。米村からの手紙。めぐみを脅す言葉ばかり書かれている。膨大に、狂気的な量。

めぐみが自殺した。僕と遠くへ行っても結果は同じと思い自殺した。僕は何か声を上げたように思った。涙が口の中に入る。自分に宛てられた紙を握り潰そうとし、でもそれはめぐみの字であるからそんなことはできないと思い、しかしその紙を持ったまま、床を手で打った。僕は何度も、何度も床を打ち、自分がなぜそんなことをしているのかわからないまま、打ち続けた。それは何かに抵抗しようとしていたのだろうか。めぐみが死んでしまったこの世界に対して。そんなことが起こり得る可能性に満ちたこの残酷さに対して。取り返しのつかない時間に対して。めぐみが、存在というものが、これほど悲しまなければならないこの世界のあり方に対して。彼女が褒めてくれたエッグトーストがなぜか頭に浮かんだ。あの生活をもう一度手に入れようとしただけだった。めぐみと一緒に、エッグトーストでも食べながら、好きな映画について話しながら年を取ろうとしていただけだった。

僕はキッチンにいた。狭い視界の中央に食器を洗うゴム手袋を見つけていた。

自分が、自分から遊離していくようで、自分の中の何かが、潰され殺されていくようで、あの時、僕は以前の僕ではない何か他のものになったのだと思う。乱れていた思考や感情が、強固な芯へ集約されていく。僕はこれから自分がするべきことを、明確に意識した。

駄目じゃないか、そうだろう？　僕は泣きながらきみに呟いていた。外から見ればもう僕は恐らく正常でなかったが、そんなことはどうでもよかった。きみは自殺しちゃいけない、クリスチャンなんだから。僕はゴム手袋をはめた。ちゃんとしたクリスチャンじゃなかったかもしれないけど、キリスト教で自殺は強く禁じられてるからしてはいけない。これじゃ天国に行けない。きみが絶対に行くべき天国に。きみが天国に行けないならこの世界に意味はない。大丈夫だと思っていた。神は今見ていない。この場所を見ていない。きみの願いをずっと聞かなかった神は今もよそ見してるのだから。僕がこの現実を変えればいい。きみは殺された。自殺じゃない。天国に行ける。

　他殺を自殺に見せかけるのは難しい。でも自殺を他殺に見せかけるのは容易だった。

　僕はめぐみの身体を持ち上げ、ダイニングテーブルの椅子に座らせた。めぐみの肌が冷たく固くなっていることに、また涙が込み上げた。このままじゃ自殺したように見えてしまうから、両手を縛ろう。部屋を漁り荷造りの紐を見つけた。めぐみの腕を後ろに回し、椅子と一緒に縛った。こうしていれば、この場面は誰が見ても、神が見ても他殺になるはずだった。殺され方は残酷でなければならない。そうすればより天国へ近くなるはずだった。どうすればいい？　僕は正常というものから逸れていく思考の中で考えていた。死因は毒であるなら、無理やり飲まされたことにしなければならない。転がっていた瓶を、ダイニングテーブルの上に、めぐみのすぐ前に置いた。でもこれだと不自然だ。無理やり飲まされたようにしなければ。

　今思えば、そこまでする必要はなかった。でも僕は、狂気的に細部にこだわろうとしていた。細部にこだわることでこれをより殺人現場にし、そのことで、めぐみを天国へ行かせることができるという風に。僕は冷蔵庫を漁り、スープの残りを見つけた。

スープを皿に移し、スプーンを添えた。瓶の中身の残りをスープに入れた時、鼻をつく刺激臭がした。僕は眩暈を覚えたが、そんなことを気にしている余裕はなかった。スプーンでスープをかき混ぜ、めぐみの口の中に入れる。もう唇が固まっていためぐみの口の中にそれは入らない。めぐみの首や胸元がスープで汚れていく。僕はさらにスープの残りをテーブルや床にこぼした。水道水をコップに注ぎ、それらもこぼしていった。まるで彼女が抵抗し、嘔吐でもしたように。

僕は部屋を荒らし始めた。強盗でも入ったように。チーズの袋がたまたま目に入り、僕はめぐみが縛られている椅子と反対の椅子を引き、向かいあった人間が食べたようにそこに置いた。死体の前で、悠々と何かを食べる猟奇的な犯人にやられたように。全てをやり遂げた時、それはどこから見ても殺人現場になっていた。後から考えれば、部屋を荒らすべきでなかった。部屋を荒らす行為は強盗であるし、強盗なら彼女をこんな風に殺したりしない。でもあの時の僕はその矛盾を考えてなかった。むしろ、たくさん要素があった方が、それがより殺人現場になるのだと、理に合わないことを考えていた。僕はなぜか自分が犯人になったと思い始め、部屋を出る発作に襲われた。ドアを開ける前、周囲に人の姿がないか確認することもせずに。外に出てから、何か忘れてると思った。指紋だった。これでは僕が犯人になってしまう。慌てて部屋に戻った。その乱雑に僕が荒らした部屋を、つまりは僕の指紋が膨大についてしまった部屋を見た時、身体の力が抜けていった。一つ一つ、やるのだろうか。僕は茫然としていた。力の入らない手で、倒した電気スタンドを、落ちていた雑誌を、何かの置物を拭こうとした。終わらない。自分はこのままめぐみの死体の側で、罰のように、永遠に全ての自分の指紋を拭き取り続けるのだと思った。ずっとゴム手袋をしていたことに、自分の指紋などないことに気づいたのはしばらく経ってからだった。これまで僕は拒否され彼女の部屋に入っていない。指紋はゴム手袋をする前にふれた場所だけでいい。途切れていく記憶を辿り、自分がふれたと思われる場所を拭いた。全てが終わり、椅子に縛られためぐみを見た時また涙が出た。でももう自分はこの場所にい続けるわけにいかなかった。

僕が向かっていたのは、また教会のベンチだった。辺りは暗くなっていた。僕はその外灯に照らされた十字架を見上げた。でもそれはただの、線が二つクロスした飾りにしか見えなかった。何だあれは？　僕はそう思い続けていた。

少なくともあなたは見ていない。狭くなる思考の中で、僕はそう呟いていた。もう僕は以前の僕ではなかったし、自分が狂っているのかどうかにも興味がなかった。あの時あなたに語りかけたのは、恐らく誰かと話したかったからだと思う。でも信仰の手前で弾かれた僕からは、呪詛《じゅそ》の言葉しか出てこない。小さい頃、僕はあなたに導かれるように思っていた。いや、僕のことはどうでもいい。めぐみは、ずっとあなたに語りかけていた。遡れば、僕がこのベンチであなたに対し今後の僕とめぐみのことを祈っていた時、めぐみは自殺していたのだった。こちらを見ていないあなたはいないのと同じだった。いないのと同じなら、なぜあなたはわざわざ一度聖書を通し無責任に姿を見せたのだろう。僕は、こちらを見ていないあなたの代わりに、この世界でやらなければならないことがあった。僕を勝手に裁けばよかった。でももう、僕にとっては、あなたは消えたのだ。あなたに存在しなかった父を見るのはもうやめよう。導かれるのは終わりにしよう。僕はもう現実しか見ることができない。これから自分がするべきことを頭に思い浮かべ続けていた。もしめぐみにあのようなことをした人間達がこれから幸福になるのなら、この世界にはもう意味はない。自分は死んでいいのだが、どうせ死ぬなら最後にやることがある。もう僕を止めるものは何もない。

あなたが消えた夜に、僕はめぐみの母親を殺すことを決め、めぐみの父親を殺すことを決め、あなたが消えた夜に、僕は真田を殺すことを決め、米村を殺すことを決め、あなたが消えた夜に、僕はめぐみを傷つけた者達を殺すことを決め、めぐみを強請った者を殺すことを決め、あなたが消えた夜に、僕は破滅することを、人生を終わらせることを決めた。

他にも、殺すべき存在がいるだろう。

立ち上がった時、気味が悪いほど思考が澄んでいた。タクシーの仕事を辞め、派遣のアルバイトに登録した。仕事内容の希望を聞く相手を不思議に思った。どのような仕事？　何でもできるに決まっていた。あれだけの人間を殺すには準備が、金が必要だった。

始　動

女性の死に復讐するタイプの男に見られてはならない。髪を染め、着る服のタイプを変えた。やさぐれた、いい加減な、大人の不良というように。そんなタイプの男は、愛情から復讐を決意し、計画を練る真面目な犯罪者に見えないだろう。

肉体労働のアルバイトを大量にこなした。自分の身体が、少しずつ逞しくなっていくようだった。時々鏡の前で、変化していく自分をぼんやり眺めた。目的のために、純化した存在。この身体は復讐に役立つだろう。

刑事が部屋に来た時、僕は不意を突かれ驚いていた。考えてみれば、自分の元に警察が来るのは当然だった。なのに僕は復讐の計画ばかり練り、そのことを一切考えてなかった。

「椎名めぐみという女性をご存じですか?」

めぐみには携帯電話も自宅電話もない。僕との繋がりがわかるはずがない。

しかし、と急に気づく。もしめぐみの部屋に、僕に関する何かのメモがあったとしたら。たとえば日記のようなものが。

なぜあの時、めぐみの部屋でそういったものを見つけようとしなかったのだろう。自分の痕跡を、消す行為をしなかったのだろう。容易にできたはずだった。

胸がトクトクと鳴る。しかし奇妙にも、僕の意識は冷静になっていく。

「何いきなり……、どうしたの?」

僕は敬語を使わず、そう言った。下手なことを言う前に、相手の出方を探ろうとしていた。以前の僕なら、動揺し落ち着きを失っていたはずだった。

「彼女の自宅にこういうメモがありましてね」

一枚の折られた紙を見せられた。めぐみの字で、男性の名前が羅列してある。

「ほら、ここにあなたの名前がある。そしてこの女性が殺害されたのです」

めぐみは、自分が寝た男の名前を、紙に書いていたのだった。恐らく、米村に十人の男と寝るように勧められてから。名前のわからない存在もいたのだろう。髪が長く青い服、優しい感じ、というような、名前でないものもあった。

　僕に関する特別な日記やメモなどはない。僕はそう判断した。あるならこういう風に質問してこないはずだった。もっとダイレクトに、核心を突きながら聞いてくるはずだ。見せられた名前の羅列を見ながら、でも僕は自分がめぐみにとって「八人目」に過ぎなかった感覚に襲われた。

　しかし、彼女の遺体の側には、何かを燃やした跡があった。あそこにきっとあったのだ、と僕は考えた。自殺した彼女が、色々警察に聞かれるかもしれない僕を気遣い、何かを燃やしたのだと。自分が空に昇る時に、僕との思い出を持って行ったのだと。僕はただの「八人目」ではないと。そう思いたかった。

「……あなたは彼女と男女の関係を持ったことがある。そうですね？」

　刑事としては、僕を少しは動揺させたかったのかもしれない。でも僕はもうこの場を切り抜けられると思った。

　このメモで、僕の名前は下の方にある。つまり彼らはすでに上の方に書いてある名の人物達に接触しているはず。めぐみが不特定多数の男と寝ていた事実を知っている。

　それなら、僕もそういった男達の一人になればいい。ここはむしろ「八人目」になった方がよかった。

「失礼ですが……、六月十六日、十六時から十六時半頃、どこにいましたか」

　彼女の死亡推定時刻は、つまり彼女が自殺した時間だった。

　僕が部屋に入ったのは、それから二時間以上も後だった。自分がレンタルビデオ店にいたことを、すぐ言わない冷静さに少し驚いた。やはり僕は、以前の僕とは別の何かになっていた。

「そんなん覚えてねえけど……、まじで？　は？　殺されたの？」

僕はそう言った。やさぐれた男を意識しながら。会ったことのある女性が殺された、その事実に見合う程度の動揺を意識して。

「ええ。彼女とはどういう？」

ナンパしたと言えばよかった。めぐみが勤めるスナックで、一度会ったと言ってしまった。

確かに僕は、めぐみを見張る狂気から、一度彼女の勤めるクラブに入ってる。それをスナックと言ってしまった。だがクラブとスナックの違いをただ僕が知らないと判断されたようだった。

「スナック……、えっと、これはあなたですか？」

不鮮明な写真だった。質の悪い防犯カメラの画像。めぐみが行きつけと言っていた、喫茶店の店内。

めぐみの顔も、僕の顔もあまり判然としない。だが着てる服は僕達のものだった。

「はい、これ俺です。スナックで気に入って、口説いて部屋入れたけど。でもそれだけだよ。まじで？　この子が？」

「……本当にそれだけですか？」

相手が少し疑い出している。僕はそろそろこの会話をやめなければならない。

「ああ、もしかしたら、……えっと、何日だっけ？」

「何がですか？」

「その、この子が殺された日」

「六月十六日。十六時から十六時三十分の間」

「もしかしたら、……ちょっと待って」

僕は部屋に戻った。レンタルビデオ店に行った時のレシートを出そうと思った。でも、借りたDVDが、まだ僕の部屋にあった。

僕は返却を忘れていた。常に冷静でい続けていたはずなのに。でもむしろこれは都合がいい。

「やっぱりな……、何か忘れてるっていうか。……こんなことで思い出すのもあれだけど」

刑事が僕の渡したDVDの袋とレシートを見る。十六時二十五分の会計レシート。僕はあの店に長くいた。

刑事は少し残念がるように僕の顔を見た。このレンタルビデオ店とめぐみの家は随分離れてる。犯行は恐らく不可能と思っただろう。そしてこれからこの店の防犯カメラを確認すれば、犯行時刻に僕がずっと映ってることも予想しただろう。

刑事は僕への興味が一気に薄れたようだった。でも僕はまだ彼に用があった。

「あの、さっきのメモみたいな紙、もっかい見せてよ」

めぐみを抱いた男達。この中に、復讐に値する存在は必ずいる。

刑事が僕に紙をもう一度見せる。未来の殺人鬼に、殺すべきリストを見せている自覚もないままに。僕は食い入るように見た。名前を覚えていった。

「……あなたの前でも、彼女は泣いて？」

そう刑事が言い、我に返った。

「何が？」

「だから……、あなたと寝ている時、彼女は泣いて？」

胸の鼓動が速くなっていった。めぐみは、泣いていたのか？　不特定多数の男と寝る度に。

「ああ」

僕は言う。目に涙が浮かびそうになり、少し困った。

「そういやあ泣いてたよ」

僕の内面の底から、一つの考えが浮かぶ。名前を覚えるにしても、全ては覚えられない。でも僕はもう全てを覚えなければならない。

「何か、この名前の中に……」

「え？」

「いや、何かあの子が言ってたような、気持ち悪い男がいて困るとか……、この名前の中にあるような気がするんだけど、うーん、思い出せそうなんだけどな」

「本当ですか？」

刑事の声がやや大きくなる。刑事は続けて、これはコピーだけど捜査資料だからまずいなどと独り言を言いながら、胸ポケットからメモ用紙を取り出した。

「これ、今から書き写していくので、何か思い出したら連絡ください」

刑事が名前を書き写していく。僕はその様子をじっと見ていた。唇には、もしかしたら狂気的な笑みが浮かんでいたかもしれない。

その後刑事から再び連絡があり、思い出したかを聞かれたが、僕は別の女の話だったと言った。メモの名前さえあれば、もうあの刑事に用はない。レンタルビデオ店での防犯カメラも確認したのだろう。もう刑事から連絡はなく、僕は捜査線上から外れた。

そもそもめぐみは自殺だった。犯人はいない。犯人はこれから生まれるのだ。連続殺人の犯人が。

啓示

今は午前の二時。久しぶりに、これまでの手記を読み返す。

めぐみの姿が、面前に現れてくるようだった。めぐみとの幸福だった日々も、悲しみにまみれた日々も。書き直したい箇所もあるが、そのままにしよう。

それからのことも少し書いた方がいいだろうか。あらゆる仕事をし、金を貯めた。探偵を使い、幾人かの居場所を調べる必要があった。調べてわかったことだが、米村はあのクリニックの医師でなかった。届出は別の医師、有田となっていて、その医師が何かの理由で働けなくなり、米村がその有田という医師に頼まれ、一時的に代わりに働いていた。こともあろうに、米村はあのクリニックで表面的には便宜上有田と名乗っていた。彼は自分の様々な企みを、他人の名前でやろうともしていたのかもしれない。

小さな病院で、本来はその医師ではない医師が、成り代わって別名で診察している。来院者にとって恐ろしいことだ。でも警察も調べようがない。わざわざクリニックに立ち入り、働いている医師が本当にその本人かなど、調べるはずがない。もぐりの医者と言えば表現は簡単だが、米村はそれ以上にたちが悪かった。めぐみが死んでから米村は姿を消した。しかし僕はもう彼の居所を知っている。

人間を消していくには、長い時間をかけない方がいい。僕は途中で逮捕されるわけにいかない。最初の人間は決めてある。椎名啓子。めぐみの母親。考えてみれば彼女が元凶だ。

悪を為した人間が死ぬ。童話などでよくあるテーマだ。めぐみに害を為した人間達が次々死ねば、外から見ればまるで神の裁きのように見えるかもしれない。あなたがよそ見をしてる間に、僕が代わりにやろう。

めぐみの事件のほとぼりがようやく冷め始めている。ずっと待った。やるなら今だ。

明日、椎名啓子を殺す。

僕の覚悟が足りなかったのだろうか。なぜ僕は、椎名啓子を殺さずまた部屋に戻り、この手記を書いてるのだろうか。でも仕方ない。彼女を殺すのは最後だ。

椎名啓子を殺すため愛知県へ行った。彼女は今施設に入ってるが、自分の部屋はなぜか手放さず、時折戻ってきている。症状は痴呆で、親戚の家に時折帰っている体裁だが全て嘘だった。彼女に親戚はいない。僕はもう動揺しないと思っていたが、ずっと動悸が激しかった。アパートのチャイムを押した僕を、ドアを開けた彼女は不審そうに見た。

「めぐみさんの知り合いの吉高です」

僕はそう名乗った。これから殺すのだ。名前を隠す必要もない。

「めぐみさんの手紙を預かっています」

椎名啓子は僕をじっと見続けていた。内面の奥まで見透かしてくるような、不快な目をしていた。顔にめぐみの面影があることに、胸がざわついた。

椎名啓子は無言で僕を中に入れた。部屋は綺麗に整えられていた。低いテーブルを挟み、椎名啓子は僕の前で絨毯に正座した。僕も正座をする。

「これです」封筒を渡す。めぐみの遺書。

「随分時間が……。めぐみは殺されたのでは？」

「読んでください」

椎名啓子が封筒を開く。もうすでに僕が読んだ文章。めぐみは短く、母に宛ててこう書いていた。

〝早く死んでください。みなのためです〟

椎名啓子は読んでも無表情のままだった。そしてテーブルに視線を移した。僕が載せたロープが置いてある。

「今からあなたを殺します」

僕は言った。いつの間にか動悸は治まっていた。

畳にはゴミ一つ落ちていない。食器棚の皿やカップが、他人の振りをするように整然と並んでいる。

「……めぐみは自殺したのね」

「そうです」

「それであなたが他殺のように見せかけた。めぐみは自称とはいえクリスチャンだったから。……なるほど」

椎名啓子が、唇の端に笑みを浮かべた。体格差のかなり違う、自分を殺しにきた若い男を前に怯《ひる》むこともなく。僕は驚きを表情に出さないように努めた。椎名啓子のその笑みを浮かべた唇が、年齢を超え急に艶めかしく、恐ろしく見える。椎名啓子が続ける。

「あなたもそれなりに狂ってるようだ」

僕達の視線が合う。僕は彼女の細い首を見つめる。

「では……、いいですか」

僕は立ち上がり、ロープを手にする。殺す相手に「いいですか」と聞くのも妙だが、あの時はそう言うのが自然に思えた。

「困ったわね」椎名啓子が言う。

「明日はお友達と約束があるのに」

「……約束?」

「ええ、男性のお友達と」椎名啓子が残念そうに言う。死を前にしているのに、用事が入ったから行けなくなったかのように。

「久し振りに、施設を出て男の人に抱かれることができると思ったのに。それとも」

椎名啓子が僕を見る。

「あなたが代わりに抱いてくださる？」

七十歳付近の年齢のはずだったが、椎名啓子は正座の足を崩し、口元に笑みを浮かべた。彼女が口紅をしているのに気づく。唇が濡れている。

「からかってるなら」

「本気ですよ。この年齢ではセックスはしないと思ってるのね。……どう？　人生経験の一つとして試してみてくださらない？　めぐみよりきっといいわよ」

椎名啓子が僕に少しだけ近づく。

「電気を消せばいいのよ。耳元で、女の声で鳴いてあげる。……私のはよく動くのよ」

そこにいるのは確かに女だった。身体の動きに柔らかな艶めかしさを感じ、僕はわずかに後ずさる。椎名啓子が突然笑う。

「臆病者。抱けない女を殺せるかしら」

僕は茫然と椎名啓子を見た。何かを言わなければならなかった。

「めぐみを不幸にした女は抱けません」

「何を言ってるの？　私とめぐみは夫に捨てられたのよ」

「被害者を装うのですか。それなら捨てられた者同士仲良くしなければならない」

「私達はみな神に捨てられてる。なのに神の名を語り戦争してるでしょう？　同じ」

「意味がわかりません」

「私はね、憎みたいの。めぐみの父親だった男は、私を唯一捨てた男なの。許さない。私とめぐみを捨てた」

「その彼女に酷いことをしたのはあなただ。あなたにそんなことを言う権利は今更ない」

「権利など関係ない。私とめぐみを捨てたと言えば、何か正当性を帯びるでしょう？　そうすると憎むことの気持ちよさが増すの。だからそう言うだけ。私は男を憎んで気持ちよくなりたいだけ。めぐみを抱かせて復讐した時心が震えた。憎悪の対象を二人共地獄へ落とした快楽に私は溶けてしまいそうだった」

「なぜめぐみを憎むのです」

「あの子が私の男達を盗ったから」

「虐待だ。めぐみは誘惑などしていない」

椎名啓子は声を出して笑った。

「めぐみの身体が嫌いだったのよ。あのいかにも女の身体をした女が。私のこの世界での望みはね。男に抱かれることなの。男に自分を抱かせるだけ抱かせて、男が私から離れられなくなった時に捨てる。正確に言えば、他の男に乗り換えた姿をその男に見せる。……そうするとね。身体が火照《ほて》るの。火みたいに熱くなる」

「あなたは……」

「狂ってると？　アハハ！　つまらない男。そんなんじゃ私を殺せないわ。これまで誰も殺したことのない男に殺されたくない。……西原を殺して」

「は?」

「私だけ死んであの男だけ残るなんて嫌。あの奥さんと子供から、彼を殺して取り上げるのはどうでしょう。できれば私の前で。そうしたらあなたに殺されてあげる」

「そう言って逃げるのでは」

「逃げる?」彼女が笑うのをやめる。

「退屈な時間より私は激しい時間を選ぶ。……私の目の前で西原を殺して。そしてその死体の横で私を抱いてくださらない? そうしたら」彼女が静かに言う。

「あなたに殺されてあげる」


なぜあのまま帰ったのだろう。椎名啓子という化物に臆したのだろうか。もう僕は以前の僕ではなくなっているはずなのに、まだ殺す覚悟がなかったというのだろうか。

でも彼女が通報すると思えなかった。西原を殺して私を抱けと言った時、彼女の表情に憎悪や喜びが抑制されることなく溢れたように感じた。考えてみれば、めぐみから遠い者から殺した方が、警察が僕に辿りつくまでの時間を稼げるかもしれない。二週間でいい。二週間ばれなければ、僕は全てをやり終える。

考えた末、最初に殺す人物を竹林結城に代える。めぐみを写真で強請っていた男。

なぜまだ殺せない？　見張ってるだけじゃ駄目だ。僕は何をしてるんだ？　全部で二週間？　笑わせるな。どれだけかかってるんだ。

何日見張ってるつもりだ？　アパートに押し入り刺すだけだ。めぐみの写真さえ消去すれば警察に僕との接点など見つかるはずがない。あいつは昨日主婦を強請っていた。殺すべきだ。すぐ殺すべきだ怯えるな。

起こったことを、ここに書き留める。上手く書けるだろうか。

アパートを見張っていると、竹林の車が入って来た。隣に女性がいたのだった。竹林が強請っていた主婦。

身を隠しながら、どうしたらいいかわからなくなった。強請られていた女性が、竹林に連れられ部屋に入れられていく。これから何があるか明らかだった。

止めなければならない。僕はドアの前まできた。チャイムを押し、出てきたところを刺す。でもそれではあの女性に見られてしまう。

黙ってくれるだろうか。僕は助けたことになるが、彼女が怯え僕を警察に言わない保証はあるだろうか。自分が犯人と疑われないために、僕のことを通報しない保証はあるだろうか。

本当に迷ってるのはそれか？　そう考えが浮かんだ。殺すのが怖いだけじゃないのか。そもそもあいつはめぐみを強請ってただけだ。めぐみの傷は何度も開いただろうが、果たしてそれは殺すほどのことか？
頭に痛みが走った。何を今さら考えてるのだろう。これも全て覚悟がないからだ。やろう。そう思ったが、身体が動かない。突然部屋の中から音がする。誰かが中からこのドアに近づいてくる。僕はとっさに身体の向きを変え、アパートの通路を歩いた。背後でドアが開く。竹林が僕とは逆に通路を歩いていく。

何か買いに行くのだろうか。僕は竹林の後をつけた。路上ならやれるかもしれない。少なくともあの女性は見ていない。

竹林がコンビニに向かうのを見、立ち止まる。これ以上進めば、コンビニの駐車場の防犯カメラに映ってしまう。僕はひとまず近くのアパートの脇に隠れた。雨が降り始め、身体が不快に濡れていく。

彼がここを歩いてくるとして、自分は本当にやるだろうか。僕は自問していた。やれるかどうかじゃない。やるのだ。めぐみに悪を為した存在を消していくのだ。背負ったリュックから、包丁すら出してないのに気づく。まずは取り出そう。そう思っていた。まずは、包丁を取り出す。そうすれば、きっとやることになる。大丈夫だ。包丁を出してもまだ引き返せる。引き返せる？　何のために？　リュックのチャックを開けようとした時、驚くことになった。さっきの女性が向こうから歩いてくる。包丁を持っている。

茫然と見ていると、竹林がコンビニ袋を手に戻って来た。女性と対峙する。竹林が何かを言っている。

突然女性が包丁を振り回した。竹林が止めようとする。どうしたらいい、と思った時、女性が体勢を変え、両手で包丁を持ち身体ごと竹林に当たった。

その瞬間、女性の姿がめぐみと重なった。まるでめぐみが、竹林を刺したかのように。あの女性の身体を使い、めぐみが復讐を遂げたかのように。

雨が降り続いていた。僕は包丁を持っためぐみを、その女性をじっと見ていた。一つの真っ直ぐな意志そのものになったようなその存在を。相手を殺す。その意志と化し、明確に、躊躇なく動いたその身体を。まるで、こうやるのだと僕に見せたかのように。何かの啓示のように。

竹林が倒れる。女性はしばらく立っていたが、やがて竹林から包丁を引き抜き始めた。包丁が抜ける。雨の中、返り血で女性が濡れていく。女性はとっさにハンカチを出し、自分の服を拭き始めた。女性の仕草が正常でなくなっていく。ハンカチで拭いても、そんな量の血がなくなるわけがないのに。もしかしたら、もう女性は記憶が飛んでいるのかもしれない。

何かに気づいたように女性が辺りを見渡し、僕は身を隠す。女性はしばらく周囲を見た後、その場から去った。

誰も見ていない。僕以外は。まるで町が、彼女の復讐を許したかのように。

僕は刺された竹林に近づいた。見た瞬間、もう彼が死んでいるのがわかった。血に染まった彼女のハンカチが落ちていた。周囲を見た時に落としたのだろう。もしかしたら、これで自分を拭いた記憶も彼女はもうないかもしれない。それほどになってまで、彼女は目的を遂げたのだ。

こんなものがあったら、犯人が女性とばれてしまう。その女物のハンカチを拾い、ポケットに入れた。辺りには男が買ったビールが落ちて濡れている。エリオットビール。

この場所にいつまでもいるわけにいかない。僕はようやく気づき、その場から去った。鼓動がずっと速くなっていた。頭には、さっき女性が竹林を刺した瞬間が浮かび続けていた。ああやるのだ。僕は呟き続けていた。


ああやるのだ。

そうだ、ああやるのだ。

もう恐れてはいけない。


あれからずっと考えている。あんな風に殺人現場を見たのは何かの啓示だ。ずっと自分が見張っていたとはいえ、何かの啓示だ。あなたからの啓示ではない。恐らく、あなたとは逆の、サタンのような存在からの啓示。

しかしあの女性が逮捕されるのは不憫《ふびん》だ。何とかしたい。でも僕はそんなことをしてる場合だろうか。


初めに殺す相手を初川綱紀に決める。僕の後にめぐみと会った、九人目の男。めぐみの部屋から出てきて、僕とすれ違った男。

やっと居所を調べることができた。奴は真田が昔やってたバーの従業員だったそうだ。真田は奴から話を聞きめぐみに近づき十人目になった。僕が殺しても、警察が僕との接点に気づくはずがない。めぐみの残していたメモにも名前はなかった。彼女が残していたのは僕に会う前の男の名前だけだった。

明日だ。明日こそ殺せ。

留守だった。覚悟ができていたのに相手がいない。ドアをこじ開けた。空き巣のやる手口をもう僕は自分のものにしている。でも面白いものを見つけた。初川の保険証。

これで米村の元に行けばどうだろう？　性懲りもなく、奴は隣の市高町でクリニックを開いている。

あいつはめぐみが死んでから一時姿を消した。奴はめぐみを無料で診ていたから記録はないし、もぐりの医者だから、めぐみとの関わりがばれる可能性は少ないのに。臆病者だ。臆病者を脅しに行こう。大丈夫だろうか？　僕は今正常な判断をしてるだろうか？

なんなら、米村から殺してもいい。そうだ。あいつとめぐみの接点はわかりにくい。あいつから殺しても問題はない。むしろあいつを殺せば僕も覚悟ができる。一気に、全てを終わらせていく覚悟が。

気持ちの整理をつけなければならない。米村の姿が未だに脳裏にちらつく。あいつを本当に殺せるだろうか？　あんな風になっていた米村を？

クリニックの前で、マスクをしサングラスをかけた。受付に派手な女がいたが、やはり来院者がいないのか、待合室は僕だけだった。初川綱紀の保険証を、その派手な女に渡す。女は僕を訝しげに見たが、このマスクとサングラスを精神の病の結果と見たのだろうか、何も言わず受け取った。顔は派手だが善良な女に見えた。僕は誰もいない待合室に座る。

初川綱紀。めぐみにとって九人目だったこの名前を、めぐみを調べ続けていた米村は知ってるだろう。名前を見て動揺するだろう。さらに来たのが僕だったとしたら。

名前を呼ばれ、僕は米村の診療室に入る。米村は立ったまま僕を出迎えた。サングラスとマスクの男を。

僕は米村の姿を見て驚くことになった。威圧感が消えている。ただ身体が大きいだけの、凡庸な男がそこに立っていた。

マスクで隠れた僕の唇に、自然と笑みが浮かんでいた。復讐。この生贄《いけにえ》を、めぐみに捧げよう。生贄は怯えていた方がいい。

「米村。……久しぶりだな」

僕はサングラスとマスクを取る。米村が僕を見て目を見開く。僕の唇には笑みが浮かんだままだった。服に隠していた包丁をゆっくり取り出す。

「殺しにきたよ」

米村と目が合う。先に目を逸らしたのは米村だった。

「いつか、あなたが来ると思っていました」

米村の声には、力がなかった。緊張と怯えのためか掠れていた。

「竹林をやったのはあなたですね」

米村は、やはりめぐみを強請っていた竹林の存在を知っていた。僕は思いを巡らす。彼を殺したと言った方が、相手はより怯えるだろう。

「そうだよ。この包丁でね。……細部も知りたいか？　死体の脇にはエリオットビールが落ちてた。彼の服装は……」

「もういい」米村が声を震わせる。

「私を殺すのか？　そんなことをしたらあなたはすぐ捕まる」

「捕まらないよ」僕は近づく。

「こんなところで私を殺したらどうなると思う。受付の女性を見ただろう。彼女が警察に通報して終わりだ」

「この距離なら」僕はさらに近づく。

「お前が叫ぶ前に殺せる」

米村が後ずさる。

「なら殺せるとしよう。でも殺した後どうする。受付で顔を」

「何見てたんだ？　俺はここに来る時顔を隠してる。保険証は初川のもの。初川が疑われるだけだ」

僕はさらに近づきながら続ける。

「これから起こることをお前に教える。俺はまずこの腕を動かし、一瞬でお前の首の中心を切る。お前は声も上げられず死ぬ。俺は返り血を浴び、このリュックに入った服に着替えることになる。舌打ちくらいするかもしれない。そして俺は窓から逃げる。受付の女が随分長い診察に不審を覚えこの部屋のドアをノックする。誰も出ない。不思議に思った彼女が恐る恐るドアを少し開ける。お前の死体を見る。女が叫ぶ。そんなところだ」

また米村と目が合う。米村が右手を身体の前に出す。

「わかった。あなたは私を殺せる。でもまず座ってくれないか。いつでも殺せるなら一度座ってくれ」

「何を？」

「私も座るから」

米村が診療室の椅子に倒れるように座る。僕もそのすぐ前の椅子に座る。

「……頭の中に、思い浮かべてください。小さい頃のあなたを」

「……は？」

「父が消えた日のことを。あなたは母の飲酒を止めようとした」

「今からカウンセリングを？　ハハハ！　それで俺を治すとでも？」

「そうだ。私が治せなかったら私を殺せ」

僕は笑みを浮かべる。僕を治す？　神すら消えた僕を？

「いいだろう。治してみろよ」

米村が大きく唾を飲んだのがわかった。深爪の、膨れた手が震えている。

「私を、いなくなった父親だと仮に想像するのです。……そして、あなたを捨てた父親に言いたかったことを私に言ってみなさい」

「言いたかったこと？」微かに胸がざわついたが、すぐ治まっていった。

「ないよ」自分でも不思議だった。

「え？」

「ない。言いたいことなどない」

僕は自分の内面を見つめようとする。だがそこには父も母もいなかった。

「うん。……ないな。おかしい。前なら、お前の心理学もあながち外れてるとは思えなかったんだけど」

米村が僕の目を見、動かなくなる。職業医師として、僕の内面の状態に改めて気づいたのかもしれない。手術で身体を開き、その患者がもう助からないと知った外科医のように。

「……断絶かもしれない」僕は言った。

「もう俺は途切れてしまったんじゃないかな。昔の自分から」

米村がやや目を伏せる。荒い呼吸で上下していた彼の肩が、静かに治まっていく。

「……私も同じだ」

診療室の空気が、季節のせいか乾いていた。そこにあるテーブルも、椅子も、部屋の壁までもが乾いて見えた。

「断絶……。めぐみを失った。めぐみは自殺した。めぐみから、私の元に遺書が届きました。私は死ななければあなたから離れられないと書かれてあった。……めぐみはクリスチャンだったから、半分狂ったあなたが他殺に見せかけた。事件を知った時すぐそう思った」

米村が硬直したように椅子に座りながら、言葉を続けた。

「彼女は私を置いて死んだ。私を裏切り私から離れた。彼女のいないこの世界はもう私にとって何の意味もない。私は元の私に戻ったんだ。めぐみと出会う前の私に。能力もなく、臆病で、人間と付き合うのも嫌で孤独なヤブ医者に。……ほら」そう言って手を見せた。

「震えてるでしょう？　これは恐怖のせいだけじゃない。酒だよ。私はもう死んだめぐみを想い続けるアル中だ。私はもう残骸なんだよ。その辺りに」米村が窓の外を指す。

「落ちてるゴミと一緒だ」

僕は米村をじっと見る。頰が痙攣している。

「だから。……もうあなたに殺されてもいいのかもしれない。実際、私はあれから、何度も自殺未遂をしている。でもその包丁は……、痛そうだ」

包丁に米村は目を向け続ける。

「もっとスマートなやり方はないのですか」

僕も包丁を見る。青みを帯びた銀の長い刃は、まだ何も裂いてないのが不思議なほど鋭かった。

「……仕方ないよ。お前は今から痛がって死ぬんだ」

「……待ってくれないか」

「馬鹿な。無理だ」

「私の自宅にはまだめぐみとのカウンセリングの記録がある。私が今死ねばめぐみの事件とこの事件が結びつく。まずいだろ？　警察が動けばあなたも復讐が難しくなる」

「そう言って俺を通報する気だろう？」

「通報？」米村がなぜか嘲笑するように言う。

「ずっと法の外で生きてきた私が、今さら警察に助けを求めるとでも？　……それに」

米村がじっと僕を見る。

「もう、いい。……これ以上残骸を曝すならあなたに殺された方が。あなたはめぐみのために復讐している。ならそんなあなたに殺されれば、私はめぐみに殺されたことになる」

「そんな詭弁で逃げるなら」

「……逃げない。ただ、私の思う通りの方法で殺してくれ。……痛いのが嫌なんだ」

確かに、米村の自宅にめぐみの資料があれば厄介なことになる。僕は正常な判断ができてなかったことになる。

「……いつだ」

「……真田を殺した後は」

米村の声にやや力が入る。

「真田？」

「ええ」米村が僕の目をじっと見る。

「私はめぐみを追いつめた。それはそうだ。それが私の愛情だったから。でも同じように追いつめた真田だけ生き残り私だけ死ぬのは嫌だ。あの男は私が思っていた以上に最悪な男だった。私の判断が甘かった。あいつが出現しなければめぐみはきっと死ななかった。死んだとしても、それは私と共に死ぬことになっていたはずだった。……あなたはどこまで復讐を？」

「全員」

「それはいい。私が死んだ後も、めぐみに関わった人間達が死んでいく。それはいい。それなら私は死ねる。道連れは多い方がいい。でも真田だけは私の前に殺してくれ。あいつが死んだことを知ってから死にたい。それをしてくれれば」

頬がまた痙攣し始める。一瞬、彼が昔の米村に見えた。

「あなたの罪を被ってもいい」

あの時、本当に米村を殺さなくて大丈夫だったのか。逃げはしないだろうか。しかしめぐみの資料が残るのはまずい。あいつの自宅で殺せばいいのか。僕は何をしてるのだろう。クリニックの絨毯が靴下についている。何かに使えるだろうか。

〝コートの男〟？　〝コートの男〟とは何だ？　あの男を、竹林を殺したのはあの主婦だ。〝男〟じゃない。どういうことだ？　近所で主婦が切られた？　どういうことだ？　通り魔？

もしかして、〝コートの男〟とは、神、つまりはあなたではないのか？　あなたがめぐみの復讐をしているのではないのか？　僕が見たのはあの主婦じゃなくて、本当はあなただったのではないか？　こんなことを思う僕は今正常だろうか。僕は今、きちんとした思考を保ってるだろうか？

僕は真田を殺せばいいのか真田を殺せば米村も殺せるのかきっとそうだそういうことだだから真田を殺そう。

何日考えてるつもりだまたお前は考えてるのか早く真田を殺れ。

〝コートの男〟とは、僕だ。きっと僕だ。あの主婦が竹林を殺したんじゃない。きっと、あれは僕が殺したんだ。僕に決まってる。僕が〝コートの男〟になればいい。

今日は気分がいい。今日しか、書けないかもしれない。僕は真田を殺すために、今この文章を書いてるのだろうか。整理しなければいけないことがある。科原さゆりのことだ。

科原さゆりのことはもう書きたくなかったけど、状況を整理するために必要かもしれない。どうせこの手記は、燃やしてめぐみに送る時書き直すのだ。

めぐみの死がニュースになった時、科原さゆりから電話が来た。無視すればよかったのに、電話を取ってしまった。彼女は電話口で何か言っていた。ぼんやりしていた僕は、初め彼女が何を言ってるのかわからなかった。しばらく聞いているうち、気づいた。彼女は僕を疑っていたのだ。僕が彼女を殺したのだと。「違う」僕は言った。「めぐみは自殺したんだ」

電話の向こうで、科原さゆりが沈黙していた。僕は状況を話した。本当はどう思ってるかわからなかったが、ひとまず彼女は信じたように思えた。

――ねえ。会いたい。

彼女は言ったが、僕は断って電話を切っていた。数日後、彼女から彼氏ができたとメールが来た。僕はそのメールを読み安堵する自分に気づいたが、数日後、その男性と別れ別の男性と付き合い始めたとメールが来た。

様子がおかしい。でも僕は、もう彼女に関わるべきでなかった。

科原さゆりは、それからも僕に奇妙なメールを送り続けていた。男に暴力を振るわれている、その男と別れまた別の男と付き合い始めた、彼女のメールは終わらなかった。彼女がめぐみになろうとしていることに、あの時僕は気づかなかった。ただもうメールはしないで欲しいと返信をした。あの時の僕は、めぐみに関わった男達に復讐することしか考えてなかった。

どれくらい経った頃だろう。お金が貯まり始め、探偵に調査を依頼しようとしていた時だったろうか。科原さゆりから久し振りにメールが来た。真田と付き合ってると言う。

メールの文面を驚きながら見ていると、彼女から電話が来た。着信音がやけに強く響いた。なぜ僕は、番号やメアドを変えるか、彼女を着信拒否にしなかったのだろう。気がつくと電話に出ていた。

「なぜ真田と？」久し振りの挨拶もなく、僕はそう言っていた。

——助けて。

「は？」

——私を助けて。

僕が別れようとしていた時、めぐみが真田と付き合っていたと彼女は突き止めていたのだった。真田からめぐみを僕が奪おうとしていたことも。

僕は彼女の甲高い声に、病的な響きを感じた。

「俺は、……もう、さゆりさんに対して、恋愛の感情はないんだ」

あの頃の僕なら、誰に対しても、どのような言葉でも吐けただろう。受話器の向こうで、彼女が泣いてるのがわかった。

——嘘なの。

「真田と付き合ってることが？」

——ううん。それは本当。

科原さゆりが、大きく息を吸う気配がした。

——今の彼は、……抜け殻みたいなの。

「真田が？」

あの時、確か外は激しい雨が降っていた。

——本当に、あの人がめぐみさんと付き合ってた人なの？　あんなつまらない人が？　……もしかしたら、めぐみさんが亡くなって、あの人も変わってしまったのかもしれない。……私はめぐみさんと歩いてる時の、彼を一度見たことがあった。あの時の彼と、今は全然違う。……顔まで変わってしまった。めぐみさんは顔に痣があった。直感で、彼が殴ってると思った。でも彼は私に何一つ暴力を振るわない。それどころか、他の女性にも軽薄に手を出すような平凡な人間になっている。……私は彼を問い詰めたの。めぐみさんの時みたいに私を愛してと。でも彼は首を振るだけだった。私は所詮、その程度の女なんだと思う。男性を狂わせることもできない平凡な女。

「そんなことは」

――いいの。わかってる。私はめぐみさんにはなれない。……死んだのが、私だったら良かったのに。

思えば、あそこが引き返す最後の時点だったのかもしれない。一瞬、自分が科原さゆりの元へ行く姿が浮かんだ。でもすぐ、めぐみの姿が、膨大な米村の手紙の中で、真田につけられた痣をそのままに死んでいためぐみの姿がそれを打ち消す。科原さゆりからの連絡は途絶えた。

真田は今、軽薄な男になっている。めぐみをあのように苦しめたのに、自分はのうのうと人生を生きている。殺さなければならない。それから探偵を雇い、アル中の果てに真田が酒までやめたと知ることになった。本格的にスポーツクラブも展開しているようだ。何をみっともなく順調に生きてるのだろう？　アル中で死ねばいいのに？　殺さなければならない。

早く殺せ。めぐみの姿を思い浮かべろ。

殺害。一月四日。

大丈夫だ誰も来ないここには誰も来ない。

ここまで自分の精神が脆弱と思わなかった。しかし、僕はやり遂げることになった。今は少しだけ気分が安定している。あの時のことを今から記さなければならない。

僕は決断のつかない自分を嫌悪した。そしてこともあろうに、コートを買ったのだ。正確な形まではわからないが、〝コートの男〟が着ていたとされるグレーのコートを。今考えてみれば、ドライブ中に検問にあったらどうするつもりだったのか。助手席にグレーのコートが、その内ポケットからは、鞘に収められた包丁がはみ出していた。

あれほどの偶然があるだろうか。いや偶然ともいえない。そうだ正確に言えば決心はついていなかった。決心がつかないまま復讐に役立つと思い買った中古の軽自動車であの道に行った。朝が近づいていた。

書け。とにかく書け。

車を停め外に出た。こともあろうにコートを着たままで。探偵からの報告では、真田はこの道を走る習慣がある。だからあの道に行ったのだが、そうなのだが、殺す覚悟などなく、彼がここを走る正確な時間を調べることもしてなかった。真田を殺すならこんな外でなく、もっとばれないようにしなければならない。自分は何をしているのだろう。覚悟を疑わざるを得ない。

遠くから深夜のランニングをする男が来た。動悸が激しくなった。まさか真田が？　視界が狭くなっていく。まさか？　本当に？　彼がこの道を走るのは、この時間なのか？　でもやってきたのは小太りの男だった。激しい息を吐きながらすぐ横を通り過ぎていく。

僕は安堵する自分に嫌悪しながら、今この場所で、真田に会う危険を思った。そうだ。あの時そう思った。僕の姿を見られたら警戒する。姿を見られればこれから殺す時支障が出るし、そもそもこんな場所で殺すわけにいかない。車に戻るため来た道を引き返す。そこに真田がいたのだった。

向こうから、ランニング姿で走ってくる。治まりかけた鼓動が痛みを伴うほど速くなっていた。真田だった。それは間違いなく真田だった。

茫然と立つ僕に、真田は怪訝そうに目を向ける。僕の姿を明確に見、真田が立ち止まる。どれくらい僕達は見合っていただろう。

そこにいたのは、確かに以前の真田ではなかった。しかしそれは科原さゆりが言うような、軽薄な男ではなかった。その顔は、全てに飽き、中身を失い惰性で生きている男のものだった。彼の身体は以前より厚みを増し、ランニングのせいもあるのだろう、引き締まっていた。でもそれらの全てに、生命力が感じられなかった。そうだ、感じられなかった。まるで贋物の身体のようだと僕は思った。死んでいく精神を、何とか肉体で鼓舞するような、歪な生。真田が僕をぼんやりと見、全てを了解したように、微かにうなずいた。

僕はまるで、真田に促されるように、胸ポケットから包丁を出した。そうだあれは促されるようだった。これは二度目の啓示だろうかと僕は思う。確かにこの道を彼が走ると知っていたが、この時間でこの位置に。

しかも周りには、僕達以外、もう誰の姿もない。僕にはもう引き返す退路がなかった。時間が、状況が、周囲の風景の全てが、真田を殺すのに相応しいタイミングのままであり続けているのだった。この場が突然固定され僕を押すように。僕にやることを強いるように。

包丁を鞘から抜き、前にかざす。少しずつ真田に近づいた。

「……竹林を殺《や》ったな？」

真田はめぐみを強請っていた竹林を知っていたようだ。あの男を殺したのは僕でなかったが、頷いた。

「めぐみは自殺した。俺を置いて、俺の狂気に付き合わず自殺した。そうだな？」

僕は頷く。

「お前が次に俺のところに来ると思っていた。……たとえば、こうやって走ってる時に」

真田が言う。ぼんやりした表情で。

「……頼みがある」

「……何だ」僕はその場で初めて声を出した。

「どうせなら痛くやってくれ」

真田が虚ろな目のまま言う。確かにあの時、彼はそう言った。僕の中に、竹林を殺した女の姿が、そしてその女の姿にめぐみの姿が重なり、入ってくるようだった。彼女は、いや、彼女達は、初めに相手を、大きく切った。

腕を高く上げ、包丁を振り下ろした。反射的に動いた真田の腕が、僕が振り下ろした包丁の線に当たり、血が噴き出す。彼女達の時と同じだ、と思った瞬間、僕は両手で包丁を持ち、真田の胴体を深く刺した。

まるで抱き合うかのように、真田の身体と密着していた。……真田は呻くような声を上げた後、小さく、僕を見ることもなく、どこかをぼんやり見ていた。「思ったより……」と呟いたように聞こえた。どういう意味だったのだろう。

真田がうつぶせに倒れる。僕の手が真田の血で濡れている。僕はあまりにも強く包丁を握っていて、力を緩めるにはなぜか勇気がいった。目の前に、自分の行った現実があった。真田が倒れているその現実は、絶対的にやり直しがきかず、今の自分の人生は、否応なく、この現実から進んでいくのだと思った。「車の邪魔になる」。僕はそう思っていた。今自動車が来て、この死体を避けようとして事故になるかもしれない。そこを歩行者が歩いていて、その歩行者が轢かれるかもしれない。その歩行者が昔のめぐみのように怪我をし、部屋から出られなくなるかもしれない。そう思いながら、真田の死体を道路の脇まで引きずった。予想よりそれは重かった。鼓動はいつまでも治まらなかった。引きずりながら、何をやってるのだろうと思った。この死体で事故が起こる？　そんなことをしてる場合か？　早く逃げなければ、と思った瞬間、視界が狭くなっていった。僕は叫び出そうとし、何とかそれを耐えた。動揺してはいけない。これは始まりだから。自分は、この死体を平然と見なければならない。僕は真田の死体を凝視した。動揺するということは、まだ自分がこの世界に未練がある証拠だ。動揺してはならない。でも呼吸が荒くなっていく。

「めぐみが死んで、本当はほっとしたんじゃないか?」

そう声が聞こえた。驚きで胸に重い刺激が走り、僕は振り返った。誰もいない。視界がさらに狭くなり、自分がどこにいるのかわからなくなる。鼓動が痛いほど速い。息をするのが難しくなっていく。

「お前の中の一部が、そう思ったんじゃないか? お前はお前の精神の全てを隈なく理解できるか?」

倒れた真田がしゃべっていた。大きく目を見開いたままで。

「そして今俺を殺した。つまり、覚悟もないのに、超えた。覚悟もないのに超えた人間がどうなるか」

「黙れ」僕はこの死を、めぐみに捧げなければならない。燃やそう。そう思った。この死体を煙にして、めぐみに届けよう。

僕はポケットから煙草用のライターを取り出し、真田に近づいた。真田の唇は厚く、弾力に満ち、生きた肉となってまた動き出そうとした。僕はその唇を焼いた。そこは柔らかいから燃えやすいと思った。たとえばれても、口の中を火傷したと思われるから大丈夫だと思った。真田の口を開き、舌を焼こうとする。ライターの火の角度が変わり、僕の指が焼けていく。熱さを感じないと思った時、僕は弾かれたように真田から離れた。慌ててライターを拾う。燃やせるわけがない。口の中は柔らかいから燃えやすい？　火傷したと思われるから焼いても大丈夫？　何をしてるのだろう？　この場から離れなければならない。いや、まだ僕は何かをしなければならないと思った。ポケットに、米村の絨毯の毛を入れた小さな袋があった。使い道もわからないまま入れていた。これか？　これを忘れてるのか？　真田の靴下の裏に毛を落としていく。何をしてるのだ？　これで、一体何だというのだ？　米村に罪を被せるため？　本当にあいつがこの罪を被るとでも？　違う。僕はそもそも、ここでもう何もする必要がなかった。僕は走り、走っては目立つと気づき歩いた。速度を緩めるほどこの場に取りこまれるように思えた。周囲はまだ暗い。僕は車に戻り、コートを脱いだ。あの時咄嗟に包丁を投げ捨てようとし、思い留まったのは幸運だったかもしれない。

〝コートの男〟？　真田も、〝コートの男〟が殺したことになっている。まるであの現実がなかったかのように。架空の存在が全てあれをやったかのように。

今のうちだ今のうちに全部殺せ。

動揺はいらない。

しかしながら、ドアのカギ、というのは、中々よくできた代物のように思う。そう思わないだろうか？　カギをかけさえすれば、この部屋は強固に、城のように強固になる！

朝起きる度、人を殺したのだと、思う。その事実は、眠っても、起きればそこにある。真田の胸部を深く刺し、抜き取り、殺した。

いつまで閉じこもってるつもりだ。なぜ風呂に入るのが恐ろしいのだろう。自分の身体を見なければいけないからだろうか。

「人間」を越えていく

忘れないうちに、記そう。僕が、こうやって何かを書くことができなくなってしまう前に。読み返すと、酷く取り乱している。でもいい。燃やしてめぐみに届ける時書き直すのだから。

しかし薬というのは恐ろしい。薬によりこうも安定するのなら、果たして脳とは、人間とは一体何だろう？　人間を殺し、動揺し続けなければならない僕のような存在が安定している。今の僕は、どのような存在なのだろう？

米村から深夜公衆電話で連絡があり、彼の車に乗った。電話の時、彼は真田を殺した状況を何度も僕に話させた。

手袋をし、包丁を持っていったが、本当に自分がそれで彼を刺すのかわからなかった。刺さなければならないのに、彼から呼び出された時、むしろ外に出る恐怖に囚われていた。

「……覚悟はできました」

米村が、寂れた公園が見える道に車を停めて言う。僕はぼんやり彼を見ていた。太ってはいたが、以前より痩せて見えた。目が落ち窪み、頬をずっと細かく痙攣させる、チックの動きを繰り返していた。

「だけど、お願いです。自分でやります」

僕が殺しに来る。それは事実だったが、彼はそのことを頭の中で強迫観念のように繰り返していたのかもしれない。彼の立場からすれば、警察に通報すれば助かったはずだった。なのに彼はどこかを見つめたまま、やります、今からやりますと呟き続けているのだった。

「ねえ、そうなのですよね？」

「何が？」

「あなたは、これからも、めぐみに関わった男達を殺し続けるのですよね？」

僕は機械的にうなずいていた。

「そうです。それを聞けてよかった。真田が死んだのを知った時、すっとしましたよ。ええ、物凄くね！　私だけ死ぬのではない。みな巻き添えだ。それこそ私達の最後に相応しい！」そして呟くように付け加えた。

「めぐみのいない世界など意味はない。死にきれなかった私がようやく死ねる」

米村がバッグから包丁を出す。

「さあ、見ていてください！　私が死ぬところを！」

叫ぶように言い、自らの胸を切った。でも傷は浅く、血もわずかにしか出ない。

「痛い。ああ、やっぱりだ、痛い」

急に笑い始める。

「痛いなあ。アハハハハ！　あー、違うでしょう！　あなたが見てるからだ！」

米村が突然叫ぶ。

「ほら。遺書も書いてきたのだから。私は臆病者じゃない。ほら見てください！」

僕は遺書を読む。こんな外見の目立つ男が、太った男が身代わりになるだろうか。

「私は人生の最後に〝コートの男〟になれる。どうです？　なかなかのもんだ！　そうでしょう！」

僕は茫然と米村を見る。米村が頰を痙攣させる。

「でもいいですか。あなたはこれから〝コートの男〟をも越えなければならない。そしてあなたは『人間』を越えていく」

突然バッグから袋を出す。

「ソラナックスです。精神安定剤。もしあなたがこれから殺人者である自分に苦しむようになったら飲みなさい。あなたはまだこういうのを飲んだことがないでしょう？　これは軽いが効きますよ初めは！　精神を安定させさらに殺すのです！　そしてこれが効かなくなった時」

別の袋を出す。

「こっちです。……これは強力だ。あなたは絶対的な安静の中で人を殺すことができるかもしれない」

その薬は白くやや大きかった。認可されてないものか、もっと違法なものかわからなかった。

「ところで、……いつまで見てるつもりです？　これじゃ私が臆病者みたいでしょう！」

見ていろと言ったのは米村だった。でも僕は車から出た。米村はバッグから、今度は瓶を取り出した。恐らく毒だろう。奇妙にも首と背筋をピンと伸ばし、身体を硬直させその瓶をずっと凝視している。

殺さなくていいのか。僕は思い続けていた。自殺を許していいのか。しかし同じことではないか。突然真田を刺した感触が蘇った。

包丁が埋まっていく感触。人間の意外に硬い身体の感触。これを引き抜いても、もう全ては遅いと思う感触。僕の包丁が、真田の筋肉にきつく挟みこまれていた。僕の肩に真田の頬がもたれかかる。僕の剝き出しになった首筋に、真田の息が、自分が殺している人間の温かな甘い息が吹きかかる。抜け落ちていた感触だった。その時まで、その感触は、僕の記憶が消そうとしていたものだった。

殺したくない。もう、あの感触に、自分は耐えられそうにない。

米村が突然車のドアを開け僕の前に来た。僕は茫然と米村を見たが、米村も僕を茫然と見ていた。数秒が過ぎ、数分が過ぎたような気がした。突然米村が「駄目だ」と呟いた。

駄目だ？　何が？　そう思った瞬間、米村はまた車の中に戻った。駄目だとは、僕を殺せないということか？　僕を殺せばこの窮地を脱せると思ったが、僕の生々しい身体を見て、自分に殺人は無理だと思ったのか？　米村は勢いよく瓶をつかむと、まるで自分に考える隙を与えないかのように飲んだ。開いたままのドアから米村のうめき声が響く。米村は身体のわりに短い腕を細かく動かし、震える右手を口の中に入れようとした。吐こうとしていた。でも痙攣するように動く右手がなかなか口に入っていかなかった。何もできず、まるでそう勝手に動いたかのように、米村の右手が米村のアゴを押した。米村はそのまま自分のアゴを左側になぜか強く押し続ける。僕はその奇怪な動きをただ見ていることしかできなかった。目を見開いたまま何度か痙攣した後、米村はやがて動かなくなった。

　鼓動がずっと乱れていた。この場から逃げなければならないと思ったのは、どれくらい経ってからだろう。僕は米村の死体に近づいた。燃やそう。めぐみに届けるために。でも不可能だった。米村の財布がバッグから出ていて、僕は咄嗟にその中から免許証を引き抜いた。車のドアを閉め、公園に入りそれを燃やした。

　プラスチックの溶ける、嫌な臭いがした。あの遺書にあった通り、西ノ浦公園にこの包丁を捨てればいいのか。あのように太った彼を身代わりにするのは難しいが、捜査は混乱するかもしれない。前より冷静でいられるのは、自分が殺したわけじゃないからだろうか。わからなかった。

　米村の姿を夢に見るようになった。這いつくばり、短い右手で自分のアゴを左側に押し続ける米村が、**「あなたのせいでしょう」**と言うのだった。僕が怒り出すのを恐れるように、僕を見て脅えながら言うのだった。

「あなたのせいでしょう。あなたがめぐみを追い詰めたのでしょう。一緒になろうと迫ることによって。真田、私、だけじゃない。あなたもめぐみを追い詰めた一人じゃないですか」

しかし、今は気分が落ち着いている。ソラナックスは効きにくくなっているが、米村からもらったあの別の薬もある。米村の映像は夢とは言い切れない。夢の欠片のように、目が覚めても、彼はベッドの脇の絨毯の上で横になっていることがある。僕が見ると、恐怖に怯えそのまま這いつくばってどこかに隠れようとする。ベッドの下に潜んでいたこともあった。でも僕はぬかりがないから、ちゃんと彼を見つけることができる。

さて……、次は誰だったろう？　誰を殺すんだったろう？

米村が、通り魔の高柳を操っていた？　〝コート〟を着ると人格が変わる？　模倣犯が溢れている。どうなっているのだろう。

さっき、腕時計を壊してしまった。ずっと何かが気になる感じでいて、ようやく原因がわかり腕時計が左手にずっと巻きついていたことを見つけた。壊す必要があっただろうか。七千円した。九千円のやつを七千円で買ったものだった。

訂正しなければならない。あれは八千円したやつを、六千円で買ったものだった。

九千円だったものを、八千円で買ったものだった。

次は誰を殺すんだったろう？

別の薬に手を出す。これはいい。素晴らしい。僕の神はこの薬だ。現代の神は薬だ。ずっとしなかった部屋の掃除をした。セールスの男が来たが、なぜ彼はあんな怯え方をしたのだろう？　彼の悩みを聞かなければならなかったのに。

僕はめぐみが死んでほっとなどしていない。

殺すことができた。神谷駿介。めぐみと寝た男の一人。林に捨てたからしばらく事件にならない。元ホストで、薬の売人。やっと居所を突き止めた。めぐみは、こんな男にまで。ちゃんと書こうか。誰かがのぞき見してる気がするんだが……。しかし、僕はこうやってぬかりなく周りを見てるから大丈夫だ。僕は昔から、みんなからそう言われていた。みんなからそう言われていたから僕は大丈夫だ。

殺す前に薬を飲んでいった。米村からの例の薬。鼓動が驚く程静まるのだが、なぜか少し汗が出る。奴が住む古いアパートの駐車場で、音のないその静かな場所でずっと待っていた。駐車場に引かれた白い線が、くっきりとし過ぎて眩しかった。彼が自分の車に乗ろうとした瞬間、刺した。肩を後ろから叩き、振り返った瞬間。殺す前に、なぜか自分がいることを知らせた方がいいように思った。奴は驚いただろう。平気でいる自分が頼もしかった。笑いながら殺す人間を漫画などで見たことがあるが、別に楽しくないから笑わない。

あとは（自慢ではないが）順調にいった。奴をそのまま奴の車に乗せ、僕が運転して林に死体を捨てた。それだけだ（本当にそれだけだ）。あそこは見つかるのが時間がかかるはずだ。僕はそのまま、奴の車を奴のアパートの駐車場にそのまま戻した。そのままにしていた。馬鹿な男だった。車にスモークがはってあったから、座席についた奴の血は外から見えない。

何でもできる。

皿を洗う。でも洗った皿を積み上げる時のずれが気になる。時間がかかった。一つのずれが決定的な崩壊を招く。慎重に皿を置いた。これは割れるものだ、と思うと危険でもある。割れるという可能性を有してるなら、それは割れなければならないと思えてしまうからだ。

殺す順番は、本当にこれでよかったのか？　何か見落としてないか？　しかし、考えることには恐怖がある。

サイの密猟のドキュメンタリーを見た。サイが殺されるのが悔しくて悔しくてたまらなかった。

僕は涙を流し続けた。今でもだ。今でも思い出すと激しく涙が出る。なぜだ？　なぜサイにあんなことができるのだ？　何であんなことが？

今日は落ち着いている。手記は読み返さない方がいい。気分にムラを感じているが、ここ数日は落ち着いている。眠いのは同じ。

この手記が完成し、誰か読んだとしたら。もちろんめぐみと神が読むのだが、その存在達はこれをどのように読むだろう。全ての事件が終わってからこれを読めば、もう、その読む人は先がわかってることになる。まだ僕にわからない先が。先がわかってるものを、読んでいく。それが神の視点だろうか？

今度は動揺した。薬をソラナックスに戻したからか？　でも僕はやり遂げることができた。

奴は首を紐で絞めた時既に死んでいたはずだ。なぜ全身を燃やそうと思ったのだろう？　免許証でよかったのに。しかも燃やした後、僕は、正直に書こう。恐怖を感じていた。後悔で恐ろしくなっていた。水をかけ、生き返らせようとした。でもこんなに交通事故を起こす奴を生かせば、またみめぐみのような被害者を生んでしまう。だからやはり完全に死なせようと思ったんだ。轢いた。あいつの身体に乗り上げた。死んだだろう。死体を隠すのを忘れたがもう戻れない。もう触りたくなかった。奴はめぐみを轢いた。奈良まで行った。

もう殺したくない。もう嫌だ。

ソラナックスの効きが悪い。あの薬に戻すにしても、数がなくなってきている。これがなくなった時どうなるのだろう。

人間を、殺し続ける。踏み越え、続ける。脳が拡散していくんだ。脳が僕から逃げようとするんだ。僕の意識を、つまり「僕」をどこかへ消そうとしている。脳自身を引きちぎることで。でも僕は米村の薬により目を大きく見開く。「僕」を引きちぎらせないために。

でもその米村が消えてしまった。時々僕の部屋で這いつくばり右手でアゴを左側に押していた米村が消えてしまった。あれは僕の狂気性の現れだったはずだ。それが狂気性ってきちんと理解してるんだからまだ僕は狂っちゃいない。でもその狂気性の現れだった米村が消えてしまった。僕を見捨てるように。孤独とは、何だろう。米村の幻影すら僕は求め始めている。

科原さゆりから聞いた話を整理しなければならない。

彼女は僕の部屋の前でずっと待っていた。大分印象が変わって見えたが、目の下のホクロは元のままだった。

誰にも聞かれてはまずい話だから中に入れてくれと言う。でも、その目は僕のことをまだ引きずってる目でなかった。彼女の真剣な表情に飲まれるように、部屋に入れた。僕は彼女にわからないように薬を飲んだ。

「あなたは〝コートの男〟なの？」

彼女が突然言う。

「ううん、違う。〝コートの男〟は存在しなかったから、でも、だから、あなたが真田さんを殺したの？」

彼女は話し続ける。真田が殺された時、すぐ僕の姿が浮かんだこと。でもあの時は〝コートの男〟が犯人とされていて、〝コートの男〟が女性を、つまりあの主婦を刃物で襲ったとされていたから、僕ではないと思ったこと。なぜなら、僕が女性に暴力を振るうわけがないと彼女は思ったから。

「でも、今日、市高署の刑事の人がまた来て、それで……、めぐみさんについて聞かれたの」

僕は鼓動が速くなっていた。

市高署の刑事が？　なぜ？　〝コートの男〟事件での聞き取りで、めぐみの名前が？　視界が狭くなっていく。なぜ結びついた？　どうやってわかった？

「それを聞いた時、やっぱり、……あなたが真田さんを殺したんだと思った。ねえ、そうなの？　ねえ！」

「……どう答えた？」

「え？」

「それで、きみはどう答えた?」

科原が目を見開いて僕を見る。

「やっぱりあなたが」

「質問に答えてくれ!」

外では激しい雨が降っていた。以前科原と電話で話した時も、雨が降っていたことを思い出した。

「初めは、あなたの名前もめぐみさんの名前も出さなかった。私が付き合ってた真田さんの印象だけ話した。あなたの名前を下手に出さないように、真田さんのことだけ丁寧に。でも」

「でも?」

「刑事さんの口からめぐみさんを知ってるかと聞かれた時、真田さんの元交際相手だと言ってしまった」

「どうしてそんな」

「だって!」彼女が声を大きくした。

「〝コートの男〟がいないとなった時、真田さんを殺したのはあなただと怯えた。そしたら市高署の刑事さんから、真田さんと、何とかっていう死んだ医者みたいな人と、めぐみさんが繋がってると言われた。もう、そこまで言われたら真田さんを殺したのはあなたしかいないじゃない! やめさせないといけないと思った。だから私は!」

「俺の名前を?」

「まだ言ってない。でも」

科原さゆりが僕を真っ直ぐ見る。彼女の目が濡れて見える。

「今度は言う。……だからお願い。自首して」

あの時、僕はどんな表情をしてただろう。

「本当にそれだけ？」

「え？」

「本当に、僕をやめさせたくて、めぐみと真田のことを言ったの？　きみはどうやら、もう僕に対して完全に気持ちがないみたいに見える。……新しい恋愛を？　それで僕のことはどうでもよくなった？」

「……何言ってるの？」

「その刑事に、サービスしようとしたんじゃないの？　協力しようというか……、余計なことまで、ペラペラと言ったんじゃないの？　同情を誘うようなことを思わず言ってしまったとか。さっきから、刑事さんと言う時のきみはどこか落ち着きがない。まさか、その刑事のことをきみは？」

科原が下を向く。確信もなく言ったのに、あながち外れてるわけでもなかった。

「気をつけた方がいいよ。刑事は、そりゃあ優しくする。事件を解決したいんだ。きみに優しく接する。でもそれですぐ好きになるなんてきみはもう病気だよ」

なぜあの時、僕はあんなことを言ったのだろう。怒り出すと思った彼女は、下を向いたまま動かなくなった。僕はその様子をぼんやり見ていた。傷つけたのは僕なのに。僕の精神は、やはりもう崩壊しているのだ。

「ねえ、質問に答えて」科原が改めて言う。

「真田さんを殺したの？」

また目が合う。外では雨が降り続いている。

「ああ」僕は言った。

「殺したよ」

なぜあの時僕はそうはっきり言ったのだろう。言わざるを得なかったのもあるが、言ってしまえば、科原さゆりの口を封じなければ、つまりは、殺さなければならなくなる。そんなことはできない。だから僕は、時間を稼ぐ必要があった。

「でも、もう復讐は終わりなんだ。真田を殺した。米村は自殺。……もう終わったんだ」

「自首を」

「いいかい？　俺が殺したのが真田だけだと思う？　他にも殺してる。神谷、小竹原。三人だ。……俺は捕まれば死刑だよ」

科原が放心したように僕を見る。

「でもこれで終わりなんだ。だからもう僕は他の人間に危害を与えない。……それでもきみは僕に自首しろと？　つまり死ねと？」

「そんな」

「黙っていてくれ。……僕は時期が来たら遠くへ逃げる。その時まで」

科原さゆりは、黙っていてくれるだろうか？　少なくとも、少しの間は？　……これで僕は、より急がなければならなくなった。丁度いい。一気に、一息に。次は間島、栗林、戸塚……。

落ち着かなければならない。まだ時間はある。市高署の刑事が。賭けだが、薬を飲んでいこう。眠くなるかもしれないが。


僕はやがて捕まるだろう。……中島と、小橋。あの二人は特別鋭いと思わないが、執念がある。犯人が恐れるのは鋭さではないのかもしれない。鋭さなら対抗できる。でも執念には対抗できない。こちらは人を殺しているから、精神的な耐久力がない。

薬のせいで、酷く眠気を感じた。ばれてなければいいが。

小橋という女性を、見過ぎてしまった。……彼女は、めぐみに少しだけ似てる。顔というか、雰囲気のようなものが。……「世界平和パフェ」。国旗をパフェから取ってる時、僕は思わず笑いそうになった。でもそのすぐあと、僕は嗚咽しそうになって困った。

なぜなら、僕には笑う資格がないから。人間を殺してるから。他のみんなと同じように、ああいう生活の風景を感じる資格がないから。僕は弾かれているから。この世界から、ああいった、温かなものから、僕は弾かれているから。

……中島という刑事は、何かを抱えている。僕も同類だからわかるのかもしれない。彼は憎まなければならない犯人に憎しみを感じていない。彼らなら、僕のことをわかってもらえるかもしれない。彼らなら………。

しかし、なぜああも、ペラペラしゃべってしまったんだろう？　めぐみのことを、ペラペラと？　初めはよかった。初めは。僕はやさぐれた男を演じ切れていたはずだ。米村と真田について、彼らがどこまで知ってるのかさりげなく聞こうともした。でも……、僕は、これで会話が終わるのを、寂しく思ってしまったんだ。だから、余計なことを話して、少しでも会話を長くしようと……。

なぜだろう。映像が浮かぶ。僕の最後を看取るのが、あの中島か小橋かのどちらかであるかのように。なぜだろう。

僕は逮捕される。あの二人にきっと逮捕される。もうお終いだ。……でも、なぜだろう。僕は少しほっとしている。僕は卑怯だ。……復讐をやり遂げることなく、終わりと思うなんて。でも、あと何人殺せばいい？　どれだけ多く、あの感触を味わえばいい？　温かなものから弾かれながら。何を食べてももう、僕は味さえよくわからなくなっている。それで、これから、何人も殺し続けて、僕はやがて記憶も失うんじゃないだろうか。ただ殺すためだけに動くようになり、エネルギーも尽き、そのまま意識も引きちぎられて薄くなりもうそれは僕ですらない何か他のものになっているのではないだろうか。顔は笑っていても僕が笑ってるわけではなく、怒りに震えていても僕は怒りなど感じていないというような。そして狂気に飲まれるのではなく、その狂気性に対しも頭の中でまだ少し残っている正気な僕が、その狂気の真隣りでその狂気を味わわせられ続けるというように。

助けてくれ、と僕は言えるだろうか？　そんな資格が僕に？

今、視線を感じた。この文書を書いている僕を、真上から見つめる強烈な視線。

この視線には覚えがあるように思うが、いつだったかもう思い出せない。これは、神だろうか？

神の、つまりはあなたの視線だろうか？

圧倒的に巨大なものからの視線。小さな個である僕が、その圧倒的に巨大なものから見つめられている感覚。で、何だ？　それで何だ？　神が人間を、個を見つめている。それはいい。でも、それで何だ？　まさか、ただそれだけだとでもいうのだろうか？　僕の人生は一つの「現象」で、その行為者である僕という「個」を神が見つめている、把握している。でも、それでも、神は僕に何もしない。

見つめられている、と思うとしかし、僕は奇妙にも心強さを感じる。何もしてくれないのにもかかわらず、見られているというだけで。この困難な世界を、人生を何とか生き切ろうとする人間を見つめる神——。

でも、僕は神を、つまりあなたを受け入れるわけにはいかない。めぐみがあのようになったこの世界を、認めるわけにはいかない。

あなたの視線から、僕は隠れよう。僕は「人間」を越え、もうあなたも見ることのできない領域へ行く。そうするには、どうしたらいい？　……科原さゆりを殺したらどうだろう。僕が今、恐らくこの世界で最も殺してはならない人間は、科原さゆりだ。彼女を殺せば、僕は僕を越えるのではないか。それは、つまり、この世界を徹底的に無価値とし、完全に侮蔑したことの証拠になるのではないか。

駄目だ。それはできない。

いや、なぜできない？　できない、ということは、お前はこの世界を肯定してることにならないか？　めぐみが死んだこの世界を？

そうだ、そして……。僕も死ななければならない。**「あなたのせいでしょう」**。米村の幻影はそう言う。その通りだった。**めぐみを死に追いやった最大の要因は僕だ。**めぐみの生活を変えようと迫り、また僕との泥濘の生活の中に彼女を引き入れようと迫り続けたのだから。僕は、僕を殺さなければならない。僕は、僕に復讐しなければならない。

いや、これは逃げだろうか。もう人間を殺すことの風景から逃げるための。

自宅の電話が、いつ鳴るかわからない。これは、いつでも、外部から僕へと繋がるチャンネルだ。その可能性を有している存在だ。線を引き抜いた。電話の、あの形を見よ！　この受話器を取って、しゃべるという可能性に満ち満ちた形状をしている！

そもそも……、科原さゆりが悪いんじゃないか？

コップの中の液体を覗き込んだ時、揺れる水の表面に生物らしさを感じて吐いた。水が窮屈そうに、コップの壁に押し込められているんだ。

そもそも科原さゆりが悪いんじゃないか？

科原さゆりが現れなければ僕はめぐみとずっと一緒にいられたのではないだろうかめぐみと二人で破滅することができたんじゃないだろうか。

絶対に、科原を殺してはならない。

間島俊を殺さなければならないが、彼は借金にまみれ姿を消そうとしていた。殺すべきだったのに、……なぜだろう。市高署の刑事が、中島と小橋の、あの執拗な二人の顔が浮かんだからだろうか。彼らからは、犯人を捕まえたいというよりは、やめさせたいという感情が……。殺す代わりに、間島に小竹原のキャッシュカードを渡した。これをあいつがどこかで使えば、ＡＴＭにやつの姿が映る。やつはちょうど失踪している。警察を攪乱できる……。

僕は外に出て、空を見ていた。東京だから星はほとんど見えない。まだ肌寒いのに、僕は温かさを感じていた。

なぜだろう。そう思った時、自分がコートを着ていたのに気づいた。コートの生地が、僕に温度を与えている。温度。このような僕が、温度を感じている。突然涙が込み上げた。

もし、神が、つまりあなたが、この世界における善の存在であるとしたら、この「温度」は、あなたが僕に与えたことになるのだろうか？　もしあなたが善だけの存在ではなく、この世界の「全て」であるとしても、この「温度」は、あなたが僕に与えたことに？

そうなら、もし、そうなら、あなたがまだ僕から消えていないなら、一つだけ、聞きたいことがある。**僕は一体、どうすればよかったのだろう？**

人間は、本当に、自由意志で生きているのだろうか。僕は、僕の人生を、一体どこで、やり直すべきだったのだろうか。一体どこで？　僕達にもし自由意志などないとするなら、僕達は、どういった存在なのだろうか。自由意志があるとしても、それは限られているのではないだろうか。そうなら、なぜそれは限られているのだろうか。

僕の人生、僕の性質、僕の傾向。その限られた範囲の中で僕達は生きていかなければならない。ある人間が突然、明るくなることはできない。僕達の自由意志は限られている。なぜなのだろう？　僕の存在は、一体、何だったのだろう。あのように生き、そして今このように生きている僕は、一体、どういう存在なのだろう。真田の死体は言った。**「めぐみが死んで、本当はほっとしたんじゃないか？」**本当にそうなのか？　真田の死体が言うということは、つまり本当なのだろうか？　僕の中の一部が、僕にも完全には把握できない僕の意識の中のある部分が、そう思ったのだろうか。でも、それは僕のせいなのだろうか。あなたはそれも裁こうというのだろうか？

あなたは僕達を見てるのでなく、全てを味わってるんじゃないか？　僕達の不幸も悲しみも全て。

それなら僕はあなたの楽しみから外れるために狂おう。いや……、あなたは僕のその狂気も楽しんで味わうのかもしれない。

もしそうなら、神がいてもいなくてもこの世界は絶望でしかない。僕達は神から逃れられない。僕を噛んで吐いて捨ててくれ。もう僕を味わうな。この絶望から逃れるには……。

科原さゆりを殺せば、最も殺してはならない彼女を殺せば、僕はあなたがつくったこの世界を徹底的に侮蔑したことになる。あなたも予想してなかった染みをあなたの世界につけることができる。あなたが味わうのが「人間」であるのなら、僕は「人間」を越えあなたにも捉えられない存在になる。そんな僕もあなたは味わうのだろうか。なら僕はあなたから完全に外れるまで変化し続けるまでだ。

人のそばから何かが消えた時、狂気はその人間を誘惑する。

誰か僕を止めてくれ。科原を殺すわけにいかない。そうやって狂いたいだけじゃないか。

科原の誕生日に菓子を渡そう。毒を入れ彼女に渡す。彼女は部屋に戻り、食べて死ぬだろう。もし耐えられなくなったら、僕も毒を飲もう。僕は僕に復讐しなければならないから。どうせいつか死ぬのだから。

菓子を準備する。我ながら上手くつくれた。

何かを書くのが……、難しくなってきている。頭の、冷静な時だけを狙って書いているのだけど。言葉は、論理だ。論理がまだ僕に残っているうちに……。書き終えられるだろうか？　書き終えることが？

誰か僕を止めてくれ。科原と喫茶店で会う約束をした。この毒の菓子を――。誰か科原を助けてくれ。

置時計の下に机がある。カーテンの折り目があまりにも真っ直ぐで均等であることが。

今日は晴れている。薬を飲み過ぎた。僕をもう味わうな。僕をもう味わうな。

今日は曇りだ。ずっと息苦しかったが、原因がわかった。机の脇の、電気コードがきつく絡まっていた！　それをほどいたら、少し楽になれた。手記はもう読むな。

……今日も晴れている。薬がもうない。

久し振りに文を書く。コンビニで、僕にぶつかって何もいわず歩いていった男がいたから。なぜあんな態度を取るのだろう？

駄目だ。気持ちを落ち着けようとしても、やはり昨日の男のことが苛々して仕方ない。

正義の味方、参上！

計画を練り、コンビニで待ち伏せたが、あの男は今日も来なかった。逃げたのか？　でも明日は必ず見つけてやる。あれは密告者だ。

僕は外に出て駅まで走った。

Ｓｕｉｃａを忘れ、券売機に並ぶ。一気に小銭を入れようとし、一つが入らず出てきて入れ直す。改札機を通ろうとし、前の人間が引っかかる。僕は舌打ちをする。その相手に聞こえるようにわざと大きく。そして急いでいると示すためその相手の脇を小走りに通る。

電車が来る。この電車だろうか？　僕は迷ったが乗り込む。電車は満員だった。大勢の他人達の身体が密着する。僕の身体に密着した人間は震え上がるんじゃないか？　そう思うと可笑しかった。駅名がアナウンスされる。ここか？　ここだろうか？　僕は急いで降りる。新宿駅には様々な路線が通っている。息を切らせながら走り、僕はどこに向かえばいいかわからなくなる。線が多すぎるからだ。どこに行けばいい？　いつまで急げばいい？　僕は急いでいる姿をみんなに見せなければならない。みんなに、僕が忙しいことを、認めてもらわなければならない。

息を切らせホームの椅子に座る。隣の女性は優しそうに見える。僕は彼女に自分が忙しいと思われたかった。

「……忙しいんですよ」僕はそう言った。

「いや……参りました。忙しくて仕方ないんです。ほらこうやって、僕は携帯電話で自分のスケジュールも見なければならない」

僕は続ける。彼女が優しそうに見えたから。

「前はね、腕時計がちゃんとあったんです。今はこうですけど、昔は、せ、正社員だったこともあるんです。腕時計が前に……、七千円したんですよ。九千円のやつを七千円で……いや違いますね。ハ！　ハ！　九千円だったものを八千円で」

でもその女性はいなくなっていた。あんなに優しそうだったのに。次に見かけたら容赦はしない。白いブラウスに、黒いスカート、髪はやや長めで肩の辺り。目は細い。喫煙所に密告者がいた。それも女性だ。僕をずっと見てたのに視線を逸らしたんだ急に。彼女が消えた時追いかければよかった。どうせ殺すんだからその前に襲ってやってもよかったはずだ。でもその気が起こらなかった。やらなくてよかった。今日はいい風が吹いてる。とてもいい風だ。もう急ぐ必要もない。

ところで……。僕はどうして、殺人者になったんだろう？

………。

僕に、何があったんだろう……？　この手記を読み返せば、自分が何をしてこうなったのかわかるだろうか。


「今日は、御帰宅して大丈夫です」

僕が言うと、科原さゆりは椅子から力なく立ち上がった。

「また、お話をお聞きすることになると思いますが……。今日のところは」

小橋さんと二人で、科原を市高署の出口まで送る。途中、預かっていた彼女の持ち物を返す。携帯電話や財布の入ったバッグ。中に、包装された菓子が入っている。

「これは……？」小橋さんが包みを見て聞く。

「彼が、……吉高さんが、喫茶店であの時私にくれました。誕生日だったので」

「……そうですか」

科原が菓子の入ったバッグを持って歩いていく。その後ろ姿を見送る。

僕はその場に座り込む。雪原の姿を見つけ、呼び止める。煙草をもらう。

「でも中島さん、禁煙中じゃ」

「一本だけだよ。……吸わずにいられるか」

煙草に火をつける。雪原はしばらく僕を見ていたが、やがて署内に入っていく。小橋さんと二人になる。僕はポケットからライターを取り出した。もう火のつかない、〝COMPLEX〟と描かれた色褪せたライター。

「……誰も、何も止めることができなかった」

思わず僕はそう呟く。小橋さんは立ったまま、歩いていく科原の後ろ姿を見続けている。

「はい。……でも」小橋さんが小さく言う。

「もしかしたら、途中で、止めることができたのかもしれないですよ。……椎名めぐみに危害を与えた人間達の中で、まだ生きている人達はいます」

「……そうかな」

「はい。……そう信じたいです」

煙草が尽きかける。これを吸い終わったら、僕はまたタフな刑事に戻らなければならない。外はもう暗くなりかけている。人がどうあがいても、一日は過ぎていく。

「……でも」小橋さんが続ける。

「吉高を救えなかった。彼は死んでしまったから」

煙草を吸い終え、僕は立ち上がる。吉高は最後、どういう思いで死んだのだろう。彼と、もう一度話すことができたら。僕は、一体どこで気づけばよかったのだろう。

「……死刑になってしまっただろうけど、……でもその前に、少しは安らかな時間を与えられたかもしれない」

どういう精神の動きの中で、彼はあのようなことをやったのだろうか。手記が燃えた今、もうそれはわからない。なぜ吉高は、復讐を途中でやめたのだろう。

「……椎名啓子と、西原は今どこに？」

「介護士の話では、会話が聞こえたそうです。西原の声で。……僕達は、もう生きていない方がいいって」

「……施設にいたんだから、椎名啓子は拒否できたはずだ」

「そうですね。それでも西原と同行したのだとしたら……」

沈黙が続く。もう死んでいる可能性が高い。彼らの行為は許されるものではないが、しかし、この世界に、罰を受けるべきではあっても、死ななければならない存在というものはあるのだろうか。僕にはわからなかった。

「〝コートの男〟事件での模倣犯達が、少しずつ逮捕されています。中には自首した犯人もいて。……ただ、テレビの取材中に人を刺したあの男は捕まってない。……週刊誌の一部が取り上げ始めてますが、警視庁の、ある人物の息子じゃないかと言われてます。……刺した本人は自殺したそうですが、うやむやにする気みたいです」

一人の警官が、急ぐようにパトカーに乗り込む。靄のような組織から、一人の生きた現場の警官が。彫の深い顔で、同僚に向かい何かを叫ぶように伝えている。現場の人間は皆必死に働いている。

パトカーはすぐ走り去っていく。

「俺は、……今から、高柳の様子を聞きに行くよ。彼も〝コートの男〟にされそうになったり大変だったから。……フォローというか」

僕が言うと、小橋さんが笑みを向けてくる。

「でもその前に、科原さんに連絡を取ってくださいよ」

「……え？」

「恋を恐れたら駄目よ。傷ついても求めてしまうのが恋なの」

「は？　何で偉そうなんだよ。ていうかタメ語だし」

「とにかく」

さらに指を向けてくる。

「恋をしなさい。バツイチ刑事」

僕は口を開けたまま小橋さんを見る。言い返そうと思ったが、疲れてきてやめる。自動販売機でコーヒーを買い、ついでに以前小橋さんに奢って彼女が不味そうに飲んだ紅茶を買って渡す。小橋さんは眉をひそめたが、反応したら負けと思ったのか、言葉を続ける。

「……竹林を殺害した横川は逮捕されて、真田を殺害した犯人もわかりました。……米村が自殺か他殺かの確証はないですが、いずれにしろ吉高が関わってた。この捜査本部の仕事は終わりました。……これでお別れですね」

僕は何かを言おうとしたが、言葉が出ない。

「私達が、所轄の刑事と捜査一課が出会うのは、事件があった時。……誰かが不幸になった時。……そんな時にしか会えないなんて皮肉です」

しばらく沈黙が続く。しかし小橋さんが不意に僕の方を向く。

「でもたまにメールしますよ。いたずらメール。ワンクリック詐欺を装ったメールとか、出会い系サイトに飛ばされるメールとか」

「やめろ」

「あと《科原です》という件名で送ったり」

「まじでやめてくれ」

僕がそう言うと、小橋さんは笑った。

エピローグ

科原さゆりは、自分のマンションに帰る。

孤独な部屋、と彼女は思う。パソコンの載った机やクローゼット、小説が並ぶ低い本棚、小さなテレビ、狭いベッド。まるで部屋の中の家具達が、私の孤独を責めてるみたいだと科原は思う。部屋は冷えている。誰もいなかったから。でも自分がいても、きっとこの部屋は冷えたままだったとも思う。

窓が開いていないか確認する。戻って来た時、ちゃんと自分は鍵を使いドアを開けたかどうかを、つまりドアはきちんと施錠されていたかどうかを思い出す。大丈夫。私はちゃんと鍵を使ってこのドアを開けた。カチリとした感触を覚えている。もし鍵が開いてたら、臆病な私はそこで取り乱していたはず。科原は何度も頭の中で思いを巡らす。

知らない男が入って来るかもしれないから、ドアにはきちんと鍵がかかっていなければならない。鍵のないドアに意味はない。あの時、高校生の時、私の部屋のドアに鍵がついていたら、義父が入って来ることもなかったはずだった。

不意に寒さに襲われる。科原は玄関のドアの鍵をかけたかを気にし、それを確認する。落ち着かず、一度鍵を開けて、もう一度閉めた。

遠くでパトカーのサイレンが鳴っている。誰かが、何かをしてしまった音。そして誰かが、何かをされてしまった音。

科原はバッグから携帯電話を出す。化粧ポーチや手帳、大きめの財布を出す。バッグの底に、菓子の包みがある。吉高さんが自分にくれたもの。私の誕生日に。

誕生日。人が生まれたことを祝う日。科原はその菓子の包みを出す。この部屋で、このラッピングされた菓子の包みだけが、存在感に溢れてるように思う。

机の上に置き、それを見つめる。きっと、と科原は思う。これには毒が入ってる。吉高さんの考えてることは、私にはわかる。

科原はまだ菓子の包みを見つめ続ける。不意に涙が零《こぼ》れる。でも、私は、これを食べなければならない。なぜなら、科原は思う。なぜなら――。

科原は机の上にある鏡で自分の顔を見る。目の下のホクロは自分の目の下にあり続け、その上を涙が流れていく。

科原は、吉高が自分を置いて出て行ったあの日、ふらふらと自分のマンションから出た。

自分がどこに向かってるのかわからないまま、途中、通りかかったコンビニエンスストアの光を眩しく感じ、道を変えた。誰かが声をかけてきた。背の高い男、自分をナンパしていた。科原はあの時、立ち止まってその男をぼんやり見た。清潔そうな男ではあった。この男に抱かれれば、私はすっきりするだろうか。科原は思った。自分を滅茶苦茶にして、虐げて、まるで私自身を損なうことで、何かに復讐した気になるだろうか。でも男を無視する。あとで後悔するのは目に見えている。

それから椎名めぐみのアパートの前にいた。なぜだろうと科原は思った。でも自分が来る場所はここしかないとも感じていた。自分は今から、何をするつもりなのか。何もできるはずがない。他の女と男を争う。そんな派手なことを自分ができるわけがない。それにもう勝負はついている。

後になって、自分があの時椎名めぐみを殺せばよかったと科原は思い返すことになる。そうしていれば、少なくとも、めぐみさんは少しは幸福の中で死ぬことができたはずだったと。

自殺という選択肢が時折頭を過ぎる科原にとっては、自ら絶望し命を絶つことより、誰かに殺される方が幸福に見えた。もちろん比べることじゃないし、このことに共感できる人間は少ないと科原にもわかっていた。でも彼女はそう思っていた。

何もできない。ましてや、めぐみさんに会うなんて。あの時科原は茫然としたまま、めぐみのアパートのドアの前に立った。明かりが漏れている。中にいると思うと、不安が恐怖に変わった。帰ろう。そう思った。そしてまた孤独な生活に戻るのだ。鍵をかけたか気にし、夜道で後ろを気にする日々が。冷えた部屋でじっとする日々が。仕事とカフェと自分の部屋との往復の日々が。

でも科原は、めぐみの部屋のドアの前で立ち続ける。

勇気はないけど、その手前までしてみたらどうだろう……。鼓動が速くなっていた。科原は自分のバッグを漁った。

バッグから手紙を取り出した。吉高から受け取った手紙。これをめぐみさんに見せたらどうだろう……？　科原は思い続ける。これを、めぐみさんに見せたら……？

吉高は下書きを何度もしたとはいえ、自分があの手紙をどう書いたか正確に覚えていなかった。でも科原ははっきり覚えていた。内容は吉高が手記に記したものと同じだが、実際のあの手紙は

「語尾」が違った。

《さゆりさんとの日々は僕にとって幸福でした／本当に幸福だった／でも僕は恐らく彼女（めぐみ）のことが好きで一緒になろうとしているのではないのです。これはもうきっと恋愛ですらない。僕はただ苦しむために彼女と一緒になろうとしているのです／彼女はさゆりさんと同じような過去を持つ女性です／あなた（科原）となら僕は幸福になれたけど、でもきっと彼女（めぐみ）とは無理だと思います。彼女と一緒に僕は破滅するつもりです》

科原は思う。これを読ませれば、吉高さんがめぐみさんを本当には愛してないことがわかる。吉高さんの幸福を邪魔してることに、邪魔なのは自分であると彼女は気づくだろう。自分が吉高さんを破滅させようとしていることに気づくだろう。

痛いほどの鼓動の中、あの時科原はその手紙をめぐみのドアの郵便受けに近づけた。でも、と科原は思い返す。でも、本当にそれを中に入れる気はなかった。

科原は思う。私にそんな勇気はなかった。でも、腹が立ったから、めぐみさんが、憎くて羨ましかったから、私はその嫌がらせの一歩手前まで、その真似事だけしようとしたのだ。そうすれば、手紙を入れようとしているその間だけは、少しはすっきりするかもしれないと思ったから。途中でやめ、自分はやはり勇気がないとトボトボ帰ることまで決めていたのだから。手紙を郵便受けのすぐ前まで持っていく。手が震えていた。軽く押してみようか、少しだけ、そう思いながら、郵便受けを手紙で少しだけ押した。手紙が少し中に入る。あと少しだけ。あと少しだけ入れたら引き抜こう。その時、ぐらついている、と感じた。郵便受けが壊れかかってるみたいにぐらついていた。あの精神科医の人が膨大な量の手紙をねじ込み続けていたから、これが壊れかかっていたと知ったのはずっと後になってから。郵便受けがぐらついてる。ギシ、という音がして、その音でばれる恐怖に襲われ、驚いた瞬間、手紙をその中に落としていた。

　身体の力が抜けていった。何てことをしたのだろう？　何てことを？　手紙を取り戻さなければ。そう思った時、ドアの向こうから誰かが近づいてきた。めぐみさんに決まっていた。ドアの覗き穴が視界に入る。見られる。そう思った。自分の姿を、見られる。この目の下にホクロをつけた私の顔を、めぐみさんになろうとした愚かな自分を見られる。それは嫌だ、それは、嫌だ。彼女にだけは、絶対に見られたくない。

　気がつくと走っていた。息が苦しくなるほど走って、立ち止まった時、改めて自分がしたことを思い出した。でも。その時に思った。本当に、私はあれを思わず落としてしまったのだろうか？　私の中の何かが、私の中の一部が、郵便受けのぐらつきに驚いたことにかこつけて、私を、そう動かしたのでは？　なぜなら、自分は今、物凄くすっとしているのだから。いじけた喜びを感じているのだから。

　これで、と私は思った。これで、彼女と吉高さんの未来の幸福に染みをつけることができた。彼女に、本当は、吉高さんがあなたのことを好きでないと気づかせることができた——。気がつくと私は泣いていた。その場から動くことができなくなっていた。何て愚かなことを思ってるのだろう？　私は何て醜いんだろう？　こんな私は、こんな私は――。

だけど、私には、彼女に会いに行く勇気がなかった。手紙を書こう。そう思った。そこで彼女に謝ろう。どう書けばいいか悩んでる時、事件を知った。自殺というのだった。

自殺。吉高さんはその原因を私に言った。真田さん、あと医師――その人の名が殺されたあの米村と知ったのは最近のこと――に追いつめられていたのだと。そして、吉高さんに自覚があるかわからないけど、恐らく、めぐみさんは吉高さんにも追いつめられていた。でも、それだけじゃない。そこには私も加わるのだ。めぐみさんを自殺に駆り立てた最後の一押しは私だったのだ。めぐみさんが自殺を考えるほどの状態とも知らず、私は絶対見せてはならない手紙をめぐみさんに――。

しかも、吉高さんはそれに気づいてなかった。なぜ？　自分の手紙が部屋にあったはず。まさかめぐみさんが処分したのだろうか？　何かが燃えた跡があったと吉高さんは言った――。めぐみさんは、私を庇《かば》ったのだ。私と吉高さんを結びつけるために。あの手紙には、私とめぐみさんの過去が似ているとあった。だから、そうであるから、彼女は私を思って？　自殺という精神状態の中で？

私が真田さんなんかと唐突に付き合おうと思うわけがない。あんな人を、好きになるなんてことが。私は罰を受けようと思ったのだった。めぐみさんのように、不特定多数の男性と経験を持って、さらに、真田さんから暴力を振るわれようと思ったのだった。だけど、真田さんはもう抜け殻のようだった。私に手を上げようとしない。私がせがんでも力なく私を見つめるだけだった。私は罰を受けることなく放置されている。吉高さん。これが私の罪。私がしてしまった罪。吉高さんが、私を置いていったあの日に。服を脱いで最後にすがりつこうとした私を、吉高さんが捨てていったあの日に。吉高さん、あなたが消えた夜に。

科原さゆりは、机の上の菓子の包みを見ながら、なおも涙を流し続ける。

吉高さんに言わなければならない。そう思っていたのに、勇気がなかった。しかも、彼が復讐するため人を殺してると知った。私は茫然とするしかなかった。今さら私が告白したところで、それが何になろう？　最後の一押しが私であったとしても、彼の復讐がなしになるはずがなかった。しかも、私は愚かにも、あの刑事さんに、中島さんに強く惹かれてる自分に気づいた。混乱していた私の元に、吉高さんから連絡がきた。誕生日にプレゼントしたいと言う。

彼はもうすでに、正常でなかった。ぼんやりした目で、私の顔の斜め上を見ながら、ずっとしゃべっていた。そして、私にこのお菓子を渡しながら「これで僕は『人間』を越えていく」と言ったのだ。それで全てわかった。彼は、これからの殺人のために、罪悪感の対象の私を殺すという暴挙に出ることで、自分をさらに変えようとしているのだと。人ではない、別の何かになろうとしているのだと。なら、それなら、私はそれに協力しようと思った。彼を今さら止めても死刑になるだけだった。彼をもう完全に狂わせてあげよう。そう思った。完全に狂わせてあげれば、もう彼は消える。苦しみも消える。復讐もできなくなり、そして心神喪失と判断され、死刑にも問われないくらい狂わせることができたなら、それで彼の命は救うことができる。だから私は、これを食べて死のうと思って受け取った。そして、それは彼が自覚していないだけで、きちんとした復讐の行為だったのだ。彼の復讐のリストには、私が入ってなければならないから。彼は死んでしまったけれど、その復讐は生きている。

科原は菓子の包みを開ける。チョコレート。見た瞬間、また涙が出る。形が崩れてる。本当に馬鹿な人。これでばれないと思ってたなんて。何かが中に入ってるのは明らかなのに。

でも私は食べよう。私に生きる価値などない。彼の復讐を貫徹させよう。私が死ねば、本当の意味で事件は終わる。

突然携帯電話が震える。科原は弾かれたように携帯電話を見る。そう動いた自分の視線に嫌悪を感じながら。液晶画面を見る。あの刑事だった。ディスプレイに中島とある。

あの人が、私に？　私を、気にかけてくれている？　彼から感じた好意は、錯覚ではなかった？でも科原は泣き崩れる。この電話を取ることはできない。それは卑怯だ。それはできない。

科原は、震え続ける携帯電話をベッドに置き、机の上のチョコレートを見つめる。この着信の震えが止まったら。科原は思う。食べよう。遺書はいらない。私には誰にも、何も伝えるものがない。

携帯電話が不意に止む。止んだ瞬間、部屋がまた冷たく静寂に包まれる。慣れ親しんだ感覚。科原は微笑む。この静かな感じ。この一人でいる感じ。私の最後に相応しい。

しかしそこで、もう一度携帯電話が震える。科原が見ると、またそこには中島とある。

もし。科原は泣きながら思う。もし、私のしたことを全て話して、中島さんが受け入れてくれたとしたら。こんな卑怯なことを、私は思っていいのだろうか？　いいわけがない。いいわけがない。

でも、それでも、もう一度、誰かの優しさに触れたい。許されなくても、全ての人から、非難されても、少しだけ、あと少しだけ、誰かの優しさを——。生きたい、そう思っているのだった。これまで、何もいいことがなかった。でも、それでも、生きていたいと、思っているのだった。許されなくても、どこか、世界の片隅で、誰かと、静かに、生きていくことができたら。そんな安らぎを、もし自分のような人間が得ることができるのなら。

許されない。そう思っているのに、科原は携帯電話をもう一度見る。携帯電話はいつまでも震え続けている。その震えは自分への関心を、優しさを、与え続けているように思う。

科原は泣き続けている。携帯電話をつかみ、震える声で電話に出た。

初　出　「毎日新聞」二〇一四年一月四日～二〇一四年十一月二十九日。
単行本化にあたり加筆、修正を行いました。

引用文献（三一五頁）
『性依存　その理解と回復』吉岡隆・高畠克子編　中央法規出版

装　丁　鈴木成一デザイン室

あとがき

この小説は、僕の十六冊目の本になる。

毎日新聞の夕刊で連載していたものを、単行本化にあたり加筆・調整し、本として完成したものになる。

連載では、ゴトウヒロシさんが毎回素晴らしい挿絵を書いてくださった。絵に感化されて書いたシーンもあった。

デビュー十三年目で十六冊、そのうち三冊は短編集とショート・ストーリー集なので、長編は大体一年に一冊のペースになる。

読者の皆さんに本当に支えられている。この小説もまた、僕にとって大切なものになりました。共に生きましょう。

二〇一五年　四月十二日　中村文則

著者略歴

中村文則（なかむら・ふみのり）

一九七七年、愛知県生まれ。福島大学卒業。〇二年『銃』で新潮新人賞を受賞しデビュー。〇四年『遮光』で野間文芸新人賞を受賞。〇五年『土の中の子供』で芥川賞を受賞。一〇年『掏摸《スリ》』で大江健三郎賞を受賞。『掏摸』の英訳が米紙ウォール・ストリート・ジャーナルの二〇一二年年間ベスト10小説、米アマゾンの月刊ベスト10小説に選ばれる。一四年、ノワール小説に貢献した作家に贈られる米文学賞デイビッド・グディス賞を日本人で初めて受賞。

その他の著書に『何もかも憂鬱な夜に』『世界の果て』『悪と仮面のルール』『王国』『迷宮』『惑いの森～50ストーリーズ』『去年の冬、きみと別れ』『A』『教団X』などがある。

あなたが消《き》えた夜《よる》に

第1刷　2015年5月20日
第3刷　2015年6月20日

著者　中村文則《なかむらふみのり》

発行人　黒川昭良

発行所　毎日新聞出版
〒100-8051
東京都千代田区一ツ橋1-1-1
営業本部　03(3212)3257
図書編集部　03(3212)3239

印刷　精興社
製本　大口製本

落丁・乱丁本はお取り替えいたします。

ISBN 978-4-620-10817-9